Four Faultless Felons

G.K.Chesterton

ミステリーの本棚

四人の申し分なき重罪人

G・K・チェスタトン

西崎 憲訳

国書刊行会

Four Faultless Felons

by

G.K.Chesterton

1930

四人の申し分なき重罪人　目次

チェスタトンと魔法の庭　巽昌章

305

四人の申し分なき重罪人

新聞記者のプロローグ

シカゴ・コメット紙のエイサ・リー・ピニオン氏はアメリカの半分を横切り、さらには大西洋の全部を横切り、ついにピカデリー・サーカスへと至った。令名高き、あるいは悪名という見方もあるが、ともかくも著名なるラウル・ド・マリラック伯爵の後を追っていたのである。ピニオン氏はいわゆるネタなるものを手に入れたかった。自分の勤めている新聞に用いるためのネタである。結局、喜ばしいことにネタはピニオン氏の手に落ちた。しかし氏はそれを新聞記事にすることはなかった。氏が入手したそれはあまりに屹立しすぎていたのである。天翔る彗星《コメット》にとってさえも。おそらくこの比喩は幾つかの意味において正しいだろう。ピニオン氏が聞いた話は教会の尖塔ほど、さもなくば星々に届くほど高かった。信憑性と同様に、それは理解力をも超越していた。ピニオン氏は読者の不評をあえて招くような真似はしないことにした。しかし、より高貴で崇高で、聖者のように疑うことを知らない読者のために書いている筆者は、ピニオン氏の沈黙に倣うことはしないつもりである。

実際のところ、ピニオン氏が聞いた話はまったく信じられないものだった。しかし氏は決して狭量な人物ではなかった。伯爵が街を遊び歩き、自分の評判を下落させている時も、彼が自ら認めるほど低くなってはいないと判断を下すことは難しくなかった。つまるところ、伯爵の放埒さや無節操がいかにこれみよがしのものであろうと、それで害を受ける者がいるとしたら、それは伯爵自身だけなのである。いかに酒色に耽ろうと放縦に耽ろうと、彼が清廉であり、信頼するに足る人物であるという評価が変わることはなかった。とは言え、その夜、耳にした途方もない話から判断したところでは、評判を下落させているこの身分の高い人物のいる場所が、さほど低いところではないにせよ、さほど高いところでないこともまた確かだった。その話は伯爵の友人から聞いたものだった。この人物の友愛の情はいささか度を越している、暗愚と形容してもいいくらいだ、とピニオン氏は思った。ピニオン氏はその話を妄想か法螺話に違いないと判断した。いずれにせよ、氏はそれを新聞記事にすることはなかった。けれども、その話の奇抜さゆえに、同様に奇抜な四つの話を収めた本書の巻頭に、伯爵が登場することになったのである。

そもそものはじめから、新聞記者ピニオン氏を訝しく思わせたことがひとつあった。ピニオン氏は伯爵と会うことがひじょうに難しいことをよく知っていた。伯爵は社交的な用事から用事へと飛びまわっていた。伯爵のその行動を形容するに相応しい言葉は「迅速」であった。だから劇場の初日とそのあと行われる何かの催しに行く前に、会員である「ロンドン・クラブ」で、十分間だけなら時間が割ける、との言葉を聞いた時にも別段腹は立たなかった。しかし、その十分のあいだはマリラック伯爵はきわめて鄭重な態度で、コメット紙が求めていた社交界に関するやや皮相な質問に答えた。マリラック伯爵のインタビューはラウンジで行われたのだが、伯爵は愛想よくピニオン氏をちょうどその時周囲に立っていた数人の会友、もしくは親友に紹介してくれた。そして彼らは、伯爵があたかも光を放つかのごとくに退出した後も、その場に残った。

「どうやら」とうちのひとりが言った。「かの人騒がせな人物は、人騒がせな初日に、人騒がせな人々と知合いになるために出掛けたらしい」

「そうだな」暖炉の前に立っていた大柄な男が、唸るような調子で同意した。「伯爵は誰よりも人騒がせな人間と連れだって出掛けて行った。作家のプラーグ夫人だ。女性作家——教養はあるが教育があるとは言えない夫人は自分のことをそう呼ぶだろうが」

「伯爵はああいう芝居はいつも初日に行く」最初に口を開いた男が言った。「たぶん、二日目がないと思ってるんだろう。警察が劇場に踏みこむかもしれないから」

「何という芝居なのですか?」アメリカ人は穏やかな声で尋ねた。ピニオン氏の頭はひょろ長く、横顔は鷲そっくりだった。声はイギリス人たちよりだいぶ小さく、口調もよほど礼儀正しかった。

「『裸の魂』っていう芝居さ」最初の男がやや苦々しげな口振りで言った。「世界を震撼させる小説『牧神の笛』を戯曲化したものだ。人生の真実を描ききっているそうだ」

「それに大胆で、風通しがよく、自然回帰もしてる」暖炉の前の大男が言った。「僕たちはたったいま牧神の笛についてたっぷり講釈を受けたところだ。牧神の笛ってのはどうやら少し配水管に似ているらしい」

「そうだなあ」最初の男が言った。「プラーグ夫人はとても現代的だ。彼女は牧神の許に回帰しなければならないのさ。夫人は牧神が死んだなんて、信じられないらしい」「僕が思うには」大柄な男がいささか乱暴な口調で言った。「牧神は死んでいるだけじゃなくて、道ばたで腐って悪臭を放ってる」

それがピニオン氏を当惑させたマリラック伯爵の四人の友人だった。彼らは明らかに親しい間柄のように見えた。しかし、ざっと見たかぎりでは、進んで互いの知己を得ようとするような性向の持主には見えなかった。マリラック伯爵自身は予想した通りの人物であった。端正な肖像画が示すより、わずかに不安げで、憔悴しているように見えただけである。だが会ったのが遅い時刻であることと、肖像画が描かれた時からだいぶ年数が経っていることを思えば、それは充分納得できる範囲内だった。伯爵の巻き毛はまだ黒くふさふさとしていたが、とがった顎鬚のほうは白くなっていた。離れたところから見た時の伯爵の印象は、きびきびとした動作や、軽快な足取りのせいで、いかにも活々《いきいき》としていたが、いざ向かいあってみると、両の眼は小さく、しかも窪んでいて、内面の不安をより強く感じさせた。しかし、いずれにせよ、そうしたことも予想を裏切るほどのものではなかった。だが、この友人たちの持つ雰囲気はそれとはまったく異なっていた。四人のうちひとりだけが伯爵の漂わせる雰囲気に近いものを備えていたが、その物腰は陸軍士官を連想させるもので、陽に灼けた顔から見ると、さしづめ海外駐留の士官といった感じだった。鬚はなく、面立ちは端正で、冷徹な印象を湛えていた。ピニオン氏にお辞儀をした時、彼はすわっていたのだが、そのお辞儀の仕方のどこかしらに、立ってお辞儀をする時には、踵を音を立てて合わせるのだろうなと、思わせる節があった。ほかの三人は掛け値なしのイギリス人で、最初の人物とはまったく異なった雰囲気を備えていた。ひとりはとても大きな男で、撫で肩だが、上半身はがっしりとし、茶色の髪は量が充分ではないため、地肌が透け、縞模様をなしていた。しかし一番人目を惹く点は、すわってばかりの日々を過ごしている頑健な紳士にありがちな、何となく埃をかぶったような、蜘蛛の巣が張ったような、そんな雰囲気が漂っていることだった。ごく地味なものであることは確かだが、おそらく科学者的な生活か、学者的な日々を外面的、あるいは内面的に過ごしているのだろう。趣味を持った中流階級の男、踏み鍬《スペード》でその趣味からきわめて多くのものを掘りかえしている男。伯爵のように彗星の光芒を放つ人物とは反対の極に立つ人物として、その紳士より好適な例を想像するのは難しかった。その隣の人物はもう少し機敏な感じはしたが、やはり頑健で、服飾の面での主張には興味がないように見えた。背が低く、体つきは四角張っていて、さらに顔もまた四角く、眼鏡をかけていた。彼は見かけと内容に差はないらしかった。郊外の医院で日々の仕事に精だす、ごく普通の開業医といった感じである。マリラック伯爵の四人目の意外な友人は、率直に言って、かなりみすぼらしかった。ぱっとしない灰色の上着は、薄い肩から力無く垂れさがり、黒い髪と、もつれあった顎鬚とがあいまって産みだす印象は、ボヘミアンの語をもって、かろうじて申しわけがたつような種類のものであった。とはいえ彼の眼は別だった。その眼は深い窪みのうちに隠れていたが、逆説的に、信号機のように突きだしているとも言えた。磁石に引きつけられるかのように、ピニオン氏は自分がその眼をずっと注視していたことに気がついた。

四人から受けた印象は、全体として言えば混乱と当惑の語で表されるもので、それはただ階級がてんでばらばらだったせいではなく、四人に共通している生真面目さ、堅実で真に価値のあることに従事していると感じさせる、そんな雰囲気のせいだった。四人は大体において、友好的ではあるが、控えめな物腰で記者に対した。彼らはみな路面電車や地下鉄のなかで偶然会った同輩と話すようにピニオン氏と話した。それから、一時間ばかり経ち、クラブで一緒に夕食をとっていかないかと誘われた時、彼らの友人マリラック伯爵のとびっきり豪勢な晩餐会に招かれたら、あるいは感じたかもしれないような緊張を、ピニオン氏は少しも感じなかった。

と言うのもマリラック伯爵がどんなに今夜の性と科学の芝居を重大視していようがいまいが、伯爵が芝居より夕食のほうに、より大きな関心を抱いていることは、明白な事実だったからである。伯爵は超一流の、伝説的とも言える美食家で、ヨーロッパ中の食通たちから尊敬の念を受けていた。みなが晩餐の席に着いた時、眼鏡の小柄な紳士の脳裏をその事実が掠《かす》めたようだった。

「ピニオン君、きみが僕たちの粗末な食事に我慢できればいいのだが」と彼は言った。「マリラック伯爵がこの場にいれば、もっと注意深く選ばれたメニューになったはずなのだが」

アメリカ人は礼儀正しくクラブの夕食を賛美し、彼の懸念を取り除いたが、一言つけ加えることを忘れなかった。

「察するに、伯爵が食事を芸術まで高めたというのは、どうも真実らしいですね」

「ああ、そうだね」眼鏡の男は言った。「最悪の時につねに最良のものを、ということだ。じつに理想的なやり方だ。そう思うよ」

「伯爵の生活には多くの面倒が存在するようですね」とピニオンは言った。

「そう」眼鏡の男は相槌を打った。「伯爵は自分の食べるものをじつに注意深く選ぶ。僕の眼から見ると、注意深いとは言えんのだがね。まあ、僕は医者だから」

ピニオン氏は話しながらも、蓬髪に粗衣の人物の、まるで磁石のような双眼を、ちらちらと見ずにはいられなかった。ちょうど彼はテーブルの向こう側から奇妙に熱心な表情を浮かべて、ピニオン氏のほうを窺っていた。話が途切れた時、彼は不意に口を開き、会話に割りこんだ。

「自分の食べるものについて伯爵が細心なのはみんな知っている。けど、伯爵が何を食べるか決める時の基準については、百万人にひとりも知らないことは賭けてもいいな」

「思いだしていただきたいのですが」ピニオン氏は穏やかに言った。「わたしは新聞記者です。ですから百万人にひとりの人間でありたいと思っています」

向かい側にすわった男はピニオン氏の顔を凝然《じっ》と見つめた。しばしその顔に形容の難しい表情を浮かべていたがやがて口を開いた。

「さてさて、どう言ったものか……。うん、そうだ、きみは新聞記者的好奇心の持主であると同時に、人間的好奇心の持主でもあるだろうか。つまり、百万の人間が知らず、だが自分は知っているという状況を望むかね」

「もちろん望みます」新聞記者はそう応じた。「わたしは好奇心の塊です。内密にしなければならない話でも、聞きたいと思います。しかし、どうも解りかねるのですが、なぜマリラック伯爵のシャンパンの趣味や、頭青頬白《ずあおほおじろ》の好みがそれほど秘密にされなければならないのですか？」

「なるほど」と相手は答えた。「しかし伯爵がそうしたものを好んで選んでいると、どうして決めつけるんだい？」

「たぶん、わたしは平凡な考えの持主でしょうが」とアメリカ人は答えた。「けれども伯爵が好きな物を選んでいると考えるのはごく自然ではないですか」

「反対《オ・コントラール》だね。ある食通が、ボートの上で昼食をとるかと尋ねられて、言ったように」

不思議な眼をした男はそこでふっつりと黙りこみ、しばし深い沈黙のうちに身を沈めていたが、別人のような調子で不意に言った。

「どんな時代にもその時代固有の偏狭さがある。人間の本質的欲求にたいして盲目なのだ。歓楽にたいする清教徒、美の必要性にたいするマンチェスター学派。ここに人間にとって必要なものがひとつある。少なく見積もっても、かなりの数の人間にとって必要なものが。それが存在することを認めるのも、あるいは許すのも、当節では流行していないがね。たいがいの人間は若い時代に、より直情的な時代に、それにたいする欲求を感じた経験を持っているはずだ。ごくわずかな人間のうちでその希求心は一生炎のように燃えつづける、ちょうどマリラックの場合のように。キリスト教、とくにカトリックはそれを強要すると非難されてきた。けれども実際には、それを強いるというよりは規制、いや抑制してきたのだ。それはあらゆる宗教のなかに存在する。幾つかのアジアの宗教のなかには凄まじいもの、狂おしいほどのものが見られる。短刀で自分の体を切り刻み、鉤に自分の体を吊す、あるいは虚空に磔《はりつけ》にされたように、萎びた両腕を空に突きあげたまま一生を過ごす。それは望まないことを我が物としたいという欲求だ。マリラックはそれを持ってる」

「一体全体――」驚いた新聞記者はそう言いかけたが、相手は構わず話をつづけた。

「つまりだね、それは一般に人が苦行と呼ぶものだ。実行している者はごくまれだが、確かに存在していることを認めないのは、現代人の過ちのひとつだ。ちょうどマリラックがやっているように、不断の耐乏と克己のうちに生を送ること、それはこの現代社会では恐るべき困難と無理解に包まれている。社会は禁酒法のような清教徒的熱狂にたいしては、幾らか理解を示すこともある。とりわけそれが他人の身に強いられることだったら。大体において割を食うのは貧者たちだがね。しかし、マリラックのような人間はそれを自分に負わせる。ワインを断つことではなく、あらゆる世俗的な欲望を断つことを……」

「失礼ですが」とピニオン氏は最上級の礼儀正しさをもって、話を遮った。「これまでのところ、あなたが狂っていると仄《ほの》めかすような不作法をわたしは犯していないと思います。では、狂っているのはわたしのほうなのでしょうか。どうか率直に言ってください」

「大抵の人間は」彼はピニオン氏の言葉に答えた。「気が狂っているのはマリラックのほうだと言うだろう。たぶん、そうなのだろう。いずれにせよ、本当のことが知れたら、マリラックは確実に狂人扱いされるに違いない。しかし、快楽の求道者を装うことで、自分の隠者的理念を隠すのは、精神病院に入れられるのを防ぐというだけでないのだ。それは志の要であり、同時に唯一許容できるやりかたなのだ。鉤にぶら下がった東洋の行者たちの欠点は大袈裟すぎることだ。そういう苦行は彼らを少しばかばかしいものに思わせる。柱頭行者や初期の隠者からも同様の印象が生まれる可能性は否定できないだろう。しかし我らが友はキリスト教徒の節度ある隠者だ。教訓をよく理解している。『断食に際しては、頭を聖なる油で浄め、顔を洗うべし』彼は断食向きの人間には見えない、逆に饗宴向きの人間に見える。まだ判らないかな、マリラック伯爵は新しい種類の断食を発明したのだ」

　コメット紙のピニオン氏は不意に笑った。驚いたような、短い笑い。というのも、ピニオン氏は瞬時にして、その言葉を冗談として受けとめたからである。

「まさか本気でそんなことを――」

「いや、いたって単純な話なんだ」とピニオン氏の情報提供者は言った。「マリラックは最高に贅沢で高価で、そしてちっとも好きでないものを食べる。とりわけ大嫌いなものを。その隠れ蓑のお蔭で、彼が有徳の人物であることが露見することはない。マリラックは厭わしい牡蠣《かき》や忌まわしい前菜の防壁に完全に護られている。要するに、かの隠者氏は、隠者の庵以外の場所に隠棲しなければならないのだ。マリラックはたいてい豪華な最新式のホテルに隠棲している。なぜかと言えば、その種のホテルが最悪の料理を出すからだ」

「それは驚くべきお話です」アメリカ人は眼を見開いて言った。

「マリラックの考えがどういうものか摑めてきたかな？　もしマリラックが二十種類のオードヴルを運んでこさせ、そのなかのオリーヴを食べたなら、マリラックがオリーヴを嫌いだなんて誰が考えるだろう。もしも、マリラックがワインリストを隅から隅まで眺めて、熟考のすえ、誰も名前すら知らないようなライン産白ワインを選びだしたとしたら、マリラックの魂のすべてが、当のそのワインにたいする嫌悪で沸騰していると誰が想像するだろう。そしてそのワインが最悪――ライン産であっても――だと知っていることを。しかし、もしマリラックがリッツ・ホテルで、乾涸らびた豌豆豆《えんどうまめ》と黴《かび》のはえたパンを註文したら、人目を惹いてしまうことは間違いない」

「どうも、よく飲みこめないのですが」眼鏡の新聞記者は不安げな顔で言った。「そうしたことにはどういう利益があるんですか？」

話し相手は磁石のような力をもった双眼を伏せて、当惑したように俯《うつむ》いた。しばらく黙ったのち、ようやく口を開いた。

「僕はおそらく理解していると思う。しかしそれを説明できるとは思わない。一度自分でもちょっとやってみたことがある。ある方面に限ってだが。その時、僕はそのことを人に説明するのがほぼ不可能だということを知った。ただ現にそうしたことを為しとげた本物の神秘家や本物の修道僧がいる。マリラックはそれを自分の身で経験したいだけなのだ。マリラックはほかのみんなが好きなだけワインや煙草を賞味してもらいたいと思っているし、リッツ中を騒ぎまわって欲しいと思っている。そうして人を欲求に駆り立てる時、神秘家マリラックは堕落の泥濘のなかに埋まっている。その時こそ、彼は道徳の必要性を身をもって示しているのだ」

しばらく沈黙が落ちた。それから不意に新聞記者は言った。

「しかし、いいですか、そんなはずはない。伯爵の悪評の理由はワインや美食に無駄金を遣うということだけではない。やることなすことすべてが悪評の元になっているではありませんか。なぜマリラック伯爵は卑猥で堕落した芝居に夢中になっているのですか？　なぜマリラック伯爵はプラーグ夫人のような女性とつきあうのですか？　どう考えても、それは隠者に相応しい行いには見えません」

ピニオン氏の向かい側の人物は微笑んだ。その右隣の、より大柄な人物は笑い声らしきものを洩らしながら、ピニオン氏のほうに向きなおった。

「なるほど。あなたがプラーグ夫人を知らないことはまったくもって明白ですな」大柄な男は言った
「おや、それはいったいどういう意味ですか？」ピニオン氏は尋ねた。今度は明らかに笑い声と目されれる声が高くあがった。

「彼女はマリラックにとってオールドミスの叔母のようなものだ。だからマリラックは彼女に親切にする務めがあるのだ」不思議な眼の男が言った。大柄な男が憮然として割りこんだ。

「なぜ彼女をオールドミスなんて呼ぶんだ。彼女が実際、何に見えるかって言うと――」

「判ってる、判ってる」向かい側の男は急いで言った。「しかし、どうして『何に見えるか』なんて言うんだい――そう思うんだったら」

「彼女の会話ときたら」大柄な男は呻くように言った。「マリラックはそれに何時間も耐えられる」

「それに彼女の芝居だ」もうひとりの男が後を引きとった。「マリラックは死ぬほど退屈な五幕物の芝居を最後まで観る。あれが苦行者の徴でないとしたら――」

「判らないかい？」みすぼらしい服の男は興奮のそれとも形容しうる面持ちで言った。「伯爵は教養のある、いや博識と言っていいほどの男だ。また彼はラテン民族だ。我慢できないことにたいしては相応の反応をする。そのくせ、マリラックはあの芝居に拘泥するのだ。彼はあの真に現代的で知的で先鋭的な芝居にも、五幕か六幕なら持ちこたえられる。第一幕では、女はもう彫刻のように台に載せられることはないだろう、と彼女は言う。第二幕では、女はガラスケースのなかに入れら

れることはないだろう、と言う。第三幕では、女はもう男の玩具ではない、四幕ではもう女は奴隷ではないと言う。すべては紋切り型だ。それからさらに二幕彼は芝居を見る。プラーグ夫人はそこでふたたび何か他のものにならないことを宣言する。家庭の奴隷にならない、あるいは家庭から追いだされても浮浪者にならないと。彼はそれを六度、身じろぎもせずに観た。歯ぎしりすることさえせずに。それにプラーグ夫人の会話といったら。彼女の最初の亭主は、彼女の話を理解することができなかった。二番目の亭主は理解できるかもしれないという様子を見せた。三番目の亭主になってようやく、話を理解したという態度で彼女に接することができた——ともかく一応は理解すべき何物かがそこにあるという態度で。完全に自己中心的な愚か者というのがどんなものか、判るだろう？　彼はそういうものにも喜んで耐えるのだ」

「実際」と大柄な男が、独特の憂鬱そうな喋り方で言った。「彼は現代的な苦行の方法を発明したと言うべきだろう。退屈の苦行だ。粗末な毛衣や寂々たる荒野の隠者の洞穴は、マリラックのような現代人の神経には、さほど恐ろしいものではない」

「あなたの話によると」考えながらピニオンは言った。「わたしは軽やかに踊る快楽主義者を追いかけているうちに、頭で倒立している隠者を発見したということになりますね」そしてしばらく黙りこんだ後ふたたび口を開いた。「この話はほんとうのことなんですか？　それにどうしてあなた方はそれを知ってるんですか？」

「それはかなり長い話になるな」粗末な服の男は答えた。「ほんとうのところを言えば、マリラックは一年にいっぺんだけ、自分に饗宴を許す。クリスマスの日だ。その日は自分の好きなものを飲み食いする。ホクストンの静かなパブでビールを飲んで、牛の胃袋を食べるマリラックを見たことがあるよ。ああ、しかし内密にしなきゃならない話に踏みこんでしまったようだ。言うまでもないと思うが、これは内聞に願いたい」

「新聞には載せません」と記者は言った。「もし、そんなことを書いたら、狂人だと思われるでしょう。現代の読者は狂気のようなものを好みません。しかし、不思議でならないのですが、なぜ、あなたはそんなによく事情を御存知なんですか?」

「そう、それはマリラックの前に、僕自身のことがあるからだ」と相手は答えた。「ある意味では、マリラックがやっていることは僕がやったことに似ているのだ。僕はマリラックを友人たちに紹介した。そうして、彼はこのクラブの会長のような存在になった」

「なるほど」狐につままれたような顔でピニオンは言った。「あなた方がクラブを作っているとは気がつかなかった」

「僕たち四人は少なくとも盟友だ。僕たちはみんな理由を持っている。マリラック同様に、実際よりはるかに悪く見られるような理由を」

「そう」幾分苦々しげな口振りで大きな男が言った。「我々はみんな、誤解されている。プラーグ夫人のように」

「『誤解された男のクラブ』はしかし、彼女よりもずっと悦ばしいものだ」とみすぼらしい服の男が言った。「ここでは我々はみんなきわめて陽気だ。忌まわしく不快な犯罪で評判は散々だがね。真実を言えば、我々は新しい種類の探偵小説——お望みなら探偵の行と言ってもいいが、そういったものに身を捧げてきた。我々が追い求めるのは犯罪ではなく、隠された美徳なのだ。時にはマリラックの場合のように、それは巧妙に隠されている。必然的に、世の人々の理解を得ることは難しい。我々は自分たちの美徳を眼を瞠るような手段を用いて隠してきた」

狂気や犯罪が充満した場には慣れていたと思っていたにもかかわらず、新聞記者は小さく首を振った。「確か、自分たちの評判が犯罪で台無しになっているとおっしゃいましたね。いったいどういう犯罪なのですか？」

「そう、僕は人殺しなのです」大柄な男が言った。「僕を非難する人は、どうやら殺人に反対のようだから、そうするらしい。僕は確かに殺人に失敗した人間です。ほかのすべてのことに失敗したように」

当惑したピニオンの視線は隣の男の上に落ちた。隣の男は楽しそうに言った。

「僕のはありふれた不正行為だ、職業上の不正行為でもある。時々、きみと同じ仕事をしている者を首にさせるような種類の。クック博士（アメリカの探検家。一九〇八年に北極点に到達したと主張したが、正しい地点とは認められなかった）の間違った北極点到達にかなり似ている」

「これはいったいどういうことなんですか？」とピニオンはそれまで説明をしてくれた向い側の人物に尋ねた。

「窃盗です」とその男は落ちついた口調で言った。「僕が告発されて、逮捕された罪はけちな窃盗です」

深い沈黙が落ちた。沈黙は雲が集まるように、四人目の人物の上に凝集していった。四人目の人物はそれまで一言も発していなかった。彼は背中を伸ばして異国風な趣を漂わせて椅子にすわっていた。ハンサムな顔には表情というものがなく、唇は動かず、囁きすら洩れてこなかった。突然の深い沈黙が彼を促しているように見えた。彼の顔の堅固な印象は木から石のそれに変わり、口を開いた時、耳慣れないアクセントは外国風というだけでは足りず、いっそ非人間的とでも言いたいような響きを備えていた。

「わたしは許しがたい罪を犯しました」と彼は言った。「その罪のためにダンテは最後の、そして一番底辺の地獄を準備してはいませんでしたか、氷の地獄を」

しかし、誰もその質問には答えなかった。そして、彼は自分の虚ろな問いに虚ろな答えを返した。

「裏切りです。わたしは四人の仲間を裏切りました。金と引きかえに四人の仲間を警察の手に引き渡しました」

感受性に富んだピニオン君の内側の何かがひんやりと冷たくなり、彼は自分を包む空気が奇妙かつ不吉なものであることに、その時はじめて気がついた。沈黙はさらに三十秒ばかりつづいた。それから、四人が一斉に笑いだした。

それぞれの法螺話ないし告白を裏付けるために彼らが語った話は、少しばかり違った形でここで収められている。彼らはそれぞれの出来事の中心というよりも周辺に登場するからである。とにもかくにも人生における不思議な事柄をすべて蒐集したいと念じている新聞記者は、自分が耳にした話を記録することに充分意味があると考えた。そして後になってからその記録をあらためて書き直した。彼はそうしたことで自分が何かを手に入れたような気持ちになった。贅沢で疾風のごとき行動家ラウル・ド・マリラック伯爵の追跡から得られると思っていたものと、それはずいぶん違ったものではあったのだが。

穏和な殺人者

The Moderate Murderer

1　緑色の傘を持った男

新たに総督を拝命したのはトールボーイズ卿であった。トールボーイズ卿は一般にはシルクハット・トールボーイズと呼びならわされていた。卿のシルクハットにたいする奇妙な愛着ゆえの命名である。卿はウエストミンスターの街灯の下を歩く時と同じように、エジプトの椰子《やし》のあいだを慎重に帽子のバランスを取りながら歩を進めた。確かに卿は王冠がぐらつきがちな国々では充分な慎重さをもってそれを扱ったものである。統治するために卿がやってきた国は、エジプトに隣接した細長い国で、いまだ政治的配慮が必要と思われるので、ここでは仮にポリビアと呼んでおく。ことが起こったのはもうよほど前である。しかしその事件は多くの人々が、その後、閲《けみ》した歳月の長さにもかかわらず、記憶に留めているほど興味深い事件であった。当時は国家的事件だったのである。ひとりの総督が殺された。つぎの総督も危うく命を落とすところだった。しかし、この話のなかでは、わたしたちはひとつの事件についてのみ見よう。それはむしろ個人的で、私的な事件とすら言えるようなものだったのであるが。

シルクハット・トールボーイズは独身だったが、家族というものを有していた。彼にはひとりの甥とふたりの姪がいて、事件が起こった時、姪のひとりはポリビアの副総督と結婚していた。副総督は前任の総督が殺されてから、総督不在の期間、その地域を治めるために、ポリビアに送られてきたのだった。もうひとりのほうの姪は結婚していなかった。彼女の名前はバーバラ・トレールである。彼女がこの話の舞台を横切る最初の人物ということになるだろう。

実際のところ、彼女はかなり人目を惹く娘だった。髪は漆黒で、その反対に顔色は鮮やかで、横顔がひじょうに美しかったが、それはいま不機嫌そうな表情を湛えていた。彼女は砂の小道を、日差しを遮る唯一のものである低く長い塀の影に沿って歩いていた。日差しの源のほうはいま砂の地平線のほうにじりじりと進んでいた。塀は風変わりなもので、東と西が出会う場所に相応しく、両者の混淆の好例だった。それは実際には下級の役人たちのために建てられた小さな住宅の列で、国境や地域にとらわれない想像力を持った建築家によって建てられたように見えた。まるでヘリオポリスの廃墟にロンドン郊外の町ストレタムの街路が出現したかのようだった。古い国々が新しい植民地になる際に、その種の風変わりなものが生まれるということは、知られていないわけではなかった。けれどもいま想像力に欠けるというわけではないその若い娘は、じつに空想的なその対比にあらためて眼を奪われていた。人形の家を思わせる小さな家の列は、それぞれがみな玩具のような低木や植木や、狭く細長い裏庭を備え、それを繋ぐように共用の塀がどこまでも延びている。そして、でこぼこの道がちょうどその塀に沿ってつづいていた。樹皮が萎び、皺《しわ》だらけになった橄欖《オリーヴ》の木が、並木と呼ぶのが躊躇《ためら》われるほどの疎《まば》らさで道を縁取っていた。並木の外側は視線の届くかぎり、空漠たる砂の丘である。ただ、地平線のあたりにぼんやりと三角形のものが見てとれる。自然界には見られないその数学的な徴《しるし》は五千年にわたって、詩人や巡礼たちを惹きつけてきた。娘がちようどそうしたように、はじめて眼にした者は誰であれ、口から洩れる叫びを抑えることはできない。「ああ、ピラミッド」

そう言うのとほぼ同時に、彼女の耳のなかで声が響いた。大きくはないが、驚くほど明瞭で、きわめて正確な発音の仕方で声は響いた。「礎《いしずえ》は血で書かれた。そして新たにまた血で書き直されるだろう。これらはわたしたちを導くために書かれたものだ」

バーバラ・トレールは想像力のない娘ではないと述べた。とは言え、どこから聞こえてきたのか見当もつかなかったが、むしろ想像力がありすぎるほうだった。とは言え、どこから聞こえてきたのか見当もつかなかったが、彼女は自分の聞いた声が想像の産物でないことは確信していた。塀に沿って、総督邸を囲む庭までつづく細い道を、ひとりで歩く彼女の周囲には誰もいなかった。塀の向こう側から聞こえたのかも知れないと思った彼女は後ろを振り返って見た。無花果《いちじく》の木の蔭のあたりに顔を一瞬見たように思った。大小を問わず、それはその付近では唯一の木だった。背の低い橄欖《オリーヴ》の並木の最後の一本は、二百メートルほど後ろにあった。つかのま見えたものが何であるにせよ、それはつぎの瞬間にはすでに消えていた。そして、彼女は何だか急に恐くなった。現れたと思った時よりも消えたと思った時が、余計に恐ろしい感じがした。小道を走るようにして、彼女は伯父の邸に急いだ。たぶんそのように急に歩く速度をあげたために追いついたのだろう。総督邸の門へつづくその道をゆくひとりの男の姿が、不意に視界に飛びこんできた。

その男はとても大きな男だった。細い小道を優に塞《ふさ》ぐくらい大きな体をしていた。バーバラ・トレールは東方の街の入り組んだ細い道で、駱駝《らくだ》に前を塞がれたみたいだと思った。しかし、その男は駱駝というよりはむしろ象のように歩みを進めていた。男の歩き振りは妙に物々しいもので、行進する人のそれを連想させた。男は長いフロックコートを身につけ、頭に緋色の塔のようなものを乗せていた。それは緋色の恐ろしく縦長のトルコ帽で、トールボーイズ卿のシルクハットを高さにおいて凌駕するようなものだった。赤い東洋の帽子と黒い西洋の服の組み合わせは、このあたりの国の富裕な階級の一般的な服装だった。しかし、男の全体のようすには少しばかり風変わりで調和を欠くような要素があった。大きなその人物は綺麗な金髪で、同様に金色の顎鬚はいま微風になぶられて緩やかに躍っていたのである。彼は愚かな者たちが北欧系のヨーロッパ人を語る時に典型としてあげるような人物にも見えた。いずれにせよイギリス人に見えないことは確かだった。指先には緑色の妙な傘、雨傘か日傘か判じがたいものを引っかけて、それを首飾りか何かを回すようにくるくると回していた。男の歩みはしだいにゆっくりとしてくるようで、一方のバーバラの歩みは早く、しかもなおも早く歩こうとしていた。しぜん道を空けて追い越させて欲しいということを意味する不満の呟き、あるいは苛立たしい態度をバーバラは抑えることができなかった。顎鬚を生やした大きな男はすぐに振り向いて、彼女を見た。そして単眼鏡《モノクル》を摘《つま》みあげ、眼にあて、微笑んで詫びを言った。彼女は男が近眼で、単眼鏡《モノクル》をあてがうまでは、その男にとって自分は、たぶん眼の曇りのようなものだったのだろうと思った。しかし、男の顔と態度の変化にはほかにも何か、はじめて見るものではない何かがあった。けれどもそれが何であるのか、はっきりとは判らなかった。

　総督邸に文書を届けるところだと大きな男はしごく丁重な口調で説明した。その話し振りや内容など、どこといって厭なところはなかったので、彼女は何とはなしに話に耳を傾けた。ふたりは当たり障りのないことを話しながら、しばらく並んで歩いた。少し話しただけで自分が話している人物が驚くべき人物であることを彼女は知った。

昨今、我々は純潔の危機についてよく話を耳にする。それらの多くは誤りであるし、一部は真実である。しかし、議論は性的な事柄にかぎられることが専らである。政治的な純潔の危険性について語るべきことはひじょうに多い。愛国心というもっとも必要でもっとも気高い美徳は、しばしば不必要で先走りすぎた絶望や破滅に姿を変える。それを引きおこすのは、帝国の歴史と安全保障について誤まった楽観主義にもとづいた教育を富裕階級の子弟に施すという愚行である。バーバラ・トレールのような若い人々は、アイルランド人やインド人やフランス系カナダ人などによって語られるはずの、他の視点からの話を一言も耳にしないことがしばしばである。そして、多々見られるように、もし若者たちがばかげた大英帝国主義から、同様にばかげた急進的社会主義に不意に転向することがあるとしたら、それは若者たちの親たちのせいであり、新聞のせいである。そしていま自分では気づいていなかったが、バーバラ・トレールの番がきていた。

「もし、イギリスが約束を守るなら」と顎鬚の男が顔をしかめて言った。「騒ぎが収まる可能性がまだ残されている」

バーバラは学校に通う少年のように答えた。

「イギリスはいつも約束を守ります」

「ワバ党がそう思ったことはない」と彼は勝ち誇ったように言った。

博識の者というのはしばしば無知である。ことに彼らはしばしば無知ということに関して無知である。見知らぬ男は自分がきわめて痛烈で、かつ機知に富んだ即答をしたと考えていた。おそらくいつものように、彼の言葉を理解する人物に向かってそうしたと。しかし、バーバラはワバ党という言葉を耳にしたことがなかった。新聞はまだその言葉の使用に慎重だった。

「英国政府は」と彼は語を継いだ。「二年前、自治を認めることを、確固たる計画として公約している。もしそれがほんとうに確固たる計画であれば、すべてはうまくいくだろう。しかし、もしもトールボーイズ卿が不確かな計画、妥協の計画とともにこの地にやってきたのなら、すべてうまくいくとはとても言えないことになる。すべての人にとって、それは残念なことになるだろう。とくにわたしのイギリス人の友人たちにとって」

彼女はいかにも若く無邪気な皮肉をもってその言葉に応えた。「ええ、そうね――たぶん、あなたはイギリス人の大切な友人なんでしょうね」

「そうだ」と男は穏やかに答えた。「友人だ。しかし、率直な友人だ」

「ああ、そういうのはよく知ってるわ」彼女は熱の籠った口調で言った。「率直な友人っていう言い方が何を意味するのか知ってるわ。その言葉はたいてい卑劣で、冷笑的で、秘密主義で、信頼できない友人を意味してるのよ」

男はつかの間、苛立ちの表情を浮かべたが、やがて言った。「きみはジャフレー卿の侵攻の際に子供が撃たれたことを知っていますか？　きみは何か知っていると言えるのですか？　きみはイギリスが自分の築きあげた帝国の領土に、どうやってエジプトを鋲で留めたか知っているのですか？」

「イギリスは輝かしい帝国です」と愛国者の娘は言った。

「イギリスは輝かしい帝国だった。そしてエジプトもやはりそうだった」

会話の流れを象徴するかのように、ふたりは小道の尽きるところまできていた。娘は憤然として、総督邸の庭の門のほうへ向かった。彼女がそちらに向かった時、男は緑色の傘を持ちあげ、思いがけなく素早い動きで、砂漠の暗い地平線のほう、ピラミッドのほうを差した。午後も遅く、空は赤味を増していた。地平線にかかった太陽の真紅の光の幅《や》が、荒涼とした紫色の陸の海を貫いていた。

「輝かしい帝国か。帝国の日は決して沈まない……だが、見なさい、血の色の日が沈んでゆく」

彼女は庭の門を勢いよく通り抜けた。後ろ手に閉めた鉄の門ががしゃんと大きな音をたてた。敷地内の庭につづく道を歩いていくにつれて、そうした急な動きも緩み、平生《つね》の彼女により近い、少し気怠いような動きに変わっていった。閑静なその場の色彩や陰影が自分を包みこむような気がした。いま彼女の故国に一番近い場所がそこだった。華やかな色に満たされた長い庭のずっと奥のほうの小径に、花を摘む姉のオリーヴの姿が見えた。

その光景を見て、バーバラ・トレールは安心した。しかし、彼女は安心することがなぜ自分に必要なのか、少し不思議に思った。バーバラは異質で恐ろしいものに触れたような感覚を強く感じていた。凶暴で完全に異質な感覚。砂漠の奇妙な獣に出会ったような感じだった。しかしバーバラの周囲の庭や前方の屋敷は、そこはかとないイギリス的な色相あるいは色調を帯びていた。移ってきてまだ間もなく、頭上にはアフリカの空が広がっているにもかかわらず。オリーヴはイギリス製の花瓶に挿すためか、デカンタや塩アーモンドと並べて、イギリス式の晩餐のテーブルを飾るために、花を摘んでいるに違いなかった。

しかし彼女がその遠い人影に近づいていくにつれて、人影はしだいに当惑させるものに変わっていった。姉が抱えている花は脈絡のない雑多なものだった。ちょうど寝ころんでいる者がぼんやりと、あるいは怒りにまかせて周囲に生えているものを引き抜いたとでもいったように。それに子供が面白がって花をもぎとりでもしたかのように。庭の小径の上に茎だけが何本か散らばっていた。何気なく、ただぼんやりと見ただけなのに、どうして自分の眼が、中心にいた者より周囲の細部を先に捉えたのか、バーバラには判らなかった。オリーヴがその時顔を上げた。彼女の顔はひどく恐ろしいものだった。それは花園で毒の花を集めている王女メディアの顔だった。

2　騒ぎを起こした少年

バーバラ・トレールは少年の要素を多分に持った娘だった。それは現代の小説の女主人公についてたいがい当てはまることである。しかしながら、そうした女主人公と彼女を比較すると、失望を禁じ得ないであろう。というのも、自分たちが創造した娘を小説家たちは少年的と形容するのだが、不幸なことに小説家には少年というものが何ひとつ判っていないからである。小説家が描写する娘は、聡明で瑞々《みずみず》しいものであれ、愚かしく可愛らしいものであれ、いずれにせよあらゆる点で少年の対極に位置している。小説のなかの娘はきわめて率直である。彼女は少しばかり軽薄である。彼女はたいがいは陽気である。まごつくことは決してない。そう、彼女の在り方は、少年の在り方とは完全に対照的である。バーバラこそが真の意味で少年的なのである。バーバラは少し内気である。奇抜な想像力を備えている。知的な友情を築きあげることができるし、同時にそれを感情的に気に病むこともある。陰気になるし、秘密を抱くこともできる。自分がほかの者とは違うのではないかという、多くの少年を当惑させる感覚を有している。そして、人に理解されたり、告解したりするには、自分の魂はあまりに大きすぎると思っている。未発達な感情を習慣的に隠している。その結果のひとつとして彼女は、懐疑主義に悩まされる人間になった。それは良心的な懐疑主義かもしれなかった。そしていま彼女が抱いているのは愛国心に関する懐疑だった。愛国心に関して疑問など少しもないと、自分自身に向かって激越に否定してみせたのだが、断固として主張されたエジプトの苦悩、あるいは断固として主張されたイギリスの犯罪をかいまみたことによって、彼女はすっかり動転していた。見慣れぬ人物の顔、白い皮膚、金色の顎鬚、光る単眼鏡《モノクル》のその顔は、自分を糾弾するために現れた悪魔、もしくは悪霊のごときものに思われた。しかし、姉の顔に浮かんだ表情は、そうした単なる政治的問題を一瞬にして吹き消した。それは彼女をより私的な問題のほうへと吹き飛ばした。ごく個人的な問題。彼女はその問題を自分の胸に秘めて、誰にも知られないようにしていた。

トレール家にはひとつの悲劇があった。あるいはバーバラの憂鬱な心に即してより正確に言うと、悲劇の兆しがあった。彼女の弟はまだ少年だった。いや、ほんの子供といったほうが事実に近いかもしれない。彼女の弟の精神の発育は世間の基準より遅れていた。欠陥がどういうものであるのか意見は分かれていたが、彼女はもっとも悲観的な見解に傾きがちで、気分もまた沈みがちになるのを如何ともしがたかった。そのせいでトールボーイズの邸全体もまた鬱々たる気分に覆われていた。だから姉の異様な振るまいを眼にした時、口を衝いて出た言葉はつぎのようなものであった。

「トムがどうかしたの？」

オリーヴは少しびっくりしたようだった。それから、少し不機嫌な面持ちで言った。「いいえ、別に何もないわ……。伯父さんが家庭教師をつけてるし、みんな、段々良くなってるって言ってるし……。何でそんなこと言うの？　トムには特別変わったことは起きてないわ」

「だったら」とバーバラは言った。「姉さんに何かあったのね」

「そうね。わたしたちみんなに何か起こってるんじゃないの？」

そう言うと、今まで摘んでいたらしい花をすべて放りだし、姉は背を向けて、屋敷のほうに歩き去った。妹はその後を追ったが、何だか胸騒ぎがしてならなかった。

ふたりが玄関の屋根付き柱廊《ポーチコ》とヴェランダが並んだあたりまで行くと、伯父のトールボーイズの高い声が聞こえてきた。伯父は椅子の背に深く凭《もた》れ、オリーヴの夫君である副総督と話をしていた。トールボーイズ卿は大きな鼻と、側頭部から突きだした耳が目立つ、痩身の人物である。その種の人物によく見られるように、喉仏も飛びだしていて、いったん口を開くと嚙みつかんばかりの勢いで喋った。しかし、卿の喋ることには耳を傾ける価値があった。卿は話を進める時、ひとつの考えとべつの考えを軽業的に対比させた。大きな手をそれぞれになぞらえてひらひらさせるのである。その動きを少しばかり苛立たしいと感じる者もいた。また卿は耳が遠かったので会話は焦《じ》れったいものになった。副総督のサー・ハリー・スマイスは、卿の愉快な対照物といった存在だった。赤ら顔の謹厳な人物で、澄んだ空色の眼の下の頬は赤く、ふたつの眉は真っ直ぐで、口髭を生やしていた。全体的に、副総督はキッチナー元帥（一八五〇―一九一六。ブーア戦争の司令官。第一次大戦時の陸相）にそっくりで、本人もそのことは意識していたし、満更でもないようだった。副総督の外見はまた彼が気難しい男であるという誤った印象をもたらしがちだった。実際には彼は愛情深い夫であったし、気のおけない友人でもあった。しかし政治的には頑固そのものだった。会話の最後の部分を聞いただけで、彼の見解が軍事的な視点に立って築かれたものだということは簡単に見てとれた。そういう見解は一般的なものであったし、平凡とすら言えるものではあったが。

「要するに」と総督は言っていた。「政府の計画は想定される少々困難な状況に見事に対応しているとわたしは信じているのだ。過激派の連中は両派ともさぞや反対することだろう。だが、過激派というものは何にでも反対するものだ」

「まったくそうですね」と話し相手は答えた。「彼らにとって問題なのは、反対することではなくて、自分たちが反対する存在になれるかということのようです」

新たに生じた強い政治的興味から、バーバラはその政治的会話に耳を傾けようとしたが、他の同席者たちの存在を目にして、それが難しいことに気がついた。まず、黒絹のような髪の、一分の隙もなく身拵えをした若い紳士がいた。それは総督のこの植民地における秘書だった。名はアーサー・ミードだった。それから栗色の鬘《かつら》、明らかに鬘と知れるそれを頭に載せた、解釈不能とまでは言えないかもしれないが、黄色い顔の、底の知れない感じの老人がいた。老人はモースという名で知られている金融業者だった。そして当然、官邸に出入りするさまざまな婦人たちが相当数いた。どうやら午後のお茶会があって、それがそろそろ終わりになるところらしかった。そういうことであれば、もてなし側の唯一の婦人である姉が、お茶会の場から遠く離れた庭をぶらついて花を千切るという振るまいに及んでいたことは、どう考えても不思議だった。バーバラは意識しないまま、滑らかな銀髪を戴いて、同様に滑らかで深い声を持った、感じの好い老牧師の隣にすわった。牧師はバーバラに聖書とピラミッドについて語った。ふと気がつくと彼女は、会話を交わしているふうを装いながら、べつの会話に耳を傾けるという、何とも落ちつかない状況に陥っていた。

それは牧師が物腰の柔らかさにもかかわらず、少なからぬ執拗さを有していたので、ますます困難になった。バーバラが受けたいささか混乱した印象を綜合すると、老人はどうやら世界の終末、とりわけ大英帝国の運命に関係した、ある一連の預言の重要性について確固たる意見を有しているらしかった。老人には突然質問をするという癖があるらしく、もちろんそれは気の乗らない聞き手であるバーバラには、都合がいい癖とは言えなかった。そういうわけで彼女は、この地のふたりの統治者の会話を断片的に聴くのがやっとという状態だった。自分の言葉と手を組み合わせながら、総督は語っていた。

「ふたつの案件がある。そしてこの方法によって、我々はその両方に対処できる。一方の案件は、我々は公約を破棄することは絶対にできないというものだ。他方は、最近、極悪な犯罪がつづいているのに、公約の内容に当然の変更を加えないのは愚策であるというものだ。我々の布告が妥当な範囲内の自治を認めるものであることは、今も確信をもって言える。ゆえに我々は決断したのだ

――」

その大事な瞬間に、実直一点張りの聖職者氏はバーバラの意識を感動的な問いで刺激した。

「さあ、ではその長さはいったい何腕尺《キュービット》（一キュービットは四六―五六センチ）あったと思いますかな？」

少し後、彼女は何とかしてスマイスの言っていることを聞き取ることができた。黙って話を聞くほうに回っていたスマイスは簡潔に言った。「わたしとしては、総督の布告がそれほどの違いを生むとは思いません。我々に十分な武力がなければ騒ぎは起こる。充分な武力があれば、騒ぎは起こらない。つまりはそういうことでしょう」

「では、現在の我々の軍備はどうなっているのかね？」総督は重い口振りで尋ねた。

「我々の軍備は惨憺たる状況です、敢えて言うなら」呻《うめ》くようにスマイスは言った。「兵士たちはまったく訓練されていません。そう、年に二回、豆鉄砲を使った客間ゲームのようなライフル射撃の訓練をやるだけです。今回ようやく橄欖《オリーヴ》の道の向こうに射撃の標的を並べさせました。けれど、ほかにも問題があるのです。どうも弾薬が――」

「しかし、その場合」牧師のスノー氏が穏やかだが、よく通る声で言った。「その場合、シュナミ人《びと》たちはどうなりますか？」

シュナミ人たちがどうなるのかバーバラには見当もつかなかったが、牧師のその質問は修辞的なものと解釈していいように思われた。バーバラは敬うべき神秘家の言葉に、もう少しだけ注意を傾けるように努めた。政治に関する会話の断片はその後は一切れほどしか聞き取ることができなかった。

「我々は実際に軍事的な備えを必要とするようになるだろうか」トールボーイズ卿は少し苛立たしげに言った。「きみはいつ我々が軍備を必要と考えるようになると思うかね？」

「言えることは」とスマイスは凄みのある笑みを浮かべて言った。「総督が妥当な自由とはどの程度のものかを明確にした声明を発表した時、わたしたちは軍備が必要だと考えるようになるでしょう」

庭の椅子にすわったトールボーイズ卿は、苛立ちにまかせ、会話をぶちこわそうとでもいうような勢いで、不意にある動作をした。卿は話を中断して、指を一本立てて、秘書のミード氏に合図したのである。ミード氏は卿のそばに行き、短く言葉を交わし、その場を離れ、屋敷のなかへ入っていった。国政を動かす場にいるという緊張から解放されたバーバラは、ふたたび教会と預言者の支配の下に戻った。頭のなかには老いた牧師が先ほどから言っていたことがまだわずかに残っていた。しかし、彼女はそのなかに漠然とした詩性といったものを感じはじめていた。少なくともそれはブレイクの暗い絵のように彼女の空想を刺激した。有史以前の都と、盲目で無慈悲な預言者たち。自らの墓であるピラミッド同様、石に被われた王たち。なぜこの石と星ばかりの荒れた地が、多くの変わり者たちの集まる場所になっているのか、彼女は漠然と理解した。バーバラは変わり者の聖職者にたいする態度を和らげ、のみならず、シュナミ人に関する明確な証拠と文書を見せたいので、明日、自分の家を訪ねてくれという招待を受けいれさえした。一体何が証明されることになるのか、バーバラにはいっかな判らなかったのだが。

牧師は彼女に感謝の言葉を述べ、さらに重々しい口調で言った。「もし、預言がいま成就するなら、ゆゆしい災いが起こりますじゃて」

「わたしも思いますわ」彼女は恐るべき軽率さで言った。「もし預言が成就しなかったら、もっと大きな災いが起こりますでしょうね」

彼女がちょうどそう言った時、庭に並んだ棕櫚《しゅろ》の蔭で何か動くものがあった。青白くぼんやりとした感じの弟の顔が、棕櫚の葉の下から現れた。つぎの瞬間、彼女は弟のすぐ後ろに秘書と家庭教師の姿を認めた。そのふたりがいるということは伯父が呼んだということだった。トム・トレールは大きすぎる服を着ていた。それは未成熟な彼の唯一の特徴ではなかった。一族に共通する陰影を含んだ端正さは、髪がきちんと撫でつけられていないことと、横目で絨毯の一点を凝視するという癖によって損なわれていた。トムの家庭教師は体格は良いが、ぱっとしない容貌の人物だった。ヒユームという名前らしかった。彼の広い肩の両端は少し垂れさがっていて、単調で骨の折れる仕事をする人のそれに見えた。まだ中年にも達していない年齢のはずだが、単純で無骨な顔にもやはり疲労の影が差していた。精薄児を教育するのは室内ゲームと違うことをそれは示しているのかもしれなかった。

トールボーイズ卿は家庭教師と愛想の良い会話を少し交わした。卿は幾つか簡単な質問をし、教育に関してちょっとした訓話を与えた。相変わらず愛想の良い面持ちで、卿は手をひらひらと宙に舞わせた。一方の手をひらひらさせて、仕事をする能力は人生に必要なものだ、それなしで人生を送ることはできない。もう一方の手をひらひらさせて、娯楽と休息が適度に配合されなければ、仕事は優れたものにはならないだろう。ふたたび逆のほうの手で……その時だった。預言は成就したらしく、きわめて悲しむべき出来事が総督のガーデン・パーティーを襲った。

少年が不意に甲高い、喉にからんだような悲鳴をあげ、ペンギンのように、両手をばたばたと羽《は》搏《ばた》かせ、同じ言葉を繰り返しはじめた。

「こっちの手で、それからもういっぽうの手で、またこっちの手で、それからもういっぽうの手で……ああぁ」

「トム」と苦痛に満ちた声でオリーヴが言った。深い沈黙が庭を覆った。

「そうだなあ」と家庭教師がその場に相応しい小声で言った。その声は静寂のなかで鐘のように鳴り響いた。「きみは手を三本持つことはできない、それともできるかい」

「三本の手？」と少年は答えた。それから長い沈黙のあと、ふたたび口を開いた。「先生はできるの？」

「一本は真ん中がいいね、象の鼻みたいに」家庭教師は、それまでと変わらない、何気ない調子で言葉をつづけた。「象のように長い鼻があったらいいと思わないかい？　そうすれば、あっちこっちにそれを伸ばして、朝食のテーブルの上にあるものを何でも摘みあげることができる。ナイフやフォークを手から離さずにすむじゃないか」

「先生は気が狂ってる」歓喜の声にも似た奇妙な叫びをトムは発した。

「狂ってるのは世界中で僕ひとりってわけじゃないよ、トム」とヒューム氏が言った。

まったくの静寂のなか、まったく不似合いな社交の場で交わされる、その途方もない会話にバーバラは眼を瞠《みは》った。一番信じがたかったのは、狂ったような、異様なその言葉を、家庭教師が完全に表情の欠けた声で言ったことだった。

「前に言わなかったっけ？」と彼は同様に緩慢な、表情のない声で言った。「自分の歯といっしょに自分の鼻まで抜いてしまった歯医者のことを？　じゃあ、明日話してあげよう」

　同じようにゆっくりと、そして大真面目に彼はそう言った。しかし家庭教師は目的を適えていた。癇癪《かんしゃく》を起こした子供が玩具を与えられたように、少年はそのばかげた話のお蔭で、嫌いな伯父の仕草のことを忘れた。トムはいま家庭教師だけを見ていた。家庭教師が動くたびに視線をそちらにやった。おそらく、そうしたのは一家のなかでトムひとりだけではなかった。この家庭教師は確かにじつに奇妙な人物だ、バーバラはそう思った。

　その日はもう政治的な話は出なかった。しかしつぎの日に現れた政治的ニュースはとびきりのものだった。翌朝、町中にビラが貼られた。英国政府はポリビアと東エジプトの重大な外交問題の公正で最終的な解決に向けて、寛大かつ合理的な和解案を申しでていることをそのビラは告げていた。その日の夕方、ひとつのニュースが砂漠の上を渡る突風のごとき勢いで町を席巻した。トールボーイズ子爵、ポリビア総督が橄欖《オリーヴ》の並木道の尽きる場所、塀の角のあたりで撃たれたというニュースだった。

3　憎むことのできなかった男

内輪のガーデン・パーティーがお開きになってまもなく、トムと家庭教師はそれぞれの夜を過ごすために家に帰ることになった。トムは総督邸に住んでいた。家庭教師のほうは丘の上に建つロッジもしくはバンガローのような家に住んでいた。家は高い木群《こむら》に囲まれていた。ふたりだけになると、憤慨した一同が彼に期待したことを、家庭教師はようやく口にした。芝居もどきの振るまいをしたことで、自分の生徒を諫《いさ》めたのである。

「ああ、あいつが好きになれないんだ」と反抗的な口振りでトムは言った。「あいつを殺したいよ。あいつの鼻は突きでてる」

「あの人の鼻が顔にめりこむことは期待できないな」とヒューム氏は穏やかな口調で言った。「鼻が顔にめりこんでる男が出てくる昔話のことはもう話したかな？」

「その話、してくれるの？」と、幼児のような好奇心を見せて生徒は言った。

「明日、話したほうがいいかもしれないね」家庭教師はそう言って、急な坂道を自分の家のほうに向かって登りはじめた。

それは大部分が竹と軽い木材で作られたロッジで、ぐるりはヴェランダになっていた。ヴェランダに立つと、地区全体が地図でも見るように一望の下に見渡せた。灰色と緑色の区画は総督邸の地所だった。その庭の低い塀からまっすぐ延びた道が、住宅の列に沿ってつづいている。その家と塀の線を断ちきるように、一本の無花果の木が立っていて、それから先は橄欖《オリーヴ》の並木である。あまりにも疎らなので、ところどころ円柱が損壊した回廊といった趣である。そして少し行ったところで並木は途切れ、その先で塀も終わりになった。それらすべての向こうには砂漠の茶色い斜面が広がっていて、ちらほらと緑色が点在している。そこには新たな政策の一環として、つまり副総督の早急な軍事組織改革の結果のひとつとして、芝生が植えられていた。東洋の陽の残照のなかで、そのすべてが雲のごとく定かならぬ陰影をまとって眼下に広がっていた。それから思いがけない速さで紫色の帳《とばり》が下りてきて、それらを覆った。星が頭上で鋭い光を放ちはじめる。星々は地上の何よりも近いものになった。

家庭教師はしばらくヴェランダに立って、暗い風景を見おろしていた。家庭教師の一見愚鈍とも見える目鼻立ちは、いま奇妙な渋面を作っていた。それから家のなかに入った。そこは彼が自分の生徒とともに一日中務めを、あるいは務めというのが何かを生徒に考えさせるという務めを果たしているところだった。ずいぶんがらんとした部屋で、互いに脈絡のない奇妙な物が少し置いてあるだけだった。本棚が幾つかあり、エドワード・リア氏の派手な色の大判の詩集や、フランスとローマの大詩人たちの詩を集めた、擦りきれた小さな本が幾冊か並べてあった。パイプの飾り架があり、そこに無造作に架けられたパイプは、いかにも独身の男といった雰囲気を漂わせていた。埃をかぶって長いあいだ使われていないのがありありと判る釣竿と、古い二連銃が隅に立てかけられていた。故国のスポーツにはまったく不向きな環境にあるため、それらはしぜん等閑《なおざり》にされることになった。

社交性がそれほど求められないという理由で、そのふたつの趣味に耽《ふけ》った時からずいぶんと経っていた。しかし、部屋のなかでもっとも奇妙だったのはおそらく、机と床が幾何学的な図形で覆われていたことで、しかもその図形が幾何学者にはあまり見られない流儀で描かれていたことだろう。図形にはばかげた顔や、踊っているような足があった。それはちょうど、学生が黒板の四角形や三角形に付けくわえるようなものだった。けれども図形そのものはきわめて正確に描かれていた。描いた者が注意深い眼に恵まれ、器具の扱い方に熟達していることをそれは示していた。

ジョン・ヒュームは机に向かってすわり、図形を描きはじめた。それからしばらくして、パイプに火をつけ、自分が描いた図形をじっくりと眺めはじめた。彼は机の前を離れることも、その仕事から離れることもしなかった。丘の中腹の庵を囲む底知れぬ静寂のなかで、時間は過ぎていった。やがて麓のほうから微かに賑やかな旋律、楽団の奏でる旋律が漂ってきた。それは総督邸でダンスの催しがはじまったことを示していた。その夜、ダンスが行われることは知っていたが、関心はなかった。彼は感傷的な男ではなかったが、漂ってくるメロディーのなかの幾つかは、半ば自動的に記憶を刺激した。その当時ですら、トールボーイズ一家はすこし前時代的と言えた。一家は実際以上に民主的な人間であるふりをしないことによって前時代的だった。召使いは召使いであり、それ相応に扱われた。トールボーイズ一家は自分たちを進歩的とは言わなかった。なぜなら追従者たちを受けいれたからである。そうしたふうだったので、秘書や家庭教師は、総督の治める地区で行われるダンスの催しに、自分たちが関係あるという考えを起こすことはなかった。また、ダンスの催しの段取り自体も非進歩的だった。時代もまだそういう時代ではなかった。新しいダンスはようやく、入りこむきっかけを見つけたといった程度だった。狂熱的で種類もさまざまな新しいダンスはまだ知られていなかった。そのためみんな一晩中同じパートナーと同じメロディーで、のろのろと歩くように踊らなければならなかった。ぼんやりとした心の襞にゆらゆら揺れる古めかしいワルツが滲《し》み通り、身分の差や服や道徳といったものに関する漠然とした思いもそのメロディーとともに揺曳していた。突然顔をあげて見たものを彼がどう判断したかについては、彼がそんな状態にあったことを考慮に入れなければならないだろう。

最初は、霧のなかから立ち昇ってきた旋律が形と色を獲得し、具現化した音楽として部屋のなかに飛びこんできたのかと思った。というのも彼女の柄物のドレスの青や緑がちょうど楽音のように、また彼女の驚くべき顔がまるでひとつの呼び声のように思えたのだ。呼び声。ヒュームがとうに失ってしまった、または経験することのなかった若い時代からきた呼び声。妖精国から飛んできた王女のほうが、舞踏会の広間からやってきたその娘より、まだしも意外ではなかっただろう。自分の生徒の年少の姉として、彼はその娘をよく知っていたし、舞踏会が行われているのは、ほんの二、三百メートルほど下の場所であったのだが。彼女の顔は夢のなかに現れる人の顔のようにぼんやりとして見えたし、同時に彼女自身も夢のさなかにあるような表情を浮かべていた。バーバラ・トレールは自分が憂鬱な少年のような魂を映す美しい顔を備えていることに、不思議にも無自覚だった。彼女は姉より魅力に欠けると思われていたし、彼女の不機嫌な表情は、醜い家鴨の仔といった印象をもたらすことがしばしばだった。バーバラの前にいる人物は彼女の登場に驚きを感じているようすは毛ほども見せなかった。彼女は微笑むことすらしなかった。言うべきだと思ったことを出し抜けに切りだすのは、彼女の特徴のひとつでもあった。その直截さは弟のそれと似ていると言うことさえできた。

「トムはいつも失礼をしているんじゃないかしら」彼女が言った。「ほんとうに申しわけなく思っています。トムは良くなっていると思いますか?」

「大抵の人はそう判断すると思います」少し間をおいてから、ゆっくりと彼は言った。「トムが自分の家族にたいしてしたことに関して、教育の不行き届きを謝るべきなのは、あなたではなくてむしろ僕のほうでしょう。トールボーイズ卿のことについては残念です。しかし、間が悪い時というものはあるものです。トールボーイズ卿はとても著名な方です。自分の威厳が損なわれないようにする方策を知っておられます。しかし、トムは僕が面倒をみてやらねばならない。あれが一番いいやり方だと思うのです。トムについては心配しないでください。もしあなたがトムを理解することができたなら、トムには何の問題もないことが判るでしょう。問題なのは失われた時間を取り戻すことだけです」

バーバラはその言葉を聞いているともいないともつかなかったが、いつものような漠然と不機嫌な表情を浮かべていた。彼女はヒュームがすすめた椅子に無意識のうちに腰を下ろし、無意識のうちに、奇妙な図形を見ていた。有り体に言えば、バーバラはヒュームの言葉を何も聞いていないと言って良かったかもしれない。というのも、つぎに彼女の口から飛びだしたのは、まったく違う事柄についての言葉だったからである。しかしバーバラはしばしばそういうふうに、心のなかに散らばる断片を口に出すことがあった。それはジグソーパズルの一片のようなもので、たいがいの人が考えるほど出鱈目なものではなかった。いずれにせよ、バーバラはばかげた図形にじっと眼を据えながら不意に言った。

「今日、総督邸に行く途中の男の人に会ったんです。単眼鏡《モノクル》をかけていて、長い顎鬚があって、大きな人でした。誰だかお判りになりますか。その人はイギリスに敵対するものをいやというほど並べたてました」

ヒュームはズボンのポケットに手をつっこんだまま立ちあがり、口笛でも吹きそうな顔をした。彼は娘の顔を見て、やがて低い声で言った。

「やあ、ではあの男が戻ってきたのかな。となると厄介なことが持ちあがるかもしれません。もちろん、誰だか知っています。グレゴリー医師として知られている人物です。あの男はドイツ人だと思います。しばしばイギリス人として通っていますがね。あの男は嵐の到来を告げる海燕です。あの人物の行くところ、必ず騒動が持ちあがる。彼をイギリス陣営に引きこむべきだ、という者もいる。彼自身が政府に自分のことを登用するように進言したこともあったはずです。グレゴリーはきわめて頭の切れる人物です。そしてこのあたりの国のことについてものすごく詳しい」

「それは」娘の語勢が強くなった。「あの人とあの人が言ったことを、すべて信じるべきだということですか」

「いや、違います」とヒュームは言った。「僕はあの男は信用しない。たとえ、あなたがあの男の言ったことをすべて信じたとしても」

「それはどういう意味ですか」彼女は尋ねた。

「率直に言うと、あの男は悪党だと僕は思っているのです。女たちに関して、不快窮まりない評判がある。話したくもないことですが。そういえば、偽証罪で二回監獄に入っているのではなかったかな。ひとつだけ言えるのは、何かを信じなくてはならない場合が生じた時も、あの男だけは信じてはいけないということですね」

「あの人はわたしたちの政府が約束を破っていると言い放ちました」彼女は憤然と言った。

ジョン・ヒュームは口を噤《つぐ》んだ。その沈黙が彼女に緊張を生じさせた。彼女は感情のままに語を継いだ。

「ああ、何か言ってください。ジャフレー卿の部隊が子供を撃ったって、あの人は言ったんです。イギリスが冷酷だとか無慈悲だとか、みんなが言っているようなことは気にしていません。それは無理もない偏見です。けれど、あまりにひどい嘘はどうにかしなきゃならないと思います」

「さてさて」少し疲れたような口調でヒュームは言った。「ジャフレーが冷酷で無慈悲だとは、誰も主張することはできないでしょう。一切を説明する事実があって、それは彼が泥酔していたからというものです」

「では、あの人はやはり嘘つきだと言うことですね」と娘は激越な口調で言った。

「あの男はまったく嘘つきです」家庭教師は憂鬱な口振りで言った。「そして新聞と民衆にとってはきわめて危険な状態だと言えます。嘘をつく者たちだけが、真実を語る時というのは」

ヒュームの奇妙な冗談のなかに含まれた、看過できない真剣さがつかのま、娘の憤激を押さえこんだ。彼女は幾分穏やかな口調で言葉をつづけた。

「あなたは自治を求める動きがほんとうにあると思いますか」

「どうも、確信することはできないようです。このあたりの人々が投票なしでは生きられない、呼吸できなくなる、と考えることはできないようです。なにしろ自分たちの手で国の全土を治めていた五十世紀のあいだ、そういうものがないことに、何ら不自由を感じなかったのですから。議会というものも、シルクハットというものも、好いものかもしれない。あなたの伯父さんは確かにそう考えておられるようだ。いずれにしても、僕たちが自分のシルクハットを気に入ろうが入るまいが何ら問題はない。けれど生粋のトルコ人が、自分はシルクハットを被る権利を生まれながらに持っていると言うのなら、僕は言わざるを得ないでしょう。では何故あなたは自分のためにひとつ作らなかったのだ、と」

「あなたは民族主義者のこともたいして評価していないようですね」

「民族主義者の政治家たちは詐欺師であることが多い。けれど詐欺師は彼らだけでない。気がつくと僕が中間地点、つまり好意的中立といった立場に立っているのはおそらくそれが理由でしょう。救いようのない悪党たちや膨大な戯言《たわごと》、足下さえおぼつかない白痴たちのなかで、取るべき道はそれしかないように見える。僕は中庸主義者なのですよ」

少しだが彼ははじめて笑った。不骨な顔が思いがけなく味のある顔に変わった。それにつられるように彼女の声の調子がより親しみを増した。

「そうですね、本当の暴動が起こることは防がなければなりませんね。同朋が皆殺しにされるのはあなたも見たくないでしょう」

「ほんの少しだったら」と彼はなおも笑いながら言った。「そう、何人かはむしろ殺されたほうがいいと僕は思います。もちろん、多すぎてはだめですが。調和の問題ですね」

「冗談を言ってらっしゃるのね」と彼女は言った。「わたしたちのような立場にある者には冗談は許されないわ。ハリーは見せしめになることをすべきかもしれないって言ってます」

「知ってます」彼は言った。「副総督はトールボーイズ卿が来る前にここを治めていた時、見せしめになることを幾つかしました。精力的でした――じつに精力的だった。しかし、僕は見せしめより有益なことを知ってると思います」

「それはどんなことですか」

「手本を示すことです。僕たちの政治家は手本になると思いますか？」

彼女は出し抜けに言った。「でも、どうしてあなたは御自分で何かされないのですか」

沈黙があった。それから深い溜息があった。「ああ、どうも見抜かれたようだ。僕は自分では何もできないのです。僕は役立たずです。生まれつきそうなのです。それはどうしようもないのです。僕は致命的な弱点を持っているのです」

彼女は突然少し恐ろしくなった。彼の眼が洞《うろ》のように虚ろなことに気がついたのだ。

「僕は憎むことができない」ヒュームは言った。「怒ることができないのです」

重い口振りのなかに含まれた何かがずっしりと胸底に響いた。あたかも石棺の蓋が閉まる時の音のように。それ以上は追及しなかったが、胸のうちで彼女は失望の呻きを洩らした。彼女は自分が思いがけなく家庭教師に信頼を寄せていたことを漠然と理解し、砂漠を掘っているうちにとても深い井戸を見つけ、ついでそれが空井戸であることに気がついたような気分になった。

　ヴェランダに出ると、急な斜面に造られた庭園や農園が月明かりの下で灰色に染まっているのが見えた。彼女の心中にも灰色のものが広がっていた。宿命論的な感覚と漠とした恐怖だった。東洋の国の西洋人の眼に映った自然の不自然さが、彼女の意識に滲みこんできた。地面に蹲《うずくま》る、刺のあるオプンチアは、空中から蝶をひょいと摘んで結わえつけたような故国の花の木にはちっとも似ていなかった。それはむしろ無目的に泡立つ、汚い緑色の泥のように見えた。この地方の植生はおそろしく単純で退屈だった。彼女はグロテスクな庭に腫れ物のように蟠《わだかま》った木々の、毛皮のような樹皮を憎んだ。そこここの草の茂みは、ちくちくと顔を刺しそうで、苛々させられた。大きな蕾《つぼみ》ですら、開いた時に厭な匂いがするような気がしてならなかった。微かな恐怖が心中で頭をもたげるのが漠然と感じられた。微かな月光のようにふわりと四囲を覆った恐怖。その感覚が最高に深くなった時、ふと顔をあげた彼女の眼に、人間でも植物でもないものが映った。静寂のなかでそれは写真のように静止していたが、恐ろしいことにそこには人の顔が見えた。ひじょうに白い顔だった。しかし、金色の顎鬚があって、それはギリシアの黄金《きん》と象牙の彫刻を連想させた。両の蟀谷《こめかみ》の上のあたりには金色の渦巻き状のものが見えた。それは牧神《パン》の角かもしれなかった。

　最初は庭の境界を示す神像かと思った。けれども、つぎの瞬間、立派な足があり、命があるものと知れた。バーバラ・トレールの歩いている道の上、バーバラの背後にそれは突然現れたのだった。ロッジからはだいぶ歩き、もうそろそろ総督邸の地所を照らす電灯の光も見えてきたかというあたりだった。一歩進むごとにそこから聞こえる音楽は大きくなっていた。にもかかわらず、彼女は足を別の方向に向けた。今し方認めた影のほうに絶望的な視線を送りながら、それまでとは別の方に向かって歩きはじめた。その人物は赤いトルコ帽も黒いフロックコートも身につけてはいなかった。日差しの強い地方の旅人が多く着るように、白尽くめの出でたちをしていた。しかし、月光のなかで見るとその白をまとった人物は、銀色の服を着たハーレクィンのように見えた。近寄りつつあるその影は、片方の眼に光る丸い物をねじこんだ。何もしていない時のその男は物静かで、典雅ですらある。牧神の顔というよりは、ジュピターの石像の顔に似ている。しかし、単眼鏡《モノクル》をつけると全体の印象は冷笑的になり、両方の眼も寄り眼がちになった。彼女は不意に彼がイギリス人でないのと同様にドイツ人でもないことに気がついた。反ユダヤ的な偏見を彼女は持ってはいなかったが、金髪のユダヤ人には不吉な印象を抱いた。白い黒人がいたら感じるような印象を。

「さらに美しい空の下で会うことになりましたな」と男は言った。ほかに彼の言ったことは聞き取れなかった。最近、耳にした言葉の切れ端、「噂」や「監獄」といった言葉が、彼女の脳裏を掠めた。彼女は男から離れようと後ずさった。ちょうど、それは今きた道と反対側に行くことになった。その後に起こったことを彼女はついに思いだすことができなかった。男はほかのことも何か言った。そして彼女を止めようとした。信じがたいような圧倒的な力を瞬間感じた。チンパンジーのようなその力を感じて彼女は悲鳴を上げた。それから、足下も定まらぬまま、バーバラ・トレールは走りだした。しかし走りだした方向は家族がいる家のほうではなかった。

ジョン・ヒューム氏は常にはない素早い動きで椅子から立ちあがって、外の階段をよろめきながら登ってきた者を迎えにでた。

「ああ、どうしたんだい」とヒュームは言って、彼女の震える肩に片手を掛けた。微かな電気のショックのような興奮が、その手から彼女のほうへ、そして同時に彼のほうに伝わった。それからヒュームは彼女のわきを擦りぬけて、前方に進みでた。月の光のなかに何かの影を見てとったようだった。階段を下りる手間を省くために手摺を飛びこえて、腰の高さまで生い茂った、縺《もつ》れた草叢のなかに立った。その後に起こった出来事とバーバラのあいだには、盛んに揺れる大きな葉叢があって、それが目隠しになった。けれども彼女は見ることができた。月の明かりが注ぐなか、家庭教師が白い服の男のほうに突進するのを。そして殴りあう音を聞き、さらに弩《いしゅみ》から石が放たれるような勢いで片方が蹴りあげられるのを見た。マン島の紋章（甲冑をつけた三本の脚を巴状に組みあわせた意匠）のように大きく広げられた銀色の脚が一瞬、宙に躍った。そして低木の厚い茂みのなかから罵倒する声が聞こえた。それは英語でもなく、ドイツ語でもなかった。それは世界中のユダヤ人居住地区で話され、叫ばれる言葉だった。そして不完全な記憶のなかでも、後でとりわけ気にかかるようになることが生じた。人影がよろよろと立ちあがり、走って斜面を下っていく時、白い顔と呪いの仕草が見えたのだが、それは今し方組打ちをした男のほうにではなく、総督の邸のほうに向けられていたのである。

ヴェランダの階段を上がってくる家庭教師は考えこんだ顔で、眉は顰《しか》められていた。まるで幾何学の問題について考えを巡らせているような顔つきだった。何が起こったのか、彼女は慌ただしく尋ねた。家庭教師は重い口振りで答えた。

「あの男を半殺しにしたんだったらいいと思いますよ。僕は中庸が好きですから」

彼女は少しヒステリックな感じで笑った。「自分は怒ることができないんだって、あなたはさっきおっしゃったわ」

それから、ふたりは急に堅苦しい態度に戻り、口を噤んだ。そしていささか度を超した儀礼的な態度で坂を下った。舞踏室の前までヒュームはトレール嬢をエスコートした。蔓棚の葉叢の向こうに見える空は、鮮やかな紫あるいは紺で、それはいかなる赤よりも暖かみがあった。太い木の毛皮のような表皮は、子供時代に見た奇妙な海の動物を思いださせた。それは思わず、人が触れたくなるような気にさせ、掌で撫でようという気にさせるものだった。話している時も黙っている時も、ふたりの心のなかには何かしら別の感情があった。良い夜だ、などという、それまでの経緯を無視するような言葉さえ、ヒュームの口から飛びだした。

「ええ」彼女は答えた。「良い夜ですわね」そう言った時、彼女は何かの秘密を漏らしてしまったような気がした。

ふたりは内庭を通りぬけ、玄関ホールのドアまで歩いた。ホールは制服を着た者や、夜会服を着た者たちで溢れていた。ふたりはよそよそしい態度に戻って、離れた。その夜はふたりとも眠らなかった。

4　探偵と牧師

すでに記したように、総督が何者かに撃たれたという報せが届いたのは、ようやくつぎの日の夕方になってからだった。バーバラ・トレールはたいがいの知人より、遅れてその報せを受け取った。なぜならば、彼女はその朝不意に思いたって、近辺の遺跡や棕櫚《しゅろ》園まで長い散歩に出たからだった。バーバラはピクニック用のバスケットのようなものを持って出た。眼に見えるその荷物は軽かったが、バーバラが重い荷を下ろしに行ったというのは事実かもしれない。彼女は記憶のなかで大きく成長した眼に見えない大きな荷物の包みを解きに行ったのである。ことに前夜の記憶のなかで大きくなった荷物を。そんなふうに性急に孤独を求める傾向は、彼女の性格に特徴的なものだった。しかし、彼女は今回は幸運に恵まれた。その結果は彼女にとって良い方向に働いた。というのも第一報が最悪の報せだったからである。そして彼女が邸に帰った時、事件の深刻さの程度はかなり変わっていた。最初の報せは伯父が死んだというものだった。それから、報せは死にかけているというものになった。そしてついには傷を負っただけになり、恢復の兆しが明瞭に現れているというものになった。彼女は事件の詳細について喧《かまびす》しく論議している人の群のなかに、空っぽのバスケットを持って飛びこんだ。そして犯人の発見と追跡を行っている警察の捜査は、すでにかなりの程度まで進んでいることを知った。捜査の指揮をとっているのは斧のような顔をした、いささか融通性に欠けるヘイターという将校で、警察組織の長だった。ヘイターの捜査を熱心に助けていたのは、総督の秘書の若いミードだった。しかし、彼女が驚いたことに、人の群の中心にいたのは、友人である家庭教師だった。家庭教師はこのところ見聞きしたことについて色々尋ねられていた。

つぎの瞬間、自覚はなかったが、バーバラは奇妙な種類の不快感を覚えた。家庭教師に発せられる質問の内容がどんなものであるか、気がついたのである。質問しているのはミードとヘイターだった。活気に溢れたサー・ハリー・スマイスが、顎鬚を盛大に蓄えた不審人物ポーラス・グレゴリー医師を逮捕した、ということはもちろんふたりにとって重大な報せだった。家庭教師は悪名高い医師を最後に見た時のことについて質問されていた。バーバラは内心で、前夜の出来事が警察の扱う公的事件になったことを憤っていた。まるで、起きて食堂に行ったら、朝食の席のみんなが、真夜中に自分が見た密かな夢について口々に噂しているのを知ったような、そんな感覚を覚えた。古代の墓と棕櫚のあいだをぶらぶら歩いていた時、彼女は前夜の印象を胸のうちに思い返していたのだが、バーバラは漠然とそれが周囲の荒れた風景から得たもののように感じていたのである。ことに黒髪で愛想のよいミード氏の質問振りは、好奇心が露《あらわ》な、しんねりとしたものだった。理屈では説明できないが、これまでいつも自分がアーサー・ミードを憎んできたことを彼女は思いだした。

「要するに」と秘書は言っていた。「きみには多くの理由があったんだね。あの男を危険人物と判断する」

「僕はあの男がろくでなしだと思っていますし、以前も、そう思ってました」ヒュームは不承不承といった顔で無愛想に言った。「ゆうべ、あの男と少しばかり揉みあいになりました。しかし、そのことは僕の考え方に影響を与えるものではありません。またあの男の考え方に影響を及ぼすものでもないでしょう。僕はそう思います」

「僕の考えでは、揉みあいはあの男の考え方にだいぶ影響を与えたと思う。去り際にグレゴリーはきみだけではなく、何と総督にも毒づいていたわけだろう。それにグレゴリーはその後、坂を下って、総督が撃たれた場所のほうに姿を消した。グレゴリーが総督を撃つまで、だいぶ時間が経っていることは事実だ。それに誰も襲撃の場面を見ていないらしいことも。だが、あの男は森に隠れていて、日が暮れてから塀伝いに忍び寄ったのかもしれない」

「そうですね、彼はこのへんの森にたくさん生えている銃の木から銃を調達したのでしょう、おそらく」家庭教師は真面目な顔で言った。「僕がオプンチアの茂みに向かってあの男を放り投げた時、猟銃も拳銃も持っていなかったことは誓って言えますから」

「きみはあの男の弁護側に立っているようだな」と秘書は薄ら笑いを浮かべて言った。「だが、きみ自身、あの男がきわめて疑わしい人物だと言っていなかったかね」

「あの男が疑わしいとは少しも思いません」いつものように、鈍重な感じで家庭教師は言った。「僕自身はあの男を少しも疑っていません。あの男は信頼ができなくて、嘘つきで、いかがわしくて、法螺吹きで、飛んでもない詐欺師だと思います。利己的で欲深い、イカサマ師です。だから、僕は彼が総督を撃ったとは思いません。撃ったのはほかの者です」

ヘイター大佐は家庭教師を一睨みして、はじめて口を開いた。

「ああ、今の言葉は正確にはいったいどういう意味なんだね」

「言った通りです」ヒュームは答えた。「グレゴリーはああいう種類の悪党なので、ああいう種類の悪事に手を染めることはないのです。グレゴリーのようなタイプの煽動家は自分では活動しません。彼らは人々を煽動する。彼らは会合を開き、聴衆のあいだに帽子を回し、それでその場を去る。どこかほかの場所で同様のことをするために。彼らはブルータスやシャーロット・コルデ（一七六八―九三。フランスの愛国者。マラーを刺殺した）の役目を引き受ける人物とは異なります。しかし、白状すると、あの人物にたいする疑いを晴らすささやかな証拠がほかにもふたつあるのです」

ヒュームは胴着《ベスト》のポケットに二本の指を差しいれ、丸いガラスと曲がった針金のようなものを慎重に取りだした。

「昨日、あの人物と揉みあいになった場所で拾いました」ヒュームは言った。「これはグレゴリーの眼鏡です。眼にあてると判りますが、すべてがぼやけてしまいます。これほど度の強いレンズを必要とする人物は、当然眼鏡なしではほとんど何も見えないと考えて差し支えないでしょう。彼は無花果の木のところから、塀の外れのあたりを見ることはできなかった。銃弾が発射されたのは、そのへんだと言われているようですね」

「確かに、その事実には一考の余地があるかもしれない」とヘイターが言った。「もちろん、あの男は別の眼鏡を持っていたかもしれない。彼が無実だと考える、ふたつめの理由があると言ったね」

「ふたつめの理由はサー・ハリー・スマイスが彼を逮捕したということです」

「いったい、それはどういう意味だ」と、ミードは語気鋭く言った。「サー・ハリーからの報せをわたしたちに伝えてくれたのは、きみではないか」

「僕の言い方が少し不完全だったのではないかと恐縮しています」とヒュームは鈍重な口振りで言った。「サー・ハリーがグレゴリーを逮捕したことは事実です。しかし、サー・ハリーが彼を逮捕したのは、トールボーイズ卿にたいする襲撃のことを耳にする前でした。サー・ハリーは五マイルばかり離れたペンタポリスで、煽動的な集会を開いたという理由でグレゴリーを逮捕しています。

集会でグレゴリーは雄弁に演説していたそうです。その演説が美しい結びに至った頃、トールボーイズ卿は撃たれたようですね。この道の角で」

「何ということだ」ヒュームの顔にじっと眼を注ぎながら、ミードは言った。「きみはこの件に関して、ずいぶん詳しいようだな」

暗鬱な顔の家庭教師は顔をあげ、正面から秘書の顔を見た。冷静な、しかし、どこかしら不可解なところがある表情だった。

「たぶん、今度のことに関して少しは知っています。ともかく、グレゴリーは素晴らしいアリバイを持っていることは確かだと思います」

バーバラは混乱と少しばかりの苦痛とともに、その奇妙な会話に耳を傾けていた。しかしグレゴリーに不利な事実が雲散した時、新たな感情が他を押しのけるようにして心の表面に浮かびでてきた。そして自分がそれまで、グレゴリーにすべてが帰せられることになればいいと、思っていたことに気がついた。グレゴリーに特別悪意を抱いているのではなかった。ただ、そういうふうになれば、一切のことが定まった位置に収まり、説明がつくからだった。そしてそうなれば不快な、けれども意識には上っていない、ひとつの考えが自分の心から取り除かれるからだった。犯人がふたたび名前のない影のような存在になったので、その人物は正体を仄《ほの》めかす手がかりを垣間見せながら彼女の心のなかをさまよいはじめた。彼女の心は恐怖のため痙攣した。暗い影は不意に顔を持った。

すでに述べたようにバーバラ・トレールは、弟とトレール家の悲劇のことで憂鬱な思いを抱いていた。彼女は乱読家だった。彼女はいつも片隅で本を読んでいるような種類の女生徒だった。昨今においてそうした女生徒は、自分が読んでいるものが何かを理解できるようになる前に、理解不能の本のことごとくに飛びつくということになる。バーバラの心は遺伝と精神分析に関する通俗的な科学的知識でいっぱいだった。そして彼女が育んだ教養はすべてにおいて、彼女を悲観的にさせる傾向があった。そうした心持ちにある人間というものは、最悪の可能性を見いだすのに何の困難も感じないものだ。そして伯父が撃たれた日から一晩遡った時、伯父が公衆の面前で弟のトムに侮辱された、あるいは彼の気違いじみた振るまいを甘受しなければならなかったという事実は、到底見過ごせることではなかった。

そうした心理学的な毒ともいうべき考えは、彼女の脳に深く深く染みこんでいった。バーバラの気鬱はどんどん枝分かれし、密になり、暗い森を成した。鈍い心を持った知恵遅れの弟が、じつは狂人で殺人者だという考えを、もう彼女は抑えることができなかった。読んだ本から得た偏った知識は、彼女をさらに先へと向かわせた。もし伯父を撃ったのが弟だという可能性があるなら、姉であるという可能性があってもおかしくないのではないだろうか。さらに姉である可能性があるとしたら、なぜ自分であっては駄目なのだろうか。バーバラの心は、花園での姉のオリーヴの不可解な態度の記憶を歪め、誇張し、姉が花を口で毟《むし》っていた、という妄想めいたものへと変じさせていた。そうした混乱した状態にある時によくあるように、すべての偶発的なことが恐ろしい意味を持ちはじめた。確か姉は言っていた。わたしたちみんなに何か起こっているんじゃないの、と。あれは一族にふりかかる禍《わざわい》のことを言っていたんじゃないだろうか。ヒュームだって、いま狂っているのは自分ひとりではないと言っていた。あれが、別の意味だととることができるだろうか。グレゴリー医師でさえ、バーバラと話した後、彼女の種属は退化していると言い放ったではないか。あれは、自分の一家が退化しているという意味だったのではないか。邪な人物であるにしろ、あの人物は医者なのだし。そうした憎むべき偶然の一致のいずれもがバーバラに精神的な衝撃をもたらした。思わず悲鳴をあげそうになったほどだった。そのあいだ、彼女の心の理想的な部分は、忌まわしい論理の鋼鉄の輪のなかでぐるぐると回るばかりだった。彼女は何度も何度も自分が病的な考えに陥っていると戒めた。自分の頭が狂っているので、病的な考え方をしているだけなのだ、と何度も何度も戒めた。しかし、バーバラの頭はいささかも狂っていなかった。彼女はただ若いだけだった。若い人間というものは誰によらず、そうした悪夢のような精神状態を経験するものだ。周囲の者は誰もそれに気づかないし、救いの手を差し伸べることもないのだが。

しかしバーバラは助けを求めながら、別の奇妙な衝動に突き動かされていた。そして、それは月に照らされた林間の空地を横切って、丘の上の丸太小屋に彼女を戻らせた衝動と同じものだった。彼女は実際ふたたび丘の道を登っていた。そして、下りてきたジョン・ヒュームとばったり出あった。

バーバラ・トレールは一家にまつわる恐怖と疑念のすべてを、ちょうど先に愛国的な疑問と抗議の気持ちをそうしたように、洪水のような勢いでまくしたてた。はっきりした理由も証拠もないが、信頼できることだけは確かだという、いささか混乱した判断にもとづいて彼女はそうしたのだった。「そんなふうに」バーバラは猛烈な独白をまとめにかかった。「わたしは最初、可哀想なトムがやったという確信から出発したのです。でも、段々と考えは変わって、今は自分がこの手でやったのかもしれないと思うようになりました」

「なるほど、それはじつに論理的だ」ヒュームは頷いた。「トムが有罪であると同じ程度に、きみも有罪であるというのはじつに正鵠を射た意見だ。それに、きみたちのどちらとも同じ程度に、カンタベリーの大主教が有罪だというのも道理にかなった意見だろう」

彼女は遺伝に関する自分の優れた科学的知見を幾つか説明しようとした。その説明にヒュームは先ほどよりは感銘を受けたようだった。彼女の知見は大柄で鈍重な男に、少なくとも活気のようなものを与えることができた。

「いまや、悪魔はすべての医者と科学者を抱きこんだ。いや、すべての小説家と新聞記者をと言うべきか。みんな医者ですら理解できないようなことを書いているのだから。とうに冗談になってしまったお化けたちのことを話して子供らを無用に怯えさせると、みんな年取った子守たちを非難する。けれど自分の与えるものを真面目に受け取るべきだと言って、黒いお化けで子供たちを怯えさせる、新しい子守たちについてはどうだろう。あきみ、今度のことにはトムはまったく関係ないよ。きみ同様に。トムは単に医者たちが言う自衛型の神経症だ。それはパブリック・スクールのニスがくっつかずに、鴨の背中の水みたいに流れていく皮膚を持ってるってことを、素晴らしく婉曲的に言った言葉だよ。長い眼で見れば、それはトムには好都合だろう。何よりトムが他の人間、つまり我々のような人間より、少しばかり子供の部分を残しているとしても、果して子供のなかに何か恐がらなければならないようなことがあるだろうか。自分の犬のことを考える時、きみの体は震えるかい？　犬が幸せで、きみのことが好きだけど、ユークリッドの四十八番目の命題を知らないからと言って。犬であるということは、病気にかかっていることとは違う。子供であるということも病気ではない。子供のまま留まるのも病気ではない。僕たちがみんな子供のままでいられたらなと、きみは願ったことがないのかい？」

彼女は矢継ぎ早に見慣れぬ考えや、示唆に富んだ意見を提示されて、怯むような種類の娘ではなかった。彼女は口をつぐんでいた。しかし、精神は製粉所のように忙しく働いていた。言葉を発したのはふたたびヒュームのほうだった。今度はより軽い口調だった。

「僕たちは見せしめを作るということについて話したけれど、それも同じことだ。思うに世のなかというものは、刑罰に関して厳格で容赦がなさすぎる。託児所みたいな仕組みにしたらどんなに好いことか。人は厳しい懲役や死刑といったことは望まない。たいがいの人たちが望んでいるのは、頬を平手でぶたれたり、早めに寝させられることだ。悪辣な手段で金を儲けた大金持ちの横つらを張り飛ばしたり、部屋の隅に立たせたりするのは楽しいだろう。適切な罰とはそういうものじゃないだろうか」

バーバラがふたたび口を開いた時、緊張した感じは幾分和らいでいて、かわりに好奇心が表れていた。

「トムとどんなことをしているの？」と彼女は尋ねた。「あの変な三角形の群にはどんな意味があるの？」

「僕はばかな真似をする」と彼はゆっくりとした口調で言った。「トムが望んでいるのは、刺激されること、没頭することだ。おどけて振る舞うことは、つねにそういう効果を子供にもたらすものだ。明確にばかげたこと。月を飛び越える牛なんていう空想が、どんなに子供の興味を惹きつけるか、きみも知ってるだろう。なぞなぞの教育的効果というやつだ。そう、僕はなぞなぞにならなければならないのだ。僕が何を言おうとしているか、そしてつぎに何をしようとしているか、つねにトムに考えさせておくようにしなければならない。それは僕が間抜けな人間になることを意味する。けど、それが唯一の手段なのだ」

「そうね。なぞなぞにはすごく刺激的なところがあるわ……なぞなぞは、みんなそう。あの、黙示録から謎をたくさん引きだしてる年取った牧師さまも、生き甲斐になるものを持っていると人に感じさせるわ……それはそうと、今日の午後、お茶をごちそうになりに行く約束をしてたんじゃなかったかしら。今日のわたしは物忘れがひどいわ」

ちょうどそう言った時、明らかにお返しの訪問に行くところだということがわかる出で立ちの姉が、同じ道を自分のほうに向かってくることにバーバラは気がついた。姉にはがっしりとした体軀の副総督が連れ添っていた。副総督が社交的な目的で出歩くのは珍しいことだった。四人は一緒に歩いた。そしてバーバラはやはり同じ道の前方に、秘書のミード氏の小綺麗に身支度を整えた姿を見つけ、さらにそれよりはだいぶ厳《いか》つい感じのヘイター大佐の影を見つけて、漠然とした驚きに包まれた。聖職者の招待の範囲はずいぶん広いもののようだった。

アーネスト・スノー牧師は総督区の小官吏のために建てられた、小さな住宅の列のなかのひとつで、慎ましい生活をしていた。その家の列の後ろ、それぞれの家の裏庭を結ぶようにつづく塀に沿って道が走っていた。道には無花果の木が生えた箇所があり、橄欖《オリーヴ》の並木がつづく箇所があり、最後まで歩くと、総督が謎の弾丸によって地に打ち伏せしめられた塀の角に至る。道は砂漠の巡礼たちによって固く踏みしめられていて、その向こうは砂漠となって開けていた。しかし、塀の反対側、家々の正面をつなぐ道を歩く者は、自分がロンドンの郊外を歩いているのだと容易に信じることができた。装飾のある垣はどれもまったく同じで、玄関先の柱廊《ポーチコ》も小さな前庭もまったく同一であった。牧師の家を見分けるためには番号を見るしかなかった。玄関までの道は狭く、総督邸からの訪問客は、通る際には身を縮めなければならなかった。

スノー牧師はオリーヴの差しだした手を腰をかがめて拝した。その仕草のせいで、頭髪の白さは白髪ゆえではなく、十八世紀の髪粉のせいではなかろうかという印象を与えた。そして、見極めがたかったものの、スノー牧師の態度にはさらに形容の難しい別の要素があった。牧師の声は低く、手は勤めのさなかにあるように何度か掲げられた。顔は柔和だった。そして声の調子は沈痛なものだったが、眼には輝きがあり、少しの揺るぎも見えなかった。バーバラは突然、牧師が葬式を執り行っているのでは思った。そしてその考えはまるっきり外れてはいなかった。

「あなたに申し上げる必要はないですね、レディー・スマイス」と彼は相変わらず穏やかな口調で言った。「この恐ろしい時に、わたしたちがみんなどれくらい同情の気持ちを抱いているか、公的な意味にかぎっても、優れた人物であったあなたの伯父さまの死は――」

憤激の表情でオリーヴ・スマイスが割りこんだ。

「伯父は死んでなんかいません、スノーさん。はじめはみんなそう言っていたことは知っています。でも、伯父は足を撃たれただけです。もう、足を引き摺って歩いているようですわ」

牧師の顔を驚きの表情が掠《かす》めたが、消えるのがあまりに素早かったのでほとんどの者は気がつかなかった。バーバラの眼には、彼の顎が外れ、それからまた元に戻ったように映った。そして現れたのは取ってつけたような祝福の笑みだった。

「何ということでしょう」と牧師は言った。「心の重荷がこれで――」

牧師は少しぼんやりとした顔で部屋のなかの家具を見まわした。アーネスト・スノー牧師がお茶の支度を整えておいたのかどうか、それははっきりとは判らなかった。いずれにせよ、客を迎える準備は満足なものとは見えなかった。幾つかある小さなテーブルは、大きな書物で一杯だった。そのうちの多くが開いたまま載せてあった。ほとんどの書物には、絵や図がふんだんに散りばめられていた。それらの大多数は建築学や考古学に関するものらしかったが、天文学あるいは占星術を扱っているものもなかには含まれていた。しかし総じてそれは魔法使い、あるいは妖術師の蔵書といった印象を醸しだしていた。

「黙示録の研究です」口籠るようにして牧師は言った「わたしの趣味なのです。わたしは自分の推測が確かなことを信じています……。これらはわたしたちを導くために書かれたものだ」

その時、バーバラは止《と》めとも言えるような、刺すような驚きと恐怖を覚えた。意識のなかにふたつの事実が鮮やかに浮かびあがった。ひとつめはアーネスト・スノー牧師が総督の死に、厳粛な満足感といった雰囲気を漂わせ、総督が元気であることを聞いた時には安堵の表情とは似ても似つかないものを見せたこと。そしてふたつめには、彼女が前に耳にしたのとまったく同じ言葉を、まったく同じ声で言ったことだった。無花果の葉叢の向こうからやってきて、血を求める猛々しい叫びのように耳のなかで響いたその言葉を。

5　穏和な殺人者の理論

警察長官ヘイター大佐は何気ない、しかし明らかに何らかの意図を感じさせる態度で奥の部屋に進んだ。バーバラは純粋に社交的な訪問になぜ警察の人間が一緒にくるのか、ずっと不思議に思っていた。そしていま彼女はぼんやりとだが、かなり突飛なことを考えはじめていた。牧師は書見台のひとつに向かい、憑かれたような面持ちで書物のページをめくっていた。彼は独り言を言っているようだった。自分の興味を捕らえて放さない引用文を探しているように見えた。

「御宅の庭は素晴らしいそうですね、スノーさん」とヘイターは言った。「ちょっと拝見してもよろしいですかな」

振り向いたスノー牧師の顔には驚きの表情があった。はじめは没頭中の書物から注意を引きはがすことは難しいように見えた。それから、やや震える声であったが語気鋭く言い放った。「庭には何も見るものはありません。まったく何もない。どうしてそんなことをおっしゃるのか、わたしには――」

「少しばかり見てまわってもいいですか」ヘイターは構わずそう言い、裏口から外へ出た。彼の行動から窺える断固たる決意が、残りの者に、無意識のうちに、自分も庭に出てみようという気を起こさせたらしかった。ヒュームはヘイターのすぐ後ろにいたのだが、小声で彼に言った。

「老人が庭で何を育てていると思っているのですか」

ヘイターは振り向いて、愛想のいい笑みを浮かべて言った。「きみがこのあいだ言っていた種類の木だよ」

けれども、一同がよく片づいた細長い裏庭に出てみると、視界に入る唯一の木は砂漠の道に覆い被さる無花果の木だけだった。バーバラは今度はべつの興奮を覚えた。専門家たちが言っていたが、銃弾が発射されたのは無花果の木のあたりだったからである。

ヘイターは芝を横切って、塀のすぐ内側の熱帯植物の茂みのなかで何かを見つけたらしく、前屈みになって地面を覗きこんだ。ヘイターがふたたび背を伸ばした時、その手には長く、いかにも重そうな円筒状のものがあった。

「これが、このあたりに生えているときみが言った銃の木から落ちたものだ」彼はにやりと笑った。「スノー氏の家の裏庭で銃が見つかるとはじつに不思議だ。そう思わんかね。特に片方に弾が充塡されたままの二連式のものが」

ヒュームはヘイターの手のなかの大きな銃をじっと見た。ヒュームの鈍い感じの顔にはじめて驚愕の、そして狼狽とも言える表情が浮かんだ。

「まったく、何てことだ」彼は小声でそう言った。「そのことを忘れていた。僕は何て頓馬なんだ」

ヒュームの奇妙なその囁きを耳にした者はバーバラのほかにはほとんどいなかったし、それが何を意味するか理解した者は誰もいなかった。突然、ヒュームの態度が変わり、彼は残りの者に向かって、声高に話しかけた。まるで公的な集まりで話す人のようだった。

「聞いてください」と彼は言った。「これが何を意味するか判りますか。これは今もあの象形文字に熱心に見入っている哀れな老人が謀殺の罪を被《き》せられかかっていることを意味します」

「そいつは少し性急な判断だな」とヘイターは言った。「それにヒューム君、きみはわたしたちの仕事を邪魔しているという見方もできる。しかし、きみはこのあいだ、もうひとりの人物についての誤りを正してくれた。あの時、我々は間違っていたからね」

「あなた方はもうひとりの人物について間違っていたし、この人物についても間違っています」渋面のヒュームは怒ったようにそう言った。「けれど、この前の件では、僕はあなたに証拠を提供することができました。今度はどんな証拠を提供できると思いますか?」

「どうして、きみはそんな証拠を握っているのだ?」ヘイターは訝しげな顔でそう尋ねた。

「そう、僕は証拠を握っています」ヒュームは言った。「そして、それを提示したくないと確かに思っている」ヒュームはしばらく口をつぐんだ。そして今度は激したように不意に口を開いた。

「しかしとんでもないことです。あの可哀想な年寄りを巻きこむのが、どんなにばかげたことか判りませんか。あの年寄りがただ、災厄に関する自分の預言にうっとりしているだけなのが判らないのですか。それが結局成就しないようなんで、少し失望しているのが」

「疑わしい事実がたくさんある」とぶっきらぼうにスマイスが割りこんだ。「庭には銃があった。それに無花果の木の位置のことがある」

ヒュームが肩を丸め、不機嫌さを漂わせて自分の長靴にじっと見入って立っているあいだ、長い沈黙がつづいた。それから急にヒュームは顔を上げて、打って変わった明るい調子で喋りはじめた。「ああ、だったら、僕は自分が知っている証拠を提供しないといけない」陽気なとも形容しうる笑みを顔に浮かべながら彼は言った。「総督を撃ったのは僕です」

その場にいる者がじつはみんな彫像だったとでもいうように、沈黙がその場を支配した。何秒か誰も動かなかったし、喋らなかった。バーバラはその沈黙のなかに響きわたる自分の声を聞いた。

「いいえ、あなたはそんなことやってないわ」

一瞬の後、警察長官はそれまでの口調とは違う、公的な立場をより感じさせる声で喋っていた。「きみが冗談を言っているのかどうか、わたしは知りたいと思う。ほんとうにトールボーイズ卿を殺そうとしたのかね。自首するつもりなのかね」

ヒュームは意味有りげに片手を挙げた。まるで演説をする者のように。彼はまだ微かな笑みを浮かべていたが、その物腰には先ほどより真剣味が加わっていた。

「申しわけありません」ヒュームは言った。「ほんとうに申しわけありません。区別しましょう。その区別は僕の自負心にとってひじょうに重大なのです。僕は総督を殺そうとはしませんでした。僕は足を撃とうとしたのです。そして実際に足を撃ちました」

「一体きみは何を言おうとしてるんだ」もどかしげにスマイスが言った。

「細かいことを言うようで申しわけありません」ヒュームは穏やかな口振りで言った。「ほかの犯罪者と同様に、モラルに関する非難なら僕は甘受しなければならない。けれど、射撃手としての腕前にたいする非難には耐えられない。射撃は僕が他人より長じている唯一のスポーツなのです」ヒユームはみんなが止める間もなく問題の二連式の銃を取りあげて言った。「そしてもうひとつ、実際的なことに注意を促してもいいでしょうか。この銃には銃身がふたつある。そして片方は発射されていない。どこかの愚か者があの距離でトールボーイズ卿を撃ったとします。しかしその者がたとえどんなに愚かでも、殺すことができなかったら、もう一度撃ったと思いませんか？　もし卿を殺したいと望んでいたのなら。そう、僕は殺したくはなかったのです」

「きみは射撃手としての自分の腕を大袈裟に考えているように思う」と副総督は底意地の悪い口調で言った。

「おや、あなたは疑り深い人のようですな」家庭教師は飄々とした口調で言った。「そう、サー・ハリー、あなたは僕の言葉を証明するために必要なもの一式をすでに準備されている。証明するには一瞬ですむ。あなたの効率的な愛国心のお蔭で、僕たちが手に入れた標的はもうあそこに立てられています。この塀の外れのちょうど先の斜面だと思いますけど」止める間もなく、気がつくとヒュームは塀の上に飛び乗っていた。ちょうど無花果の木の葉叢の下だった。その位置からだと、砂漠との境界にそって並ぶ標的の列が見えた。

「さて、こう言ったらどうでしょう」と大衆講話の話し手のように明るい調子でヒュームは言った。「僕がこの銃弾を二番目の標的の中心の、三センチほどの白い円に撃ちこむ、そう言ったら」

一同は驚きのあまり、麻痺したような状態になっていたが、ようやく恢復した。ヘイターは塀に向かって駆けだし、スマイスが大声で言った。「いったい、このばかげた騒ぎには――」

スマイスの言葉の最後のほうは、耳を聾するような銃の発射音に掻き消された。まだ銃声の谺《こだま》が響いているうちに、ヒュームは塀からひょいと飛び下りた。

「もし誰かがあそこまで見に行ってくれれば、僕の無実の証拠が見つかるでしょう——総督を撃たなかったということではなく、総監督が撃たれた箇所こそ、まさしく僕が狙っていた場所だったということの証拠が」

ふたたび沈黙が落ちた。そしてその予想外の喜劇的出来事は、さらに予想外の出来事にとって代わられることになった。それは誰もが当然のごとく、完全に念頭から忘れ去っていた人物の手によってもたらされた。

トムの甲高い歓声が一同の頭上から突然響いた。「誰が見に行くの?」トムは叫んだ。「ああ、何で、みんな見に行かないの?」

それはまるで庭の木が突然喋りだしたようなものだった。あるいは化学肥料を与えられた植物のように、一連の出来事が植物のような脳に、迅速な開花をもたらしたのかもしれなかった。そして、それで終わりではなかった。つぎの瞬間、その植物的存在は旺盛な動物的活力を漲らせて庭に飛びおり、それからあっという間に塀を乗り越えて、砂丘を標的のほうに走った。塀の上に飛び乗った時、空を背景にしたひょろ長い腕や足の形が、一同の眼に焼きついた。

「ここは精神病院か」とサー・ハリー・スマイスは吐き棄てるように言った。その顔はさらに赤みを増し、底意地の悪い眼の光はさらに輝きを増した。それはあたかも、今まで底のほうに埋もれていた短気な気質が、表面に現れたといった具合だった。

「さあ、ヒューム君」それよりは冷静な口調でヘイターが言った。「みんなはきみがとても分別のある人間だと思っています。目的もなく、殺そうなどとも考えずに、あなたは総督の足に銃弾を撃ちこんだとおっしゃるのですね」

「撃ったのには、きわめて妥当な理由があります」相変わらず、不可解な表情でヘイターを見ながら家庭教師は言った。「僕は分別があるので撃ったのです。実際、僕は穏和な殺人者と言うことができるでしょう」

「いったい、それはどういう意味だね」

「殺人における中庸の哲学というのは」穏やかな口調で家庭教師は言葉をつづけた。「今まで、僕が少しばかり注目していたことです。ついこのあいだ僕はある人に向かって、たいていの人たちにとって必要なのはむしろ殺されることだと言いました。とくに政治的に責任のある立場にある人物は、と。しかし、実情はどちらの側にも加えられる罰は厳しすぎます。矯正に必要なのは単なる暗示や、仄めかしだけです。わずかに足せば、それは大きな歓び。わずかに引けば、ポリビアの総督はお払い箱。まさにブラウニングが言ったように」

「きみは本当にわたしたちに信じて欲しいのかね」鼻を鳴らしながら、警察長官は言った。「きみが公人の左足を撃つのを習慣にしてるってことを」

「いいえ、違います」急に真面目な顔になってヒュームは言った。「これは請けあいますが、対処方法は個別的な条件によって決まります。大蔵大臣ならば、たぶん僕は左の耳のどこかを狙っていたでしょう。もし首相だったら、たぶん鼻の先を狙うことが必要になったでしょう。しかし、重要な基本方針は、些細な個人的問題によって休眠している彼らの能力を呼びさますためには、何かが彼らの身に起こらなければならない、ということです。そしていま」とヒュームは細心の注意を払って言葉をつづけた。まるで、科学者が実験について語ってでもいるような口調だった。「殺されるべき人物として、生まれつき選ばれ、決定された人物がいるとすれば、それはトールボーイズ卿です。ほかの著名な人物はしばしば単純に殺されます。そして、そのような事態にいたったことには充分な理由があったとみなが思う。そして一件落着となる。人は単純に彼らを殺し、もうそのことは考えない。しかし、トールボーイズ卿の件は注目すべき例です。卿は僕の雇い主であり、僕は卿のことをよく知っています。卿は実際、好人物です。紳士です。愛国者です。そのうえ、進歩的で道理を弁えた人物です。しかし、つねに要職にあるために、尊大な考え方は際限なく肥大していき、しまいには人格を支配するまでになりました。ちょうど卿の途方もないあのシルクハットのように。そうした場合必要になるのは何でしょう。四、五日ベッドにいることだ、僕はそう結論を下しました。片足で過ごす何週間かの健康な暮らし。そして、神と自分との微妙な相違について思いを凝らすこと。その相違はあまりにもたやすく見落とされるものなのです」

「こんな戯言に耳を傾けるのはもう止めにしよう」副総督は叫んだ。「彼が自分でトールボーイズを撃ったと言うなら、おそらく、そう考えなくてはならないだろう。彼は充分理解しているはずだ」

「ついに理解したようですね、サー・ハリー」とヒュームは感じ入ったといったふうに言った。

「僕はどうやらこの午後、ぐっすり眠っている知性を揺り動かしているようだ」

「きみの冗談はもうたくさんだ」スマイスは不意に怒気をあらわにして言った。「わたしは謀殺の罪できみを逮捕する」

「なるほど」家庭教師は笑みを浮かべて言った。「面白い冗談ですな」

その時、無花果のそばでふたたび跳躍し、疾駆する影があった。トムが大きく息を切らしながら庭に走って帰ってきた。

「ほんとうだったよ、先生が言ったとおりの場所に弾は当たってた」

トムは一同の話が終わるまで、そして奇妙な一団が芝地で散会するまで、何かの試合で驚くべきことをなしとげた者を見る子供だけが出来るような眼でヒュームを見つづけた。しかし、トムと一緒に総督邸に戻る途中、バーバラは言いようがないほど混乱し、当惑していた。彼女は自分の連れが奇妙にも自分なりの視点を確固として持っていることに気づいた。もちろん彼はそれを言葉にすることはできなかったのだが。ヒュームの話を信じているかどうかについては、はっきり判らなかった。むしろトムはヒュームが喋ったことより、喋らなかったことを信じているように見えた。

「なぞなぞだよ」トムが厳粛とも言える顔で繰りかえした。「先生はなぞなぞがものすごく好きなんだ。いつも、人に考えさせるためにばかなことを言うんだ。やらなきゃいけないのは、それさ。あきらめるのは先生は好きじゃない」

「やらなきゃいけないのは何なの？」バーバラが繰りかえした。

「ほんとうの意味が何かを考えることさ」

ジョン・ヒュームがなぞなぞを好むという言葉には、おそらく幾許《いくばく》かの真実があった。というのも彼は警察長官にたいして謎掛けを試みたのだった。自分が拘引されるちょうどその時に。

「そう」彼は上機嫌で言った。「あなたは僕を半分絞首刑にできる。なぜなら僕は半分殺人者だからだ。あなたは人を絞首刑に処することがあるのではないかと想像しますが」

「残念ながら、時折ある」とヘイター大佐は答えた。

「あなたは誰かが絞首刑に処されるのを妨げるために、その人物を絞首刑に処したことがありますか？」と家庭教師は興味の表情で尋ねたのである。

6　実際に起こったこと

トールボーイズ卿が短い安静期間のあいだ、ベッドでシルクハットを被っていた、というのは事実に相違する。また、それよりは穏やかに主張されているように、卿が起きあがれるようになった時、緑色の部屋着と赤いスリッパという出で立ちに仕上げをするために、シルクハットを持ってこさせたというのも同様に事実ではない。しかし、それが可能になった時点で、卿が直ちに帽子を被り、公務に戻ったというのは紛れもない事実である。伝えられるところによれば、それは卿の下にいる副総督にとって、かなり不快なことだったようである。政治的犯罪と見なされる事件があった後ではよく見られるような、軍事的活力に溢れた行動に移ろうとしていた矢先に、彼はその権限を奪われたのだった。副総督がそうした目にあうのはこれで二度目だった。腹蔵ないところを言えば、彼はそうとうに不機嫌になった。彼は顔を赤くして沈黙するという態勢に戻った。そして副総督が沈黙を破る時、友人たちは彼がふたたび沈黙に戻って欲しいと願った。自分の部署が勾留した、奇矯な家庭教師について、副総督は顕著な苛立ちと嫌悪感を表明することを禁じえなかった。「あの、気違いのイカサマ師のことを、わたしの前で口に出すな」と、拷問を受ける人のように苦しげに、人類の愚昧さにはもう一瞬も耐えられないといった口振りで、彼は叫んだものである。「なぜ、我々はああいう馬鹿どもに悩まされなきゃならんのだ……足を撃った？　穏和な殺人者？　頓馬な豚め」

「あの人は頓馬な豚ではありません」バーバラ・トレールはきっぱりと言った。それは博物学的に厳密な事実であるといった口調だった。「あなた方があの人について、おっしゃっているようなことは、わたしは一言も信じません」

「では、彼が自分について言っていることは信じるのかい」と、困惑と冷やかしが混ざったような眼を向けて伯父は尋ねた。トールボーイズ卿は松葉杖をついていた。サー・ハリー・スマイスの不機嫌さと対照的に、卿は自分の不自由さをきわめて快活に、喜ばしさをもって受けいれていた。足の不自由さを補完する必要が生じているためか、雄弁な手の旋回は今は見られなかった。卿の家族は今ほど卿に好感を持ったことはかつてなかったと思った。穏和な殺人者の理論にも一理あるのではないかと思われた。

一方のサー・ハリー・スマイスであるが、常日頃、自分の家族から陽気だと思われていた彼は、しだいに陰気になっていくように見えた。赤黒い顔の色はしだいに濃さを増し、薄青い眼との対照は驚くばかりになった。

「言っておくが、こういうくだらない、お節介な悪党どもには」と彼は言いかけた。

「言っておきますが、あなたは何も判っていません」義理の妹が遣《や》りかえした。「ヒュームさんにはそんな言葉はあてはまりません、ヒュームさんは――」

そこで、何か事情でもあるのか、オリーヴが低い声で、急いでふたりの会話に割りこんだ。彼女は少し青ざめていて、物思わしげな顔をしていた。「今はそのことについて話すのはやめましょう」

彼女は早口で言った。「ハリーにはやることがたくさんあるのよ……」

「自分が何をすればいいか知ってるわ」バーバラは意固地になって言った。「わたしは伯父さんに――当地の総督のトールボーイズ卿にお尋ねします。ヒュームさんに面会に行き、そうして、今度のことがいったい何を意味するか自分で判断してもいいかと」

何かしらの理由で彼女は荒々しい気持ちになっていた。自分の耳に自分の声が奇妙に響いた。卒中でも起こしそうなほど激したハリー・スマイスの眼が、眼窩から飛び出しそうなさまを、そしてその後ろで、眼を見開くオリーヴの顔がどんどん蒼白さを増していく光景を、混乱した気持ちで見ていた。そしてバーバラはさらにそれらの上に注がれる、悪戯好きの妖精のような伯父の面白がっている顔を見た。バーバラは自分がやりすぎたように思った。あるいは伯父が微妙なことを知覚する能力を新たに手に入れたのではないかと思った。

一方のジョン・ヒュームは勾留された場所で、空白のような壁を空白のような顔で眺めていた。一般的な孤独というものにはすでに慣れていたので、二、三日のうちに彼は勾留というものの非人間的な孤独が生みだす緊張を理解した。おそらく肉体的な感覚にたいして一番強く作用したのは煙草を禁じられたことだろう。しかし、彼はもうひとつ憂鬱の種、ほかの者だったら、おそらくより重大なことと見なすはずの憂鬱の種を持っていた。総督を傷つけようとした企てを告白したことでどんな刑罰を受けるか、ヒュームは知らなかった。けれども、彼は政治情勢や法律には通じていたので、広くスキャンダルになった犯罪には、直ちに重い罰が加えられることが少なくないことはよく理解していた。ヒュームは文明の辺境で十年暮らした。そしてカイロでトールボーイズ卿が彼を拾いあげた。ヒュームは前総督が殺された後の暴力的な反応を思いだした。その混乱に乗じるようにして副総督は独裁者になり、国中を威圧的行動と討伐によって一新しようとした。副総督の衝動的な軍事主義は、本国の政府からトールボーイズが妥協案を携えてやってきた時、ようやくわずかに鎮まったのだった。トールボーイズはまだ生きていた。そしておそらく新たな活力を得て、元気一杯だと想像された。けれども、たぶんまだ医者の指示のもとにあるはずだし、存分に行動するわけにはいかないはずだった。だから独裁的なスマイスは危急につけこんで、混乱を都合のいい方向にもっていく機会をふたたび手にしていた。しかし、じつは監禁されることより恐れていることが、囚人の頭の奥にあった。彼を心配させ、岩のごとくに鈍感な心と身体を蝕みはじめている恐怖の小さな点は、自分の幻想的な説明が敵に余計な好機を与えてしまったのでは、という懸念から生じたものだった。ヒュームがほんとうに恐れていたのは、囚人は狂っているので、衛生的で行き届いた治療を施そうと敵が言いだすことだった。

そしてつづく一時間ほど獄中のヒュームを観察した者がいたとしたら、その問題について彼が懸念や空想を巡らせる様子を見物して大いに楽しむことができただろう。ヒュームはひきつづき眼前を妙な具合に凝視していた。けれども、もうその視線は空虚ではなく、何かに集中しているようだった。独居房の隠者のように、自分が幻を見ているのではないかと彼は思った。

「そう、たぶん僕は、結局のところ」淡々とした口調で、しかし、明瞭にヒュームは言った。「聖パウロは何か言わなかったか……アグリッパ王よ、それゆえに、僕はこの天国的幻に頭《こうべ》を垂れないわけにはいきません……。僕はもう何度か戸口に現れたこの天国的幻を見ている。そしてそれが本物であることを熱烈に望みもした。しかし生身の人間というものは、こんなふうに監獄の戸を通り抜けることはできないものだ……。前にそれが訪れた時はトランペットの音に包まれてやってきた。風の音のような呼び声とともにやってきたこともある。その時には格闘があって、僕は自分が憎むことができるし、愛することができることにも気がついた。一晩にふたつの奇跡があったのだ。これはきっと夢なんだろうな――夢じゃないとしたら、いったい何だろう。でも、いずれにせよ、僕はきみが本物であることを切に願っている」

「夢じゃないわ」とバーバラ・トレールは言った。「今度は本物よ」

「僕が狂ってないと、きみはほんとうに言えるのか」ヒュームはなおも彼女を凝視しながら言った。

「そして、ここにいるのが本物のきみだって?」

「わたしの知っている人のなかであなたが一番正気だわ」

「ああ、では精神病院で聞かれるのがふさわしい言葉をたくさん言ってしまった――でなければ、天国的幻を見ている者にふさわしい言葉を」

「言って欲しいと思ってたことを」彼女は低い声で言った。「あなたはたくさん言っていたわ。今度の厄介事についてって意味だけど。あなたはもう言ってしまった……だったらわたしがもう知ってもいい頃だと思わない？」

テーブルの前にすわったヒュームは眉を顰《しか》めていた。そして唐突に言った。

「問題は、きみが事実を知ってては一番まずい人だと僕が考えていたことだ。判るだろう。きみの家族のことがある。きみは巻きこまれてしまうかもしれない。人は気にかける者のために、口を噤《つぐ》まなければならない状況に陥ることもあるのだ」

「でも」とバーバラは落ち着き払って言った。「わたしはもう気にかける人のために巻きこまれているわ」

彼女は一瞬黙り、それから言葉をつづけた。「ほかの人はわたしに何もしてくれなかった。大きな家で、みんなはわたしを気が狂ったような気持ちにさせたわ。わたしが一流の学校を出さえすれば、アヘンチンキで生涯を終えることになっても、誰も気にしないのよ。わたしは今まで誰かと話をしようと思ったことはないわ。誰かと話したいと思ったのは今だけよ」

ヒュームは飛びあがるように立ちあがった。地震のような何かが、幸福というものにたいする彼の石のような猜疑心の防備を打ち砕いたのである。ヒュームは彼女の両手を握った。自分のなかにあるとは夢にも思わなかった言葉が口から溢れだした。若いバーバラ・トレールのほうは、少しも揺るぎのない、輝きに満ちた眼差しで彼を見つめていた。まるで彼女のほうが年上で、賢明であるかのようだった。そして、ただこう言った。

「話してくれるわね」

「きみは理解しなければならない」とヒュームは真面目な面持ちになり、ようやく口を開いた。「僕が言ったことは真実なのだ。僕はオーストラリアからやってきた生き別れの弟を庇うために総督を撃ったわけじゃないし、小説に出てくるような事情があってそうしたわけでもない。僕はきみの伯父さんを撃った。そのつもりで銃を発射した」

「知ってるわ」と彼女は言った。「でも、それにもかかわらず、わたしは自分が知らないことがまだあるのを確信してるのよ。今度のことの裏には途方もない事実が隠されていることを、わたしは確信してるわ」

「いや、途方もない事実ではない。途方もないほどありきたりの事実があるだけだ」

ヒュームは一瞬何かを思いだしてでもいるように間を置き、それからふたたび話しはじめた。

「ほんとうに明白で単純な話なんだ。僕はこれが今まで何百回も起こってきたんじゃないかと思う。それに何百回も語られてきた話じゃないかと思っている。同じようなことは、一定の状況が与えられれば、どこでだって簡単に起こるだろう。

今回の出来事では、きみは状況についてはほぼ理解していると思う。きみは僕のバンガローの周囲がバルコニーみたいになっていることを知っている。そこから見おろすと、地図を見るようにすべてを見通せることを知ってる。そう、僕はそこから見おろし、地図を広げたような風景を見ていた。家の列、塀、塀に沿った道、無花果の木。さらに向こうの橄欖《オリーヴ》の並木、それに塀の終わる場所。芝草が植えこまれた砂の斜面など。そうして僕は驚くべきものを見た。ライフル射撃場はもうできあがっていた。大急ぎで造られたに違いない。その時も、一番近い標的の横に点のような男がひとり、工事の仕上げでもしているのか、立っているのが見えた。その時、その男が射撃地点にいると思われる誰かに合図を送るのが見えた。そして急いでその場を離れた。その人影はほんとうに小さかったが、すべての仕草がある事実を物語っていた。そう、ともかく僕はあることを見た。僕はなぜ、レディー・スマイスが気を揉んでいるのか、そして鬱々たる思いで庭をさまよっていたのはなぜか、その理由を理解した」

バーバラは彼をじっと見た。しかし彼は言葉をつづけた。「お馴染みの影が、総督邸から無花果の木までつづく道をゆっくりと移動していた。それは長い塀の上まで飛びだしていて、影絵芝居の影のようにくっきりと際だっていた。トールボーイズ卿のシルクハットだ。卿が健康のために、いつもその道を砂の斜面まで散歩することを僕は思いだした。そして、自分の向かう丘陵地帯がすでに射撃練習所になっていることを、卿がまだ知らないのではないかという強い疑念が、僕の脳裏を掠めた。きみも知っているように、トールボーイズ卿は耳がかなり遠い。公式に耳に入るべき言葉がすべて卿に伝わっているか、僕は時々疑っていた。確かに伝えられたがトールボーイズ卿の耳には聞こえなかった、ということが起きているんじゃないかと懸念していた。ともかく、彼はいつもと同じ道順を何の躊躇《ためら》いも見せずに突き進んでいるように見えた。そして、確信が圧倒的な真実味を帯びて瀑布のように僕の頭を打った。

それについて今はあまり多く言うつもりはない。生きているかぎり、僕は出来るだけ喋らないでおくつもりだ。けれども、この土地の政治については、僕が知っていて、きみがたぶん知らないことがある。あの恐ろしい瞬間に至るまでにはさまざまな政治的駆けひきがあったのだ。自分の懸念について、僕は十二分に根拠を持っていた。もし、自分の行動が妨害された場合には面倒なことが持ちあがるな、と漠然と思った僕は銃を取って、丘の斜面を急いで下り、道のほうに走った。狂ったように手を振り、叫んで、卿を振り向かせようとしながら。けれどトールボーイズ卿は僕を見もしなかったし、声も届かなかった。僕は懸命に走って卿の後を追いかけた。しかし先行されている距離は長すぎた。無花果の木のところまで辿りついた時には、間に合わないということは明らかになっていた。卿はすでに橄欖《オリーヴ》の並木の半ばあたりまで行ったところで、地上で最も足の速い人物でも、トールボーイズ卿が塀の尽きる箇所に至る前に追いつくことはできないと見えた。

僕はひとりの人間がこうした形で運命の場に立たされなければならないことを、ばかげたことだと思い、激しい憤りを感じた。僕はすらりとして、それでいて押しだしのよい卿の姿を見た。頭にはばかげたシルクハットが載っている。張りだした大きな耳が見える……大きな、しかし役にたたない耳。死の原野を背景にくっきりと浮かびあがった無知の背中に、耐えがたいグロテスクさを感じた。卿が問題の場所にさしかかった瞬間、その場が銃火に薙《な》ぎ払われることを僕は確信した。銃弾の方向は卿の進む道とまともに重なりあっていた。僕の頭に浮かんだ考えはひとつだけで、僕はそれを実行に移した。絞首刑にされようとしているのを妨げるために、その人物を絞首刑に処したことがあるかとヘイターに尋ねた時、ヘイターは僕の頭が狂っていると考えたが、あれは冗談だったのだ。趣味の悪い冗談かもしれないが。僕は人が撃たれることを妨げるためにその人物を撃ったのだ。

僕は卿の脹《ふく》ら脛《はぎ》を狙って撃った。彼は倒れた。角から二メートルほどのところだ。僕がその場にまだ立っている時に、一番端の家から彼を助けようと、人が何人か出てきた。その時、僕は唯一あとで後悔することをした。漠然と無花果の木の近くの家は、空家のような気がしていたのだ。だから僕は塀越しにその家の庭に銃を投げこんでいた。それであやうく、あの可哀想な牧師を面倒に巻きこむところだった。そして僕は家に戻って、そこで待った。グレゴリーのことを証言するために呼ばれるまで」

彼はいつもの落ちつきを取り戻して話を締めくくった。しかし娘は不自然な、驚きともとれる表情でなおも彼を見つめていた。

「でも」と彼女は尋ねた。「いったい、誰がその――」

「僕が知っているなかでも、もっとも巧妙な企てのひとつだ。何かを証明できるとは思わない。ただの事故のように見えたことだろう」

「あなたが言いたいのは」と彼女は尋ねた。「事故ではないってことね」

「以前言ったように、この件に関してはもうあまり話したくないんだ。けれど……いいかい、きみはものごとについて考えることが好きな人間だ。僕はきみにふたつのことに注意し、考えることを望む。そうすればきみ自身の遣り方で理解することができるだろう。

ひとつめはこういうものだ。僕は言ったように中庸の人間だ。僕はすべての過激派に反対する。けれどもジャーナリストたちや、クラブの脳天気な連中が過激派のことを言う時、彼らはみんな過激派にも種類があることを忘れている。実際みんな革命的な過激派のことしか考えない。僕の言葉を信じて欲しいが、反動的な過激派も極端に走るものなのだ。派閥のあいだの争いの歴史は暴力的行為を含んでいる。貴族も平民同様、暴力的行為に及ぶし、中世イタリアの皇帝党も、教皇党と同じように暴力をふるった。ファシストはボルシェヴィキと同じだし、クー・クラックス・クランは黒手組《ブラック・ハンド》とそっくりだ。そしてロンドンからひとりの政治家が和解案をポケットに入れてやってきた時――自分のプランが頓挫したと考えたのは民族主義者だけではないんだ。

ふたつめはもっと個人的なものだ。とくにきみにとっては。きみは僕に一家の正気を疑っていると言った。たんに悪い夢を見て、自分の想像力の産物について思い悩んでいるというだけで。信じて欲しい。気が狂うのは想像力のある人間ではない。たとえ、どんなに病的に見えたとしても、気が狂っているのは想像力のある人たちではないのだ。より広い視野とより広い展望を持つことができれば、彼らはみな悪い夢から覚める――なぜならば想像力があるからだ。気が狂う人間は想像力がないのだ。頑固で禁欲的な者の心は、ひとつの考えしか入れることができないし、それをそのまま受けいれる。そうした人物は物静かに見える。しかし鬱屈した思いは破裂寸前まで――」

「そうね」と彼女は急いで言った。「もう言う必要はないわ。今では全部理解してると思うの。わたしもふたつのことを言いましょう。ふたつとも短い話よ。でも、今度のことに関係があるわ。あなたを自由にする命令を携えた士官を、伯父が同行させてくれたの。それから副総督は国に帰ることになったわ。辞職したの。体調が優れないことを理由に」

「トールボーイズ卿はばかではない」とジョン・ヒュームは言った。「推測したはずだ」

彼女は当惑を含んだような笑みを浮かべた。

「伯父さんはずいぶんたくさん推測してるんじゃないかって思うわ」と彼女は言った。

その後交わされた会話はこの話にとってはあまり必要ではない。ヒュームはその話しあいの最後にじつに長々と、滔々と語った。ついには当の御婦人が遅ればせながら抗議しなければ、という気持ちになったほどである。結局、真の意味で彼が中庸の者であるとは自分は思わない、彼女はそう言ったものである。

頼もしい藪医者

The Honest Quack

1　樹のプロローグ

画家としても詩人としても令名高く、かつ奇矯さもなまなかではないとの評判を得ているウォルター・ウインドラッシュ氏は、ロンドンに居を構えており、その屋敷の裏庭に一本の樹を所有している。と言っても、これから語ろうとしている途方もない出来事が、その事実のみから派生したと主張することはおそらくは牽強に過ぎよう。なんとなれば、多くの人々が詩人という口実なしに、それぞれの裏庭に風変わりな植物を植えているのである。ウインドラッシュ氏の奇妙な樹に関して、まず眼につくのはふたつの事実である。第一に、樹が見物を目的とした群衆を地の果てからさえ呼び寄せるほど、驚くべきものだと、ウインドラッシュ氏が考えていたことである。そして第二には、もしも群衆が集まってきても、氏は樹を見せるつもりがないということだった。

はじめに言っておかねばならないのは、その樹はウインドラッシュが植えたものではないということである。返す返すも奇妙なことに、樹は彼が植えようと試みて、失敗したような印象を与える。あるいは、そうして植えたのを引き抜こうと思って、ふたたび失敗したような印象を与える。冷厳な古典主義的批評家たちは、植えるより引き抜くほうがより好もしいという判断を下したものである。確かに樹はグロテスクなものであった。形容するのはなかなか難しいのだが、発育不全で、枝を刈りこまれたように見えるその姿は、バーナム山毛欅《ぶな》をわずかに連想させる。しかしそもそも植物であると断言していいものか、見る者は少しく判断に苦しむのが常である。幹は太く短く、大枝は根から生えたように見えるし、根は大枝から生えたように見える。根はまた地表を突き破って伸びていたので、枝を透かして見るように根を透かして見ることができた、そのお蔭で向こう側にある泉から流れでた水が、樹の下の地面を洗っているのが知れる。しかし樹全体は巨大と言うべきで、足を一杯に広げた蛸あるいは烏賊《いか》にそっくりであった。時折、それは空から伸びてきた巨大な手、ジャックと豆の樹の話に登場する巨人の手のように見えた。それが頭髪を摑んで地から樹を引き抜こうとでもしているように。

実際のところ、この特別な庭樹を植えた者は存在しなかった。樹は草のように生長した。悽愴の気配を漂わせる荒れ地に咲く野生の草のように。おそらくこのあたりの地方でもっとも古いものだろう。もしかしたらストーンヘンジより古いかもしれなかった。少なくとも、ストーンヘンジよりも後に地上に現れたものであるという証拠はない。樹は誰のものであれ、人の庭に植えられたことはなかった。ほかのすべての植物はこの樹を囲んで植えられた。庭と庭を囲む塀と屋敷はこの樹の周囲に造られた。道は樹の周囲に造られた。この地区は樹の周囲に造られた。ある意味では、ロンドンはこの樹の周囲に造られた。というのも、屋敷のある地区は、大都ロンドンの懐深くにあり、誰もがロンドンの一部と見ているところであったが、じつはこの区域が拡大するロンドンに一瞬にして呑みこまれたのは、比較的最近のことなのである。風の強い、道のない荒れ野に、奇体なこの樹がぽつねんと立っていたのは、確かにそれほど前のことではなかった。

樹が保護あるいは束縛されることになった時の状況は以下のようなものであった。ウインドラッシュの身にそれが降りかかったのは、ほぼ半生と言えるほどの年月を遡った時分のことである。ウインドラッシュはその頃、美術学校の学生だった。彼はふたりの連れと荒れた共有地を歩いていた。連れのひとりはウインドラッシュと同い年の学生で、同じ大学で学んでいたが、専攻は美術ではなく、医学だった。もうひとりのほうはやや年長の実業家で、ウインドラッシュはある実際的な問題について、その人物と話しあいをしたいと思っていた。三人は荒れ野の尽きるところにある三羽の孔雀荘という宿屋で、その実際的な問題（それは、実際的になるということにたいする若い学生一般の無能力と関係があることだった）について話しあおうとしていたのである。年長の実業家氏は宿屋に早く着きたいと願っているらしかった。風が強くなってきていたし、すでに宵の闇が凄涼の気配の漂う荒れ野をじわりと包みはじめていた。

ウォルター・ウインドラッシュのどうにも苛立たしい振るまいで、速やかな前進が妨げられたのはその時である。ウインドラッシュはほかのふたりと同様、きびきびとした足どりで荒れ野を歩いていたが、樹の奇妙な輪郭を見て不意に足を止めた。彼は両手を挙げさえした。それは彼のような種類の人間があまりやらないような仕草で、異教徒が己の神に崇拝を示す時のような、そんなふうな仕草だった。声を低めて彼は言った。そして指さした。葬式かそれとも何か恐ろしい光景に、ふたりの眼を向けさせようとでもするかのように。ウインドラッシュの科学的な友人は、樹が地中から現れでたその生長の仕方が、植物学的な興味の対象に成りうることを認めた。しかし、彼は小川ないし泉のなかに足を踏みいれてまで、その生長の原因を探そうと思うほど、科学的な態度をとる必要は認めなかった。小川もしくは泉は、樹の背後の少し高くなった地面から湧きでているようで、這いまわる根の隙間を縫って小さな流れを作っていた。ウインドラッシュは好奇心を漲らせ、上方に弧を描く根のひとつにぴょんと飛び乗り、低い枝に手を掛け、その上に攀《よ》じ登った。それから樹がなかば空洞のようになっていると言いながら、さらに詳しく見ようと背を向けた。実業家氏のほうは焦《じ》れったさを面に浮かべて待っていた。けれどもウォルター・ウインドラッシュは忘我の状態をいまだ脱していなかった。彼は樹の周囲をぐるぐると歩きまわった。波立つ水たまりを覗きこみ、それから、伸びあがって梢の枝が杯あるいは何かの巣のようになっている箇所を入念に調べた。

「最初は自分にいったい何が起きたのか理解できなかった。だが、いま判った」と彼はようやく言った。

「僕にはまだ判らんね」と、ウインドラッシュの友人は応じた。「気が狂ったわけじゃあるまい。いったい何時《いつ》までここで、のんびりしてるつもりなんだ」

ウインドラッシュはすぐには答えなかった。

「僕のような詩人や画家は生まれつき共産主義者だって知ってたかい？　それに、同じ理由で僕たちは生まれつき放浪者《ヴァガボンド》だってことを」

「告白するが」と、ふたりの実際的用件に助言をするはずの人物は、やや不快そうな顔で言った。

「最近のきみの経済的に風変わりな行為は、共産主義者の興味をそそるかもしれない。しかし、放浪者《ヴァガボンド》という点に関して言えば、少なくとも放浪者《ヴァガボンド》というものは、つねに新しい場所に移動しつづけるという美点を持っていると思っていたが」

「あなたは少しばかり誤解しています」とウインドラッシュは夢みるような、堪え忍ぶような、奇妙な顔でそう言った。「僕が言いたいのは、僕が今では共産主義者ではないということです。それに放浪者《ヴァガボンド》でもないと」

驚愕ゆえの沈黙がひとしきりあたりを支配し、それからウインドラッシュは同じような口調で語を継いだ。

「今までの人生で、自分のものにしたいと思うものに出会ったことはなかった」

「もしかしたら、この腐ったような樹を自分のものにしたいと思っているのかね」年長の紳士は諫言の口振りで言った。

ウインドラッシュは眼の前の相手が喋ったことが聴こえなかったように見えた。「今までさまざまなところを見たが、足を止めて家にしたいと思う場所はなかった。大地と空と水が作りだすこれほど幻想的な光景は、世界中のどこを探してもないだろう。ヴェニスのように水の上に広がり、ミルトンの地獄みたいに洞《ほら》に陽光を招じいれ、聖河アレフのような地下の流れに貫かれ、湿った土のなかから身を起こして立ちあがる、最後の審判の喇叭《らっぱ》の音を耳にした死者たちのように立っている。今までそんなものは見たことがない。ほかのものはもうちっとも見たくない」

ウインドラッシュの奇妙な想像力にはおそらく弁護の余地があるだろう。その場の状況の異常さは種々の条件によって神秘性を倍加されていたのである。荒れた野面《のづら》の上の荒れた空は、灰色から紫に変わり、そしてさらに紫から陰気な代赭色に変わった。そしてその代赭色も今はもう地平線の上で暗い紅の帯となって見えるだけである。それを背景にして黒く際だつ奇怪な樹の輪郭は、自然界の物にしてはあまりにも神秘的だった。それは樹には相違ないものの、今にも歩きだしそうに見えた。あるいは凄まじい力を振るって水面から身を起こし、暗い空に飛び立とうとする怪物のように見えた。けれどもウインドラッシュのふたりの連れが、つねよりそうした光景にたいして共感を感じていたとしても、彼の最終的な決定を象徴すると思われる行動にたいしては、まったく準備ができていなかった。泉の畔の芝草の上にすわったウインドラッシュは、パイプと煙草の葉を入れた小さな袋を取りだした。彼の物腰はあたかもクラブの安楽椅子にでもすわっているような悠然としたものだった。

「何をしているのか訊いていいか」と友人が言った。

「公有地定住権を主張しているところだ」とウインドラッシュは答えた。

連れのふたりは忠告の言葉をウインドラッシュに浴びせかけた。しかし言えば言うほど明らかになったのは、ウインドラッシュの決意が完全に正気とは言えないにせよ、完全に真剣であることだった。実業家はぶっきらぼうな口調でウインドラッシュに告げた。もし、きみがほんとうにこの荒野の屑みたいなものに興味を惹かれたのならば、この樹を含む土地を管理している差配と話をするほうが利口だ、五十年居座ったとしても、公有地定住権は手に入らないかもしれないから。そう助言した実業家自身が驚いたことに、ウインドラッシュは真剣このうえない顔で実業家の助言に感謝し、紙切れを取りだし、差配の名前と住所をその上に書きとめた。

「ところで」と実業家は断固たる口調で言った。「わたしにはこの場所は腰を据えるに適した場所には見えない。もしまだわたしと話をつづけたいのならば、一緒にきて、三羽の孔雀荘に腰を据えないかね」

「ばかな真似はよせ、ウインドラッシュ」と友人は幾分辛辣な口調で言った。「一晩中、ここにいたいわけじゃないだろう？」

「ああ、それこそ僕がいましたいと思っていることだ」とウインドラッシュは答えた。「僕は自分の泉に沈んだ太陽を見た。だから同じ場所から昇る月が見たい。地所の購入を予定している人間が、さまざまな条件の下で検討しているからって、きみはそれを非難することはできない」

　実業家はすでに背を向けて歩きだしていた。がっしりとした黒い影は、背中のあたりに侮蔑を漂わせて、樹の枝の向こうに消えていった。友人のほうはしばらくその場に残った。しかしウインドラッシュの最後の言葉の不合理な合理性に辟易して、友人もまた実業家の辿った道を歩きはじめた。友人が六メートルほど歩いて、ちょうど樹の向こうに回りこもうとした時だった。詩人の態度が一変した。それまでとはうって変わった態度で、詩人はパイプを口から離し、謝罪の言葉を述べながら、友人たちが去った方向に二歩、三歩足を踏みだした。そして大袈裟なお辞儀をした。

「大変、失礼いたしました」ウインドラッシュは真面目な顔で言った。「いずれわたしのささやかな地所へ来駕を賜うならば欣快の至りです。この度はもてなしの面で至らぬ点があったのではと懸念しております」

　樹の傍らにしばし佇んだ後、ウインドラッシュはふたたび泉の畔にすわった。彼はそうして陶然とした顔で泉を覗きこんだ。泉には残照が映り、血の池のように見えた。ウインドラッシュはそのままの姿勢で何時間も動かなかった。紅の池の面が黒に変じて、さらに月光に照らされて白くなるのを見ながら。ウインドラッシュはまるで深い法悦のさなかにあるヒンドゥー教の行者のように見えた。けれども翌朝、活動をはじめたウインドラッシュの身裡には、奇妙で驚くべき活力が溢れているようだった。ウインドラッシュは差配の許に出掛け、土地を買いたい旨を告げた。ウインドラッシュは何箇月も根気強く交渉した。そして、ついに奇怪な樹を中心にした二エーカーの土地を、正式に所有することに成功した。それから、その土地を数学的な厳密さをもって柵で囲んだ。ちょうど砂漠に杭を打って、自分の土地であると主張する人のように。ウインドラッシュの驚異的な行動の他の部分は、あまりにありきたりだったので、逆にさらに驚異的であると言えた。彼は自分の土地に小さな家を建てた。ウインドラッシュは勤勉に文学的活動に励み、家は田舎屋敷としてはそれ以上望めないくらい快適な場所になった。やがて彼は妻を娶ることによって社会的な堅実さを完全なものとした。妻は娘をひとり残して、先立って行った。娘は田舎ではあるが粗野ではない環境で、ひじょうに幸福に成長し、ウォルター・ウインドラッシュ氏の日々は麗《うら》らかにつづいていった。晩年に大いなる悲劇が訪れるその日まで。

悲劇の名はロンドンといった。果てしない成長をつづけるロンドンは潮が満ちるように、丘を越え、荒れ地を越えてやってきた。ウインドラッシュの人生の残りの部分、あるいは人生のその部分は、その不条理な津波に抵抗しようという決意と、実際の手段《てだて》が中心となった。ウインドラッシュは詩神たちに誓った。もし、この醜く粗野で忌まわしい迷宮が、自分の聖なる樹と秘密の庭を取り囲むことを許すとしても、直接触れさせはすまいと。彼は途方もなく高い塀を周囲に巡らした。敷地のなかに人を入れることにたいして、きわめて厳格な態度を維持しつづけた。終いにはその厳格さは猜疑と形容しうるほどのものになった。何人かの不注意な客たちは、庭がただの庭であるように、いや、樹がただの樹であるかのように振るまいさえした。自分の地所がイングランドに残された最後の自由の地であり、かつ散文の侵略に抗して唯一残った詩の避難所だったので、ウインドラッシュは最近では庭に入る戸に鍵をかけ、その鍵をポケットに入れて持ち歩くのを習慣にしていた。しかし他の面では彼は愛想がよく、情にも厚かった。ウインドラッシュは娘にすべてにわたって素晴らしい時間を提供した。しかし、庭に関しては、そのことごとくが自分ひとりのためのものであるという態度をさらに堅固にしていった。長い年月、閉ざされた庭の空気を掻き乱すのはただひとり、樹の周囲を何度も歩きまわる、その孤独な主人ばかりであった。

2 黒い鞄を持った男

イーニッド・ウインドラッシュはすこぶる美しい娘である。明るい色の髪は豊かで、顔の造作は快活で利発な印象を与える。坂道を歩いていた彼女は急な坂の途中で、連れを先に行かせた。小さな菓子屋で、若干の買い物をしようと思ったのである。前方は小高い丘で、郊外の広い野原のなかにあるその丘の斜面を、白い急な道が折れながら上方につづいている。丘を縁取る白は大きな白い雲で、丘の向こう側に広がり、わずかにそうして端を覗かせているのだろう。地球が丸いという証拠は幾つもあるが、眼の前の光景はその事実を自然に人に感得させるような、稀な効果を備えていた。蒼い空と白い道と白い雲の縁取り、それらを背景に、人影がただふたつだけ見えた。そのふたつの人影はそれぞれ独立したもので、あらゆる点で共通するものはないように見えた。しかしながら一瞬の後、彼女は眼を見開き、思わず走りだしていた。明るい陽光が燦々とふりそそぐ丘の斜面で、犯罪年鑑のなかでも滅多に見られないようなことが起こったからである。

男のひとりは背が高く、顎鬚を生やし、長髪で、鍔《つば》の広い帽子を被っていた。大きすぎてだぶだぶの服を着たその人物は、陽をいっぱいに受けた道の真ん中を、ごくのんびりとした足どりで歩いていた。頂上の手前でその男は振り返って、漫然と自分が今し方登ってきた道を見おろしていた。もうひとりの男はきびきびとした足どりで坂道を登っていて、すべての点で、最初の人物より謹厳で、面白味のない人間のように見えた。そちらのほうはシルクハットを被り、小柄ではあるが、押し出しがよく、黒っぽい服をきちんと着ていた。彼は脇目も振らず急ぎ足で歩いていた。しかし、その動きは滑らかで、手には小さな黒い鞄を持っていた。彼はあるいはシティーで働いていて、時間に几帳面なことに誇りを抱いている人物かもしれなかった。しかし、彼はいま自分が少し時間に遅れていることを気にしているように見えた。ともかくも彼はまっすぐ前を見ているようだったし、目的地に辿りつくこと以外には、何ら興味を持っていないように見えた。

そしてまったく突然に、男は鞄を持ったまま、舗道から道の真ん中に向かって、真横に、まるで弾かれたように跳躍した。そして顎鬚の大きな帽子の人物に組みつき、押さえこもうと、さもなければ、首を絞めようとしているようだった。飛びかかったほうが小柄であったが、男の敏捷さは黒猫の動きを連想させるほどで、より若く、不意を衝いたということもあった。背の大きなほうの男は足下がぐらついて、反対側の舗道までずるずると後退した。しかし、つぎの瞬間には謎めいた敵の手を振りほどき、体勢を立て直して反撃を開始した。しかし、その時、丘の向こうからやってきた一台の自動車が娘の前を通り過ぎ、格闘を見ていた娘の視界を一瞬遮った。そして視界が開けた時、状況は三度目の転換を迎えていた。黒い服の男のシルクハットは頭の上で傾《かし》いでいたが、鞄は懸命に抱えて離そうとしなかった。彼はいま軍隊用語でいうところの戦闘止めという体勢をとろうとしていた。そして自分が気まぐれにはじめた行為をつづけることに、嫌気がさしているように見えた。彼はやや後退して、鞄を持ったまま手を振ったが、その動きは、若い娘でさえ、そしてそんな遠い距離からでさえ、ボクシングの動きではないと判るようなものだった。それはむしろ宥《なだ》め諭《さと》す仕草のように見えた。しかし、帽子を飛ばし、髪も鬚も乱した背の高い人物は仕返しを決意しているように見えたので、彼は突然鞄を投げ捨て、きちんとした服の袖口をまくりあげ、それまでになかった活力を漲らせ、無駄のない動きで、打ちあいを挑むために前に進みでた。こうしたことの一切は三十秒ほどのあいだに起こった。しかし、菓子の小さな茶色い箱を手にぶらさげて、あっけにとられている菓子屋をその場に残し、娘はすでにできるかぎりの速さで、道を走りはじめていた。というのも、遠方で騒ぎが持ちあがった時、ミス・イーニッド・ウインドラッシュは長い顎鬚の人物の姿に、虫の報せのようなものを感じたのである。多くの人は古風で迷信深いと非難するだろうが、彼女はそうしたものがいつも気になってしょうがなかったのである。どうやら、その人物は自分の父親らしかった。

彼女が争いの場所まで辿りついた頃には、お伽芝居《パントマイム》めいた格闘の勢いは少し治まっていた。彼女がそばに行ったせいもあるのだろう。しかし、両者ともにまだ喘ぎ、鼻息も荒くはあったが、戦意は喪失していなかった。近くで見ると、シルクハットの人物のほうは黒い髪の若い男だと判った。顔は四角く、肩もナポレオンを連想させるような怒り肩だった。しかし、全体としては、まったく立派な印象を与える青年で、むしろ内気な質のように思われた。見たところでは、無茶な振るまいをするような人物であることを示す徴はどこにもなかった。

自分の行動に釈明が必要だと考えてる節は、その人物には確かに微塵もなかった。

「まったく、この忌々しい老いぼれの気違いめ……よぼよぼの老いぼれ驢馬《ろば》め……」彼は息を荒げて言った。

「この男は」怒りにまかせて、ウインドラッシュも傲然と応じた。「道の真ん中で理由もなく襲ってきたのだ――」

「まったく、言うに事欠いて」と若い男は勝ち誇ったような、嘲るような調子で叫んだ。「理由がないだって？　道の真ん中だって？　ああ、まったく何てことだ」

「じゃあ、どんな理由があるんですか？」争いを止めさせようとミス・ウインドラッシュは口を挟んだ。

「どんな理由かって？　もちろん道の真ん中を歩いてたからさ、こいつはケンサルグリーン共同墓地に埋められていたところだ。言わせてもらえば、この男はハンウェル精神病院にいるべきだ。こいつはそこから逃げだしてきたに違いない、この時代に道路の真ん中をふらふら歩いているところを見ると。しかもサハラ砂漠にひとりでいるみたいに、景色を楽しむために後ろを振り返るなんて。

丘の向こうから自動車でやってくる連中には反対側が見えないってことは、この頃じゃ村のどんな馬鹿者だって当たり前のように知ってる。もし僕が自動車の音を聞かなかったら——」

「自動車だって？」芸術家であるウインドラッシュは深甚な驚きの籠った声で言った。空想癖のある子供を諭すような調子だった。「自動車だって？」悠然とした物腰でウインドラッシュは後ろを向き、道を眺めた。「その自動車はどこを走っているのだね」ウインドラッシュは皮肉な口振りで尋ねた。

「あのスピードで走りつづけたとしたら、七マイルは先だろう」と若い男は言った。

「そうね、それは確かだわ」ようやく事情が飲みこめたイーニッドは言った。「すごい速さで走っていく車がいたわ、ちょうどふたりが——」

「ちょうど僕が犯罪的襲撃を試みた時にね」とシルクハットの若い男は言った。

ウォルター・ウインドラッシュは紳士であり、公正な態度というものに重きを置く人物であった。昨今ではそのふたつがつねに同じ意味であることはないようであるが。しかし、人間以上の存在でもなければ、自分を道の反対側まで突き飛ばし、そしてボクサーのように強《したた》かに殴り返してきた紳士にたいしてすぐに態度を改めることはできなかっただろう。ましてその人物のなかに、その顔かたちのなかに、やがて無二の友人となり、自分を救うことになる者を認めることなどは望むべくもなかった。眼の前の男は、後に感謝の気持ちで、自分の残りの人生をすべて捧げても構わないと考えたほどの人物だったのであるが。ウインドラッシュの事態の把握の仕方は漠然として不完全なものだった。しかし娘のほうは、若い男にたいして父親より無理のない雅量をもって接することができた。合理的な再認識がなされたし、若い男の外観が好ましいものであるとさえ思った。芸術家の生活における神聖な自由を見慣れている婦人にとっては、几帳面で堅実な服装の趣味は、必ずしも好もしくないものではなかったのである。さらに彼女は道の真ん中で突然襟首を摑まれたわけではなかった。

名刺と初対面の挨拶が交わされた。若い男は白分が侮辱した、あるいは助けた人物が著名な文学者であることを驚きとともに知った。他方は自分を侮辱した者、あるいは助けた者が若い医者であることを知った。ジョン・ジャドスンという名前が彫られた真鍮の表札を、父と娘は近所で見かけたことがあるように思った。

「ああ、きみが医者だというのなら」と詩人は辛辣な口調で言った。「きみが自分の職業倫理にひどく反する行動をしたのは間違いない。きみはわたしの主治医が生計を立てるのを邪魔したと、医学協会に報告されるべきだ。きみたち医者は道で交通事故を見かけた時、立ち止まるにしても、元帳の貸し方側に書き留めるためだけかと思った。ああ、わたしが自動車に轢かれて半死半生になっていたら、きみは手術でわたしをきれいさっぱり片づけてしまうことができたろうに」

どうやらこの議論好きなふたりは、互いに気に障ることを言い合う運命にあると、最初から決められていたらしかった。若い医者は凄味のある笑みを浮かべた。そして口を開いた時、その眼は好戦的な輝きを帯びていた。

「そうですね。大体において、我々医者は人を救おうとするものです。道であれ、溝であれ、ほかのどこであれ。もちろん僕は詩人を救ったとは思ってもみませんでした。普通の有用な市民を救ったつもりでした」

遺憾ながら、これがふたりのあいだで交わされた会話の、典型的なものであることは認めなくてはならないだろう。そしてまったくもって奇妙なことに、そうした会話はますます日常的なものになっていった。ふたりは会えば必ず議論した。にもかかわらずふたりは頻繁に会った。いかなる動機があるのか、ジャドスン医師はあれやこれやと口実を設けて詩人の家を訪問しつづけた。詩人はつねに歓待した。もっとも、奇妙な流儀の歓待ではあったが。ウインドラッシュはシェリーやウォルト・ホイットマンの古き伝統に属する人物であった。ウインドラッシュは詩を自由の同義語だと考える詩人であった。彼が野生の樹を単調な郊外式の庭に囲いこんだとしたら、それはその樹が野生のまま育つことを許された最後のものかもしれないと考えたからだった。彼が高い塀に囲まれた人気のない小径を歩くのも、それは多くの郷紳に荒れ地を囲って公園と名付けさせた本能と、同じものによってそうしているのだ。ウインドラッシュは孤独を好んだ。なぜならそれが行動様式のなかで唯一完璧に思えるものだったからである。彼は自分のまわりに広がった機械文明を単なる唯物論的隷属だと見なしていた。そして可能なかぎり、それがないもののように振るまった。その度合いはすでに見たように、道の真ん中で自動車に背中を向けて立つほどのものだった。

ジャドスン医師はあまり頭の良くない友人たちから、やがて成功を手中にするはずの人物だと思われていた。その理由は、彼が自分を信じているからというものだった。その意見はおそらく彼の耳には中傷のように響いたことだろう。ジャドスンはただ単に自分を信じているわけではなかった。彼は信ずるにあたってもっと強い信念を必要とするもの、信じるにはあまりに信頼性が少なく、困難であると一部の者が考えるものを信じていた。ジャドスン医師は現代の社会と機械と分業と専門家の権威というものを信じていた。なかんずく彼は自分の仕事を信じていた。自分の技術と科学的知識と職業を信じていた。彼は先進的な一派に属していた。とくに心理学と精神分析の分野で多くの大胆な理論を提起する一派である。イーニッド・ウインドラッシュは彼の名前を、一般の新聞の投稿欄に見いだすようになった。それから科学読み物を多く載せる新聞の記事の署名が、その名前であるのに気づくようになった。彼はいたって率直に、自分の現代にたいする熱狂を生活にまで持ちこんでいた。そして、ウインドラッシュが永遠につづくかと見える樹への崇拝心を抱きながら、自分の庭を歩きまわっているあいだ、客間を大股で往ったり来たりしながら、それらについて何時間も彼女に向かって語った。それにしても、往ったり来たりするのは確かに彼の特徴だった。職業的な几帳面さと冴えない服がジャドスンの最初の印象だったが、ふたつめの明確な印象はつねに沸騰しているような彼の気力だった。時折、ジャドスンはこれも特徴的な率直さで、突発的にウインドラッシュの詩人的奇矯さを非難した。詩人は樹のことをこの宇宙において、エネルギーを発するものの好例だと考えていた。

「しかし、どこに利点があるのですか」ジャドスンは憤慨も極まったという口吻で言ったものである。「ああいう物を所有して何の役にたつんですか?」

「ああ、何の役にもたたないね」と主人は答えた。「きみが考えるような意味ではまったく役にたたない。だが、芸術や詩は役にたたなくても、価値がないということにはならない」

「しかし、見てください」うんざりして、顔をしかめながら、医師は食いさがった。「芸術や詩の価値に似たものを、僕はあの樹に認めることはできない――それどころか意味も理由も見いだせない。煉瓦とモルタルの塀に囲まれた古くて薄汚い樹における美とは何ですか？　ああ、もしあの樹を伐ったら、ガレージを作る場所ができる。そうしたら自動車を買ってイングランド中の林や森を見にいける――それこそコーンウォールからケイスネスまでの間の、見た眼に心地好い樹を好きなだけ」

「そうだな」とウインドラッシュはやりかえす。「そうして行くところ行くところで、樹の代わりに給油ポンプを見るわけだ。それがきみの偉大な科学と合理性の進歩の論理的到達点だ――そして呪わしい反理性的な進歩の、反論理的な呪わしい到達点だ。やがてイングランドのどの場所も給油所に覆われるようになるだろう。人はどこへでも旅行できる。だがより多くの給油所を見るだけだ」

「それは旅行する時の計画の立て方の問題でしょう」と、医師は主張した。「自動車時代に生まれた人間には新しい自動車的センスがある。そして彼らは、あなたが考えているほどそうしたことを気にしてはいない。思うに世代の相違というやつですね」

「けっこうなことだ」と辛辣な口調で年長の紳士は言った。「確かにきみたちはみんな自動車的センスを持っているだろう。だが、わたしたちには馬的センスがある」

「なるほど」と医師は言った。同様に刺々しい口調だった。「もし、あなたにほんの少しでも自動車的センスがあれば、いや、何らかのセンスがあるとしたら、この間のように危うく命を落とすような真似はしなかったでしょうな」

「もし、自動車というものがなかったら」詩人は声を低めて言った。「わたしを殺すものはそもそも存在しなかっただろう」

そこで医師の堪忍袋の緒が切れたらしく、詩人を頓馬呼ばわりしたものである。それから、詩人の娘に謝った。もちろん、詩人は古い流儀の紳士であり、少し流行遅れでいる権利を持っていると。しかし、より熱心に主張したのは、彼女自身は未来に、そして世界を変えてゆく新しい希望にもっと共感を抱くべきだということだった。それから、彼は納得のいかないことについて激昂したまま、見えない相手と議論しながら家に帰るのだった。じつにジャドスン医師は科学の予測と展望にたいして、ひじょうに深い信頼を抱いていたのである。大胆すぎて世に問うには少し躊躇《ためら》われたのであるが、彼自身もきわめて多くの理論を心中に温めていた。ジャドスンは冗談好きの友人たちから、これまで誰も言及することのできなかった方法によって治療するために、誰も罹ったことのない病気を発明したと非難されていた。外側だけ見ると、野心を抱きがちなところも含めて、彼は行動を旨とする人物が備える欠点をすべて備えていると見えた。けれども、それにもかかわらず、ジャドスン医師の脳の奥には活気に満ちてはいるが仄暗い小部屋があった。そこでは思考の混乱と没頭が危険な程度まで進んでいた。その小部屋の薄暗い渾沌をもし眼にする者がいたら、いったん精神が妙な具合に圧迫を受けたなら、そこから奇怪な怪物でも現れるのではなかろうか、と思うかもしれなかった。

イーニッド・ウインドラッシュはそうした主知主義や秘密主義の対極にあるような娘で、つねに陽の光の下を歩いているような印象を周囲に与えた。彼女は明るく健康で生気に満ち溢れていた。

彼女の父親は開けた野原や、まっすぐに高く伸びた樹を愛することに挫折したのであるが、彼女の嗜好を見ると、その父親が為しえなかったことは娘のうえに結実したのだと直ちに感得された。彼女の関心は自分の魂より肉体のほうに向けられていて、屋外のスポーツにたいする生来のものと見える愛を、郊外生活者らしく、テニスやゴルフや水泳をすることで発揮した。しかし、それにもかかわらず、ふとした具合に彼女のなかにも、父親が有する途方もない空想癖を思わせるものが垣間見える時があった。ともあれ、ずっと後になって、この一件が落着した時、イーニッドがふたたび陽光の下に立って、頭を悩ませる暗い謎、幾重にも重ねられた恐怖の嵐の到来以前の日々を顧みたというのは事実である。イーニッドは自分の関与しはじめた時期を思いだしながら、前触れや予兆となるものがなかったかどうかを考えたものである。そしてもしも白い雲を背景にした陽のあたる道で、踊るような争うようなふたつの黒い影の意味することを、解釈することができたなら、あれほど謎と見えたことも、あるいはすっきりと解き明かすことができたのではなかろうかと考えたものである。ひとつの言葉を描きだそうともがく、ふたつの生きているアルファベットを見た時に。

3　庭に侵入した者

翌日から翌々日にかけて、ジャドスン医師の暗く憂鬱な心にはじつにさまざまな思いが蓄積されることになった。医師はついに勇気を掻き集めてドゥーンに相談をしに行くことを決心した。

ジャドスンがこのような形でドゥーンのことを考えたという事実は、ドゥーンにたいする親近の情を表すものではなかった。むしろそれは反対のことを表していた。問題の人物も、もちろん、ドゥーン氏、あるいはドゥーン医師、あるいはドゥーン教授といったふうに人間としてのさまざまな段階を経験したことがあった。しかしそれも、彼が位階の輝かしき高みに登ってただドゥーンとのみ呼ばれる以前の話である。人はダーウィンについて話すのと同様の態度でドゥーンについて話した。ダーウィンをダーウィン教授やチャールズ・ダーウィン氏と呼ぶことが、無礼ではないものの何となくはばかられるようになるには、長い時間は要らなかったものである。ドゥーン教授が類人猿と人類に共通する病気について名著と言われるものを著したのは二十年以上前のことで、同著によって彼はイングランドでもっとも有名な科学者になった。ジャドスンはまだ彼が大きな病院で先頭に立って働いていた頃、彼に師事していた。ジャドスンは最近日常になりつつある議論において、その事実が自分に有利に働くのではないかと考えた。ドゥーンの名前はひっきりなしに行われる議論のうちのひとつに不意に現れた。どのようにしてドゥーンの名前が現れたか、また、どうしてその名がひどく重要なものに思われたかを説明するためには、もう一度(ジャドスン医師の習慣にならって)詩人ウインドラッシュの屋敷に戻る必要がある。

前回訪問した時、これまで自分を悩ませていたものより、いっそうひどく自分を悩ませることになると思われるものを、ジャドスン医師は見出した。医師はウインドラッシュ家の団欒にもうひとりの若い男が席を占めていることを発見したのである。それは隣に住む男で、お喋りをしにウインドラッシュ家にしょっちゅう立ち寄っているらしかった。どうやらジャドスン医師の真の罪と徳がどうであれ（ジャドスン医師の内部の深みには、まだ掘り尽くされていない、未知の部分があった）、医師が明朗闊達な質の人物とは言えないといった種類のことが、すでにその人物に仄《ほの》めかされているらしかった。定かではない理由から、ジャドスン医師はもうひとりの若い男に虫の好かぬものを感じた。金色の髪は長く、揉みあげが頰のほうまで張りだしているところを見ると、どうやら頰髯を生やすつもりらしかったが、そうしたところも好きではなかった。ほかの人間が話しているあいだ、じつに礼儀正しい笑みを浮かべて聞いていたが、そういうところも好きではなかった。芸術や科学やスポーツについて意見を述べる時、いかにも鷹揚で公平な態度で、どれも同じくらい重要であり、重要でないといった調子で話したが、そういうところも好きではなかった。また、そう話しながら、詩人と医師に交互に弁明したが、そこも好きではなかった。そして何より気に入らなかったのは、彼が自分より七センチほど背が高かったこと、そして（こともあろうに）その差を是正するために前屈みになっていることだった。しかし、もし医師が、他人の心理と同じように自分自身の心理を理解していたとしたら、そうした徴候が意味することを正しく読みとっていたことだろう。その人物の欠点や魅力には関係なく、ある男性がもうひとりの男性を嫌うとしたら、考えられる理由はもちろんただひとつである。

隣の家に住む紳士はどうやらウィルモットという名であるらしかったが、洗練された知識を蒐集しているということ以外には何をしている人物なのかまったく判らなかった。彼は詩に興味を持っていた。彼が詩人から好意を持たれたことを説明するのに、その事実は有用かもしれない。不幸にも彼はまた科学にも興味を持っていた。そしてその事実は、科学的なジャドスン医師の好意を誘発することにはまったく寄与しなかった。情熱的な専門家であり、専門ということに重きを置く者に向かって、当のその分野についての情報を懇切丁寧に教えようとすることほど、その人物を腹立たしい気持ちにさせることはないだろう。ことに（しばしばありがちなように）その問題が専門家自身が十年も前から攻撃し、論破してきたものである場合には。医師の反撃は侮辱寸前の激越なものだった。そして医師は、樹上性人類についての幾つかの意見は、ドゥーンが最初の著作を書いた時、すでにナンセンスになっていたと断言した。大科学者たるドゥーンの発見は新聞紙上で広く称賛を集めていたが、しかしそれは彼が著作や講義のなかで述べていることとは正反対の内容である場合が少なくなかった。ジャドスンはドゥーンの講義を受けた。ジャドスンは彼の著作を読んだ。しかし、ウィルモットは新聞を読んだ。新聞によって教養を培った現代の人々を前にした議論において、その事実はウィルモットに大きな優位性を与えることになった。

議論は詩人が画家としての経歴の初期に行った実験について、何気なく自慢した時にはじまった。彼は規則性をもった装飾的図案の習作を幾つか一同に見せた。そしてかつてはしばしば両手で同じ物を描く訓練をしたこと、それから両手でそうやって描いている時に、たまにそれぞれが違う動きを、独立した動きをはじめようとする感覚を味わったことを話した。

「だったら、ウインドラッシュさんは」とウィルモットは微笑みながら言った。「片一方の手で担当の編集者のカリカチュアを描きながら、もう一方で都市計画図の細部を描くことができるかもしれない」

「現代版ですな」面白くもないといった顔でジャドスンは言った。「右手がなすことを左手に知らせてはならない（マタイ伝六章三節から。善行を見せびらかすな、の意）、というやつの。僕に言わせれば、それはろくでもない手品だ」

「僕は別なふうに考えますね」と風変わりな紳士は淡々とした口調で言った。「あなたの友人のドゥーンなら、ふたつの手を別々に使う人間をよしとするでしょう。彼の神聖なる先祖の猿は、じっさい四本の手足を使っているわけですから」

ジャドスンはいかにも彼らしい突発的な反応を示した。「ドゥーンが取り組んでいるのは、人間と猿の脳だ。手は人間のように使っている。もし誰かが自分の手を猿のように使うことを好むとしても、僕にはどうすることもできないね」

ジャドスンが立ち去った後、ウインドラッシュは彼の突発的な言動に少なからぬ苛立ちを示した。ウィルモットのほうはしかし何らそうした感情は見せなかった。

「あの若者はだんだん我慢できなくなりつつある」と芸術家は言った。「彼は会話のすべてを論争に変えるし、論争のすべてを喧嘩に変える。ドゥーンが実際にどんなことを言ったかなんて、いったい誰が気にするというのだ」

しかし渋面のジャドスン医師にとって、ドゥーンが実際に言ったことが何かという問題は、決して看過すべき問題ではなかった。それは、ドゥーン本人が実際に何と言うか聞くために、すでに述べたように、わざわざ街の反対側へ出かけるに値することだった。おそらく、その種の問題において自分の正しさを明らかにしたいという彼の欲求の強さは、病的と言ってもいいほどだった。また、彼は議論の決着がつかないまま問題を放りだすことができるような種類の人間ではなかった。しかし、それ以外にも、彼の心中にはほかに理由や目的があったこともまた確かである。いずれにせよ、彼は暴風雨のごとき勢いで科学の寺院あるいは法廷に向かって飛びだしていた。立腹したウインドラッシュや、得意げなウィルモットや、当惑し、悲しむイーニッドには、一顧も与えずに。

ウエストエンドにあるドゥーン博士の大邸宅の正面は古典的な屋根付き柱廊《ポーチコ》になっていて、窓は日除けで覆われ、重々しい印象を漂わせていた。しかしそうしたものも若き医師を怯ませることはなく、彼は断固とした足どりで階段を登ると、勢いよく呼び鈴を鳴らした。いま彼は偉大な人物の書斎に通され、二言三言会話を交わし、自分を思いだしてもらうことに成功し、実のこもった言葉で親しみを表されていた。偉大なドゥーン博士は白くなった巻き毛に鈎形の鼻の、きわめて端正な顔をした老紳士だった。科学と宗教の対立について解説したお堅い週刊紙などに、彼の写真は何度も掲載されているが、その写真よりそう老けているようには見えなかった。ドゥーン理論についての自分の見解が正確であることを確かめるのに、それほど時間はかからなかった。しかし、ふたりが話しているあいだずっと、若い医師の決して休むことのない黒い眼は、部屋のあちらこちらに投げかけられた。科学の進歩にたいする尽きることのない職業的好奇心に突き動かされて、部屋の隅という隅を探りつづけた。郵便で届けられたばかりの本や雑誌が、テーブルの上に積みあげられていた。彼は無意識のうちにそのうちの何冊かをぱらぱらとめくりさえした。また彼の眼はぎっしりと本が詰めこまれた本棚の各々の段をさまよった。一方のドゥーンはそのあいだ喋りつづけた。老人がよくそうするように、旧友と旧敵について。

「あの、言語同断なグロスマークだ」あらためて思いだしたように、ドゥーンが勢いこんだ口調で言っていた。「わたしの考えをもとにいつも愚かで混乱した説を唱えた。きみはグロスマークのことを覚えているかね？　徒党を組んで後押しすれば、どんなばかげたことでも通るという驚くべき例だ」

「カビットがいまもてはやされているのとよく似ていますね」とジャドスンは口を挟んだ。

「おそらく、そうだろう」とドゥーンは少し苛立たしげな口振りで言った。「しかし、グロスマークは樹上性の問題で散々笑い者になった。彼はわたしが扱っていた問題のうちのひとつにさえ答えられなかった。第三紀始新世という語についてのばかげた逃げ口上以外には。ブランダーズのほうがましだった。ブランダーズは若い頃に、この分野に真に寄与することを為した。もう自分の時代が終わったことに彼は決して気づかなかったがね。だが、グロスマークときたら――いやはや」

そしてドゥーン博士は安楽椅子に腰を掛け、背もたれに身を預けると、穏和な笑みを浮かべた。

「それにしても」とジャドスンは言った。「僕は先生に多大な恩義を受けています。先生の許を訪れたなら、多くのことを学ぶだろうと僕は確信していました」

「いやいや」と偉大な人物は立ちあがって、手を擦りあわせた。「きみはこの問題についてウインドラッシュと議論しているということだが、ウインドラッシュという男は確か風景画家だったね。何年も前に会ったことがある。たぶん彼もわたしのことを覚えているだろう。有能な男だ。だが変わり者だ。根っからの変わり者だ」

ドゥーンの邸を出たジャドスン医師の顔にはひどく考えこんだような表情が浮かんでいて、それはふたりで話していた時よりも、いっそう考え深げなもののように見えた。彼はドゥーンとの話で得た切り札を携えて、ウインドラッシュの家に勝利の雄叫びをあげに戻ろうと、はっきりと考えていたわけではなかった。しかし、半ば自覚していないでもなかったが、彼の足はいつもウインドラッシュの家に向かいがちであった。自分の考えがはっきりする前に、ジャドスン医師はウインドラッシュの家の前に立っていた。そしてあるものを眼にして、その場に足を止め、漠然とした疑念に捕らわれてそれをじっと見た。ジャドスンは身じろぎもせず、しばらくそうやって立ちつくしていた。それから猫のような身のこなしで道を移動し、角から家の裏手を覗きこんだ。

あたりはすっかり暗くなっていて、大きな月が地上のすべてのものを薄青く染めあげていた。風景画家がかつて荒れ野に建てた家あるいはバンガローは、今では大きな屋敷のあいだで窮屈そうに身を縮めていたが、見た眼の風変わりな感じ、あるいは異様な感じは相変わらずであった。家は意固地に道に背を向けているような印象を与える。そうした秘密めいた感じをもたらしていたのは、おそらく家自体の度を越した秘密主義だった。クリスマスのお伽芝居《パントマイム》に出てくる城の胸壁に似た、忍び返しのついた塀が庭を囲っていた。塀の内の植えこみを窺うことができる場所が一箇所だけあった。家の一方の側面にひょろりと背の高い格子の門扉があったのである。そこはいつも鍵がかかっていた。しかし往来を行く人は格子の隙間から庭の樹の葉叢を照らす月光の輝きを見ることができるのだった。だが、往来を行く人（そうした形容がジャドスン医師に用いることが許されるなら）はその時、何かほかのものを眼にしたようだった。そしてその何かは彼をしてひどく驚かせたのである。

月光のなかの、背が高く痩せた人影は、間違いなく格子を梯子代わりに使っていた。彼は内側から機敏に格子戸を攀《よ》じ登っていた。長い足のしなやかな動きは、今日ウインドラッシュ家で話題になった類人猿を強く連想させた。しかしながら、猿だとすればひじょうに背の高い猿だった。影が格子戸の一番上に足を乗せ、道に飛び下りようとするようにそこに立った時、風が二房の巻き毛を捕らえ、幻想的に躍らせた。まるでその影がじつは二本の角がある悪魔で、動物が耳を動かすようにそれを自在に動かすことができるとでもいった具合に。しかし、あるいは不気味さを頂点にまで高めたかもしれない、その仕上げともいうべき光景は、ジャドスン医師にきわめて常識的な現実感と認識をもたらした。ジャドスンはその苛立たしい二房の髪をよく知っていた。彼はそれを慇懃無礼なウィルモット氏の頬で、妙に女性的な感じで揺れるのを見ていた。慇懃無礼なウィルモット氏は優雅な身のこなしで格子戸の上から地上に飛び下り、いつもとまったく変わらない丁重さでジャドスンに挨拶をした。

「一体全体、こんなところで何をやっているんだ」ジャドスンは怒ったような声で尋ねた。

「ああ、これは先生」と驚いてはいたが、妙に嬉しそうな顔でウィルモット氏は言った。「僕は夢遊病の患者のように見えるでしょうね。これが心理学者の扱う問題になるかも知れないということを、考えに入れていませんでした」

「僕にはこれは警察官の扱う問題のように見えるね。ウインドラッシュさんの家の庭で何をやっていたか、訊いても構わないかね？　ウインドラッシュさんは庭には誰も入って欲しくないようだが——いずれにせよ、どうしてきみはこんなふうにして出てこなきゃならないんだ？」

「なぜあなたがそうした質問をするのか、その理由をぜひ伺いたいですね」相手は機嫌のよい口調で言った。「僕が途方もない誤解をしていないかぎり、あなたはウォルター・ウインドラッシュ氏ではない。この僕がそうでないのと同様に。しかし、ジャドスンさん、あなたと口論をするつもりはありません」

「きみはその口論を避けるために、ごまかそうとしている」敵意も露にジャドスン医師は言った。謎めいたウィルモット氏は、はじめて見る奇妙に親しげな表情を浮かべて、ジャドスンのほうに近寄ってきた。揶揄《からか》うような調子と優雅さはなくなっていた。ひどく真剣な口調で彼は言った。

「誓ってもいいです。先生、ウインドラッシュの庭に立ち入る権利を、きわめて妥当な権利を僕は持っている」

そして不思議な隣人は闇に溶けたように見えなくなった。おそらく隣の自分の家に戻ったのだろう。ジャドスン医師は不意に身を翻し、ウインドラッシュの家のドアに向かって突進し、尋常ならざる勢いで呼び鈴を鳴らした。

ウインドラッシュは家にいなかった。彼は芸術家たちの大きな宴会のようなものに出掛けたらしく、帰るのは遅くなるようだった。しかしジャドスン医師の行動はかなり奇妙で不作法なもので、酒に酔っているのではと、イーニッドが一瞬恐ろしさを感じたほどだった。もちろんそれはジャドスンの健康第一の生活からは考えられないものだったのだが。ジャドスン医師は客間でイーニッド・ウインドラッシュの前にすわっていた。彼は突然断固たる態度で椅子に腰を下ろした。あたかも何か告げることを決心したかのように。しかし結局彼は何も言わなかった。彼は陰気な彫像のように黙っていたが、怒っているらしい気配をしきりに発散していた。イーニッドに判ったのは、ジャドスン医師が何か鬱屈したものを抱えこんでいるということだけだった。そしてその時イーニッドははじめて気がついた。ジャドスン医師の額は広く、丸みを帯び、蟀谷《こめかみ》が突きでていて、眉の上もまた突きでていた。きれいに剃刀をあてた口元や顎の先もやはり内側から膨れあがっていて、そして両の眼から暗い感情の炎が迸っていた。ジャドスンは几帳面で単調な生活の象徴である傘の柄を、四角張った、いかにも力のありそうな手で握って動かなかったので、よけいに奇怪に思えた。彼女は待った。客間の真ん中でチクタクと時を刻みながら煙をあげている、黒くて丸い爆弾を見ているような気分だった。

ようやく掠《かす》れた声でジャドスンは言った。

「あなたのお父さんが大事にしている樹を見たいのですが」

「それは無理です。父は唯一あの樹のことだけには神経質になります。気に入った樹を持っている人はどんな人間でも好きだ、と父はいつも言っています。つまり、自分が孤独になれる場所を持っている人っていう意味ですけど。でも父は、誰にも樹を見せるつもりはないし、それは自分の歯ブラシを人に貸さないのと同じことだ、とも言っています」

「まったくばかげている」ぶっきらぼうな口調でジャドスンは言った。「もし僕が塀を乗り越えたらどうするんだろう。あるいはほかの方法でウインドラッシュさんの庭に入りこんだら」

「大変残念ですけど」と彼女は躊躇《ためら》いがちに言った。「もしあなたが庭に入ったら、父はもうあなたをこの家に入れないと思います」

ジャドスンは椅子から飛びあがった。それは彼女の耳には爆発前の最後の針の音のように聞こえた。時を刻みおわって爆発するのだろうか。

「だが、あなたのお父さんはウィルモット氏が庭に入るのを許している。あの紳士はさまざまな特権を持っているらしい」

イーニッドはすわったまま、声もなくジャドスンを見つめていた。「ウィルモットさんが庭に入るのを許す？」と彼女は繰りかえした。

「ああ、ありがたい。いずれにせよ、あなたはこのことについて何も知らないらしい。ウィルモットは僕にきわめて妥当な権利を持っていると言いました。そして僕は当然、あの男があなたから許可を得たか、あるいは、あなたのお父さんから許可を得たと考えたのです。しかし、そう、可能性はないわけではない……。ちょっと待ってください……。後で話します……。あなたのお父さんは僕がこの家に出入りするのを禁じるでしょうか？　ほんとうにそう思いますか」

そう言って、人騒がせな開業医はやってきた時と同様の唐突さで、ウインドラッシュの家から飛びだして行った。彼の患者の扱い方は驚くべきものに違いないと彼女はしばし考えた。

途方もない若者について、複雑で矛盾することをさまざまに思いめぐらしながら、イーニッドは独りで夕食をとった。それから彼女の思いは父親のこと、そして父親のひじょうに変わった種類の独創性に移っていった。それからふと思いついて、彼女は家の裏手から庭に張りだした父親の書斎兼アトリエに、行ってみることにした。そこには未完成の習作の大きなカンバスがあった。前の日に議論を引き起こす原因になったものだった。そういうものからでも、あれほど両極端に分かれた議論が導きだされるのだと、彼女は不安な面持ちで絵を眺めた。イーニッドは率直な人間であったし、まっすぐな知性の持ち主だった。壁紙のなかに形而上学を見たり、トルコ絨毯のなかに倫理を見いだしたりすることができないように、彼女はその習作のなかに争うだけのものを見いだすことができなかった。しかし、議論の雰囲気には心を乱された。父親がそれで心を乱されたから、というのがその理由のひとつでもあった。彼女はアトリエの端にあるフランス窓の前に立って、憂鬱な顔で外界から閉ざされた暗い庭を眺めた。

冴えた月に照らされたその庭に、微風《そよかぜ》が吹いているのかと最初は漠然と思っただけだった。そしてそれから動いているのは中央にあるものだけであることに気づいた。ただ枝を四方に広げた名前のない樹だけが動いていた。イーニッドはしばし子供じみた恐怖に捕らわれた。樹が動物のようにひとりで動いているような、あるいは巨大な扇のようにひとりでに揺れているような気がしたのである。そして、彼女は樹の形が変わるのを見た。新しい枝が生えてきた。枝は人の影に変わってぶらさがった。そして反動をつけて、猿のように地面に飛び下り、窓のほうに向かって走ってきた。影はやがて見覚えのある人間の輪郭を形成した。そして、余計な想像はすべて消滅した。彼女はその者が自分の父親でも、隣に住むウィルモット氏でもないことを知った。不可解な恐怖が彼女を捕らえた。まるで、悪夢のなかでよく見知った顔が、変容を遂げてゆくのを見るようだった。ジョン・ジャドスンは閉まった窓のところまでやってきて、何か話していた。けれども彼の言葉はまったく聞こえなかった。ガラスを通して動く口を見るのは、まったく悪夢そのもののように思えた。彼は唖の魚のように見えた。舷窓からこちらを見る魚のように。顔は深海魚の下腹のように青白く光っていた。

庭に面した窓は家のほかの出口同様、錠が下ろされていた。けれども鍵の在処は知っていた。彼女はすぐに鍵を取ってきて、フランス窓を開けた。彼女の怒りの籠った挨拶の言葉は唇の上で凍りついた。ジャドスンが叫んだのである。それはどんな人間の口からも聞いたことのないような耳障りな声だった。

「あなたのお父さんは……ウインドラッシュさんは狂っている」

彼は動くのを止め、自分の言葉に驚いているように見えた。そして彼は迫《せ》りだした額に両手をあてて、髪を掻きむしるような仕草をした。それから沈黙した後、ようやく口を開いた。今度はまったく違った口調だった。「ウインドラッシュさんは狂っている……」

ジャドスンが同じ言葉を繰りかえしたにもかかわらず、イーニッドは直感的に彼が違う意味で言ったことを理解した。しかし、彼女がそのふたつの言葉の違いを理解するまでには長い時間が必要だった。あるいは第一の言葉と第二の言葉のあいだに生じたことを理解するまでには。

4　二重性精神病

イーニッド・ウインドラッシュは人間的な、きわめて人間的な娘であった。彼女はさまざまな種類と度合いの憤りを有していたのだが、その時、彼女はそれらの種々の憤りをいっぺんに味わっていた。彼女は夜のそんな遅い時間に客が現れたことに、しかもドアから入ってくるのではなく、窓から入ってきたことにたいして憤っていた。少しばかり好意を抱いていた人間が、こそ泥のような行動をしていることにたいして憤っていた。また、自分の父親の希望が、これほど軽々しく無視されたことに憤っていた。さらには自分が怯えたことに憤っていた。そして自分がどうして怯えているのか、その理由が判らないことにはそれ以上に憤りを感じた。しかしイーニッドは人間的だった。彼女がなかでもとくに憤っていたのは、侵入者が何も答えず、彼女の憤りの表出に少しも注意を払わなかったことだった。彼は膝の上に肘を乗せ、膨らんだ蟀谷《こめかみ》のあたりに手をあてていた。苛々した口調の答えが返ってくるまで長い時間が経った。「僕が何を考えているか判りますか?」

そう言って彼はいつもの精力的な動き方で不意に立ちあがり、未完の習作の大きなカンバスが並んでいる場所まで早足で行き、そのうちのひとつをじっと覗きこんだ。それから憑かれたように絵の一枚一枚を調べはじめた。それから彼は、海賊旗の髑髏《どくろ》の徴のように優しい顔でイーニッドの顔を見た。

「こう言わなければならないのはとても心苦しいのですが、ミス・ウインドラッシュ、簡単に言えば、あなたのお父さんは二重性精神病に罹っています」

「そんな言葉があなたには簡単な部類に入るのですか?」

彼は低く掠れた声で言った。「この病気の最初の徴候は樹上的先祖帰りです」

科学者を標榜するこの人物にとって、判りやすく説明するという気持ちを起こすことは、失敗を約束されたようなものだった。最後の語はこの大衆科学の時代には充分に一般化している言葉だった。少なくとも娘を烈火のごとく怒らせるほどには。

「父が」と彼女は叫んだ。「樹の上で猿みたいに暮らしたいとずっと思っていたって言うのですか。そんな無礼なことを言うつもりなのですか」

「ほかにどんな説明が可能ですか?」憂鬱な顔でジャドスンは言った。「まったく、胸が痛くなることです。しかし、この仮説はすべての事実を説明してくれます。なぜ、ウインドラッシュさんはいつもひとりで樹のそばにいたがるのでしょうか。それは樹のそばにいる時のウインドラッシュさんの態度が、その社会的な地位にあまりに似合わない、グロテスクなものだからではないでしょうか——あなたはこの郊外の地区がどんな状況になっているか、知っていますね。つまり、この郊外にたいする恐怖、街にたいする完全に誇張された恐怖、森林地帯や未開の土地にたいする熱狂的で常軌を逸した憧憬——それらのこと一切が樹上的先祖返り以外のものであると考えられますか?さらに言えば、一切を遺漏なく説明できるものが何かほかにあるでしょうか——ウインドラッシュさんが樹を見つけて、樹とともに住むことにした話の一切を。樹にはじめて出会った時、大波のように彼のうちに湧きあがった、抗いがたい切望の感情の本質が何だったかを。ウインドラッシュさんの心の奥底にある本質的部分から出てきたに違いないと思われる、圧倒的な力に満ちた欲求。人間の根本、人間の進化の大本から溢れだしてきた欲求。それは類人猿的な欲求以外には有り得ません。じつに憂鬱なことです。しかし、ドゥーンの法則の好例です」

「このばかばかしい話はいったいどういうことですの」とイーニッドは言った。「父があの樹以外の樹を見たことがないとでも思っているのですか」

「忘れてはいけません」と彼はやはり虚ろで諦観に満ちた声で言った。「あの樹の特徴を考えてください。あれは人間の元々の住処の微かな記憶を呼び覚ますようにできているのです。あの樹は枝だけでできているように見える。根までも枝のように見える。手を掛けるところがいたるところにあって、いかにも登ってみたいという気持ちを起こさせる。原初的な感覚を刺激するのか、人間の本能なのか、いずれにせよ、それは単純な感情です。しかしウインドラッシュさんの場合、不幸なことに単純とはとても言えない状況になっている。人間以外の霊長類つまり四手類《ししゅるい》ですが、ウインドラッシュさんは半四手類とも言いうるほど、両手の自由が利くようになっている」

「それは前におっしゃったことと違いますね」と猜疑心を漲らせて彼女は言った。

「確かに」昂ぶりのあまりか身を震わせて彼は言った。「ある意味でいま発見したことは認めます」

「それにあなたは、誰かを生け贄にせずにはすまないような恐ろしい発見をたいそう好むのですね

──生け贄は父でしょうか、それともわたしでしょうか」

「あなたを生け贄にはしません。あなたではない」ジャドスンの体にもう一度震えが走った。しかしジャドスンは自制心を奮い起こした。そして講義でもするような、いつもの人を苛立たせる、表情のない口調で言った。

「この類人猿的な反応には、手足をふたたび自由に動かせるようになりたい、猿のようになりたいという試みが伴います。その欲求は両手を別々に動かす実験を試みさせるようになる。まさにウインドラッシュさんが自分で言っていたような実験です。あなたのお父さんはどちらの手でも絵が描けるようになろうとした。その傾向が進むとおそらくウインドラッシュさんは、足でも絵を描こうと試みるでしょう」

ふたりは見つめあった。そうしてもどちらも笑いださなかったところに、ふたりが感じていた恐怖の深さが表れていた。

「そしてその結果なのですが」医師はつづけた。「四肢を機能的に独立させようという試みには、きわめて危険な結果が待っています。そうした手足の自由は、進化の現在の段階にある人間にとっては自然なものではありません。脳の葉の分裂を引き起こす結果になるかもしれない。心のある部分の活動をべつの部分が知らないということになるかもしれない。そうした人間は物事を判断するということができない——監視の下に置かなくてはならないでしょう」

「あなたの言葉は一言も信じるつもりはありません」と彼女は怒って言った。

ジャドスンは指を一本突きだして、陰気な顔で、頭上の砕木パルプ紙の額縁に収められた陰気なカンバスを指さした。カンバスには両手が別々に使える画家の心に映ったものが、渦巻きのような線とけばけばしい色で描かれていた。

「これらの絵を見てください。充分時間をかけて見るのです。そうすると僕の言っていることが判るはずです——この絵の持っている意味が。樹のモティーフが何度も何度も、偏執狂的に繰りかえされています。樹は放射性の、遠心性のパターンを持っているが、それは両方の手に絵筆を持って、それを一度に動かすことを触発する。しかし、樹は車輪ではない——車輪なら危険はずっと少ない。樹はどちらの側にも枝を持っているが、どちらの側も同じ形はしていない。それこそ禍の元であり、ひそかな危険の始まりなのです」

今度はまったくの静寂だった。それを破ったのはジャドスン自身の講義口調の声だった。

「両方の手を同じように器用に動かすことによって、樹の枝にさまざまな動きを与えるという試みは、脳の統一性と連続性を侵害する。また必要な倫理能力、それに調和性と一貫性のある意識を維持する能力を侵害する——」

彼女の夜の嵐のような心のなかに直観が稲妻のように走った。

「これは一種の復讐なの？」

音節の多い言葉を言っている途中でジャドスンは話を止めた。そして唇まで青くなった。

「あなたの長いお喋りももう切りあげる時期じゃないの、嘘吐きで、藪医者のペテン師さん」彼女は凄まじい激怒の表情で言った。「父には倫理能力がないということを証明しようと、あなたが懸命になっているのがどうしてか、わたしが気づいていないと思っているの？　それは父があなたを家に入らせないことができるとわたしが言ったから、なぜなら……」

医師の青ざめた唇は笑みの形になっていたが、それは苦痛を色濃く滲ませていた。「それで、なぜ僕がそれを気にしなきゃならんのでしょう」

「なぜかというと」彼女はいったん口を開いたが、また黙りこんだ。心のなかに深い淵があり、彼女はそれを覗きこんでいた。しばらくのあいだ、ソファーにすわった医師はまるで硬直した死体のように見えた。それから不意に死体が生き返った。

「そうです」立ちあがって彼は叫んだ。「きみの言うことはあたっている。きみのためなんだ。いつもきみのためなんだ。どうして、お父さんときみをふたりだけにしておけるって言うんだい。きみは僕を信じなければならない。お父さんは狂ってるんだ」それまでとはまったく違った声で彼は叫んだ。「お父さんがきみを殺してしまうんじゃないかと、恐れていることを僕は確かに認める。もしそうなったら僕はどうやって生きていけばいいんだ」

学者のような言葉の羅列のあとの、この情熱の爆発に、彼女はすっかり驚かされた。彼女のなかで何かが変化し、決然とした口調に動揺が表れた。そしてようやく彼女は一言だけ言った。「もし、あなたが気にかけているのがわたしだとしたら、どうか父のことはそっとしておいてください」

超然とした態度がふたたび彼に戻ってきた。そして百キロ離れたところからでも聞こえるような声で言った。「きみは僕が医者だということを忘れている。どんな場合でも僕は公衆にたいして義務がある」

「あなたが下劣な悪党であることが今よく判りました。そういう人たちにはいつだって公衆にたいして義務があるわ」

それから、反感のうちにふたりは口を閉じた。沈黙が落ち、そのなかにふたりの注意を喚起する音が響いた。軽く楽しげな靴音が余韻を響かせ、廊下をふたりのほうに向かってきた。ほろ酔い機嫌で歌う鼻歌も聞こえ、イーニッドは父親が帰ってきたことを悟った。つぎの瞬間、ウォルター・ウインドラッシュが部屋のなかに立っていた。上機嫌で夜会服を着こんださまはじつに立派に見えた。ウインドラッシュは上背があり、ハンサムな老紳士だった。その前では陰気な顔の医師は見栄えせず、縮んでさえ見えた。しかし芸術家が自分のアトリエのなかを見渡すと、見えたのは開けっ放しの窓だった。顔から陽気な表情がたちまち消えた。

「いま、あなたの庭を歩いてきたところです」と医師は低い声で言った。

「では、どうぞ、この家から出ていってください」と芸術家は答えた。

怒り、あるいはそれ以外の何かの感情のため、ウインドラッシュの顔から血の気が退いた。しかし、少し経ってから彼は落ちついた声ではっきりと言った。「わたしとわたしの家族との交誼を一切断つことを、きみに求めなくてはならない」

ジャドスンは猛々しい勢いで前に進みでたが、すぐにそうした自分を押さえこんだ。しかし、口から洩れでた声までは抑制が利かなかった。

「あなたは僕がこの家から出ていくべきだとおっしゃる。では僕はこう言いましょう。この家から出ていくべきなのはあなたのほうです」

それから、歯を擦りあわせるような調子で、ジャドスンはまったく予想外の、このうえなく残酷なことを付けくわえた。「僕はあなたが狂人であることを証明するつもりです」

彼は部屋を出て、玄関のほうに歩いていった。ウインドラッシュは娘の顔を見た。娘のほうも眼を見開いて、父親のほうを見ていた。しかしその顔色は一瞬死んでいるのではと思ったほど、血の気のないものだった。


つづく四十八時間のうちにジャドスンの脅しは実行に移されたが、イーニッドは詳細を思いだすことができなかった。けれども眠れないまま迎えた夜とも朝ともつかぬ時間のことは覚えていた。彼女は戸口に立って、薄暗い通りを隅々まで眺めていた。燃える家に閉じこめられて隣人たちに助けを求める人のような心持ちでイーニッドはじっと立っていた。そして冷たい確信が心のなかに這うように忍びこんでくるのを感じた。火事よりも残酷なこと、こうした種類の災厄では隣人たちの助力など期待できないこと、機械のような法の体系にたいしては、職権濫用を訴えても無駄なこと。彼女は隣の家の前にある街灯の下に警官が立っているのを見た。彼女はその警官に助けを求めることを考えた。強盗に会ったならそうするように。しかし、そんなことをするくらいだったら、むしろ街灯に助けを求めたほうがいいと考え直した。もしふたりの医者がウォルター・ウインドラッシュが狂人であると証明することに決めたならば、ふたりは全世界を味方にしたも同然なのだ――警官もそのほかのものも全部ひっくるめた全世界を。さらに処置は急を要すると証明することにしたら、即座に連れさることさえ可能だった。警官に見張ってもらっても無駄だった。父親がすぐに連れて行かれるような気がしてならなかった。とはいうものの、その場所に配置された警官には何かしら気になるところがあった。以前にはそこで警官など見かけたことはなかった。その事実が彼女の眼を警官に眼を留めさせたのである。ちょうど彼女がそうやって警官を見ていた時、隣家のウィルモット氏が手に小さな旅行鞄を持って、玄関から現れた。

彼女はウィルモットに相談したいという衝動を感じた。おそらく相手は誰でもよかったのだろう。しかしウィルモットは科学に関するものも含めて、さまざまな知識を持った人物だった。衝動のままに彼女は走りだし、少し話がしたいとウィルモット氏に申しいれた。つねの振るまいからはほど遠いことだったが、ウィルモット氏は少し急いでいるように見えた。けれども、彼は会釈して、玄関から彼女を招じいれた。家に入ると、じつに不可解なことに、内気というか躊躇いというか、そのような気持ちが強く湧きあがってきた。彼女の心中に、誰について、あるいは何についてかは判然としないものの、打ち明けることを不本意とする理由の判らない感情が生まれていた。さらにウィルモット氏の見慣れた顔や姿のなかに見慣れない何かがあった。彼は角縁《つのぶち》の眼鏡をかけていたのであるが、その奥から放たれる視線はいつもより鋭く、まるで見るものを射抜くかのようだった。着ているものは同じだった。しかし、普段留められていないボタンはきちんと留められ、動作もいつもよりきびきびとしていた。両頬の上に掛かる髪の房は相変わらず頬髯のように見えた。しかし、その下の顔の感じは普段とはまったく違って見え、まるで髪は鬘《かつら》で、頬髯のような二房の髪もその一部なのではないかと思われた。

思わぬ展開にまごつき、疑惑の念を抱きつつも、彼女は自分の問題をより一般的なものにしたほうがいいように思った。イーニッドは友人のひとりが二重性精神病ではないかと言われたのだが、何かその人に与える助言はないかと尋ねた。そういう病気を知っているか、あなたはそうしたことについて詳しいから尋ねるのだが、と。

ウィルモットはその種のことについて確かに少しは知っていると答えた。しかし、彼は依然として急いでいるように見えた——失礼にならない程度に、しかし明らかに急いでいることを態度に表していた。ウィルモットは事典を開いて、ひじょうな速さで繰った。記載はなかった。そんな病気があるかどうか疑わしいとウィルモットは言った。

「僕の見るところでは」と眼鏡越しに、真剣な眼差しでイーニッドを見ながら彼は言った。「あなたの友人は藪医者にかかってしまったようです」

自分の疑惑が繰りかえされる結果を見て、彼女はウィルモット氏の家を辞去した。ウィルモットはひじょうに気を遣って彼女を通りまで送った。警官が彼に挨拶した。そのことに格別に不思議なところはなかった。警官たちは父親に挨拶するし、馴染みの住人には挨拶する。しかし、家に戻る時にウィルモットが警官に言った言葉はいかにも不思議だった。「確かめなきゃならないことがもう一件ある。電報がなかったら、予定通りに進めてくれ」

家に戻った時、自分の家が納骨堂よりも忌まわしいものに感じられた。外《おもて》に黒いタクシーが停まっていて、それは彼女に葬式を連想させた。死んだほうが楽かもしれないとイーニッドは思った。もし、タクシーのなかにいるのが誰かを知っていたら、彼女は家の前の通りで一騒ぎ起こしたことだろう。しかし、もちろん知る由もなかったので、実際には彼女は急いで家に入り、黒い服に身をかため、真面目な顔をしたふたりの医師の姿を見出すことになった。ふたりは正面の張り出し窓から差しこむ光のなかに、公的な書類やペンやインク壺で覆われたテーブルをはさんですわっていた。ちょうど書類に何か書きこもうとしているほうの医師は、堂々とした銀髪の紳士で、ごく上等のアストラカンの外套を着ていた。ふたりの会話から彼女はその人物がドゥーンであることを知った。もうひとりのほうは忌むべきジョン・ジャドスンであった。

部屋に入る前に一瞬立ち止まったので、ふたりの科学的な会話の断片を聞くことができた。

「もちろん先生も僕も理解しているように」とジャドスンは言っていた。「単なる下意識、つまり心を水平方向に分割する考え方は、垂直方向に分割する考え方に取って代わられています。しかし一般人の多くはまだ、新たに発見された二重性の、もしくは二面性の意識については知りません」

「その通りだ」と医師ドゥーンは冷静な、安心感を与えるような声で言った。

ドゥーンの声はほんとうに安心感を与えるような声だった。そしてその声で彼はイーニッド・ウインドラッシュに安心感を与えることに全力を尽くした。ドゥーンは彼女の置かれた立場に深く心を傷めているように見えた。

「あなたの不運をわたしがどのくらい気の毒に思っているか、察して欲しいとは申しません」ドゥーンは言った。「わたしに言えることは、身近な人たちのショックを和らげるための方策が講じられるということだけです。隠し立てをするつもりはありません。あなたのお父さんは外のタクシーのなかにいます。細心で同情的な人たちの世話を受けています。こうした病気の時には一般に必要な措置になるのですが、お父さんを説得するために、方便を用いたことも隠しはしません。しかし、そうは言っても、わたしはウインドラッシュさんに最良の友人たちに会うことになるという真実を言っただけです。お嬢さん、確かにこの種のことはとても恐ろしく思われます。しかし、おそらく我々はお互いに分かりあえるでしょう――」

「ああ、署名をして、早く仕事を済ませましょう」とジャドスン医師は不作法に口を挟んだ。

「きみは黙っていたまえ」ドゥーンは威厳と怒りの混じった声で言った。「きみが不運な立場にある人間と接する際の態度や倫理を備えていないとしても、わたしのほうにはいささかの経験がある。ウインドラッシュさん、ほんとうに遺憾なことです」

彼は手を差しだした。イーニッドは躊躇いの顔で立ち尽くしていたが、混乱した人のように、一、二歩後ろに退《すさ》った。彼女はあまりに混乱していたので、ジャドスン医師に救いを求めた。

「この人をどこかにやってください」ヒステリーでも起こしたように彼女は叫んだ。「この人をどこかにやって。この人はもっと恐いわ」

「もっと恐い?」ジャドスン医師は彼女の言葉を繰りかえした。

ジャドスンを凝視する彼女の眼の表情は測りがたいものだった。

「あなたよりも」

「この忌々しい書類に署名はすみましたか?」ジャドスン医師はもどかしさに耐えかねたように言った。しかし、ふたりが眼を離していたちょうどその時に、ドゥーンは署名を終えていた。ジャドスンは凄まじい勢いで書類を鷲摑みにし、家から飛びだしていった。

そしてその時イーニッドは、ジャドスン医師を結局許すことはできないと思わざるを得ない光景を見た。階段を駆けおりる時、彼は歓喜に溢れているように見えたのである。休日を迎えた少年のように、長いあいだ欲していたものをようやく手にした人のように。ほかのものはすべて許せても、この最後の、手放しの喜びようは許せないと彼女は思った。

幾らか時間が経ってから――どれくらい経ったのかは判らなかった――イーニッドは椅子にすわって弓形の窓から人気のない通りをぼんやりと眺めていた。彼女の心の状態は、これ以上悪いことが起こるなどということは、有り得ないという状態にあった。しかし彼女は間違っていた。その二、三分後、ふたりの警官とひとりの平服の男が玄関の階段を上がってきて、訪問の申し開きと不安を掻きたてる説明の後、逮捕状を携えてきたことを告げた。殺人の罪で逮捕する旨を記した紙面にはウォルター・ウインドラッシュの名があった。

5 樹の秘密

単純な者の動機は複雑な者の動機より複雑である。単純な者というのは、自分の感情を整理しないし、その結果、行動の動機はさらに謎めいたものになる。ことに、後になってもその謎を解いてみせる気がない場合には。イーニッドはいたって素朴で、自意識の希薄な性格だった。彼女はこれまで、思案と感情のこれほどの混乱のなかに投げこまれたことはなかった。新たなショックのなかで、彼女の念頭に浮かんだのは、孤立の時期は終わったという、人間にとってごく自然な感情だった。彼女は自分の抱えた問題が、ひとりで考えるには複雑で入り組みすぎているように思った。話しあう友人を探さなければならなかった。

ゆえに彼女はただちに玄関を出て、友人を見つけに外《おもて》に出た。彼女はイカサマ医師にして陰謀家、デメテルの神官（古代ギリシアのエレウシスで行われた儀式で秘儀を伝える役目を担った）のように奇怪な嘘を操る人物、自分と自分の父についてとんでもない過ちをおかした男を探しに出かけた。そして、玄関に真鍮の表札を掲げた自分の家にちょうど帰ってきた医師を見つけた。言葉で表現できない何かが、謎めいた歪められた感知できない方法で、ジャドスンは味方で、試す価値があると思ったことは何によらずやってくれると告げていたのである。彼女は奇妙な経緯で悪役になった医師を呼びとめ、ごく自然な口調で話しかけた。あたかも兄弟に話しかけるように。

「家に来てくれませんか」彼女は言った。「また恐ろしいことが起こったんです。いったいどうなっているのか、わたしにはさっぱり判らないの」

医師はすぐに彼女のほうに向き直り、それから通りに鋭い視線を投げかけた。

「ああ、ではもう警官がやってきたのですね」

彼女は口をつぐんで、ジャドスン医師の顔をじっと見た。混乱した心のなかに少しずつ光が射してきたような気がした。

「警察が来ていることを知っていたのですか？」声がしぜんうわずった。世界にどっと光が流れこんできたかのように、彼女は一度に膨大な量の知識を得た。そして、それらの知識が結合した末に産まれてきたものは、ひどく奇妙なもののようだった。彼女が浮かべたのは、懐疑まじりの驚愕の表情だったのである。「でも、あの時のあなたには悪意があったわ」

「適切な悪意です」とジャドスン医師は答えた。「しかし、僕のしたことはたぶん弁護の余地のないことです。あれしかウインドラッシュさんを救う方法を考えだせなかったのです。急がなければならなかったので」

深く息を吸いこんだ彼女の顔が、しだいに理解の色を深めていった。まるで遠方に何かを、ある記憶、ある意味を認めたかのように。

「ああ、判ったわ。あれはあなたが以前にしたのとまったく同じことなのね。自動車に轢かれそうになったのを助けたことと」

「性急に過ぎたんじゃないかと心配しています」とジャドスンは言った。「それにたぶんあまりに早く飛びついたんじゃないかと」

「でも、どちらの場合もあなたはちょうど間に合うように飛びついたわ」

彼女はひとりで家に戻った。彼女の心はまだ恐怖の地層のなかにあった。父親が猿ではないか、狂人ではないか、あるいはさらに悪いものではないかという恐怖。それにもかかわらず心のずっと奥では何かが歌っていた。なぜなら結局彼女の友人は邪ではなかったのだ。

十分後、砂色の髪を戴き、全体としては鈍重であるが、鋭い眼つきをしたロンドン警視庁犯罪捜査部のブランドン警部は、ウインドラッシュ家の居間に足を踏みいれた。警部がそこに見いだしたのは、四角い顔と肩、黒い髪、そして謎のような笑みを浮かべたひとりの医師だった。つい先刻、危機と激情に震えるジャドスン医師を見た者は、おそらくウインドラッシュ家の友人と称するその泰然自若とした人物と医師とを結びつけることに困難を感じただろう。

「警部さん。不幸な御婦人に可能なかぎり負担をかけたくないという僕の願いに、あなたが賛同してくださることを僕は確信しています」医師は淀みない口調で言った。「僕はウインドラッシュ家のかかりつけの医者です。どんな場合でも彼女の体について責任を持つつもりです。しかし、僕には別の責任もある。あなたが務めを果たすにあたって、医者という立場にある僕が邪魔することはないと思っていただいて構いません。僕が望んでいるのは、あなたが御自分の仕事の概略を少し説明してくださることです」

「判りました、先生」と警部は言った。「それについては期待に添えるようにしましょう。一般にこの種の事件では、第三者と話しあうことができるというのは、息抜きになるものです。けれども、もちろん理解しておいてもらわなければなりませんが、あなたのほうも率直に話してくれることが、前提となります」

「率直にお話しするつもりです」と医師は冷静な口調で応じた。「あなたはウォルター・ウインドラッシュ氏にたいする逮捕状を所持していると理解していますが」

警部は頷いた。

「アイザック・モース殺害の逮捕状です。ウインドラッシュさんが今どこにいるか、あなたは御存知ですかな」

「ええ」とジャドスンは真面目な顔で言った。「僕はウインドラッシュさんが今どこにいるか知っています」

ジャドスンは眉根を寄せるでもなく、まったく平静にテーブルの向こうの相手を見返した。

「お望みならその場所を言いましょう。お望みならそこへ連れていってもいい。ウインドラッシュ氏がちょうどいまどこにいるか、僕は正確に知っています」

「隠し事や誤魔化しはなしにしたほうが賢明です。言うまでもないが、あなたはきわめて重大な責任を負っている。機会を見つけたらウインドラッシュは逃亡するでしょう」

「ウインドラッシュ氏は逃亡しないと思います」

しばし沈黙があった。それは外《おもて》に小走りの足音が聞こえたせいで破られた。電報配達夫が階段を上がってきて、警部に電報を手渡した。警部はそれに眼を通すと驚きの表情を浮かべ、ついで眉を顰《ひそ》めた。それから目下の話し相手のほうに眼を向けた。

「これはある意味でじつにいいタイミングだ」警部は言った。「我々は話しあいを一時休止するのが得策のようです。もし、あなたが御自分の言葉に確信をいだいているのなら」

彼は医師に電報を手渡した。医師は紙面に眼を走らせた。

「W・Wニ　カンシテハ　コウドウヲ　ヒカエヨ　三〇プンデ　ソチラニツク――ハリントン」

「上司からです。首席警部です。ある場所で今回の事件を調査しているのです。おそらく今日の首席警部のなかでも屈指の人物です」

「なるほど」と医師はごく当たり前の口調でそう答えた。「首席警部殿は捜査をウィルモット氏という名前でやっているのではありませんか？　そうして隣に住んでいるのではないですか？」

「ほう、よく御存知で」とブランドン警部は笑みを浮かべて言った。

「あなたの上司の行動は、警察官ではないかという推測を許すほど泥棒に似ていましたからね。それに彼は、自分はきわめて妥当な権利を持っていると言いました。それはウインドラッシュ家に関しての権利だという意味ではないことは判りました。だから法的な権利と見て間違いないと思ったのです」

「あの人の言うことはつねに正しい」警部は言った。「ハリントン首席警部は長いあいだ、ほとんど間違いを犯したことがありません。今回の事件では、自分の発見したことで、自分の正しさを証明しました。それは誰もが今まで想像すらしなかったことなのですが」

「彼が発見したのは白骨死体ですね。それは樹の洞のなかに押しこまれていた。疑いなく長いあいだその場所にあったものです。後頭部に明らかな外傷が見られる。暴力による外傷です、おそらく左手を用いたものと思われる」

ブランドンは医師を見つめた。「これはこれは。どうして首席警部が白骨死体を見つけたことを、知っているのですか」

「僕もそれを見つけたからです」

一瞬沈黙があった。それから医師はおもむろに口を開いた。「そう、警部さん、この件に関して僕がかなりのことを知っているというのはまったくの事実です。すでに言ったように、必要ならば僕はあなたをウインドラッシュさんの許に案内できます。もちろん、あなたと取引する権利が僕にあると言っているわけではありません。けれども、しばらくあなたがその電報のせいで動けなくなったので、僕はあなたを助けることができるかもしれない。あなたはその代わりに僕の頼みを聞いてくれますか？　今回のことを全部話してくれませんか？　いや、推測されていることを全部と言ったほうがいいかな」

上辺を覆っていた公務上の無表情が取り払われたいま、ロンドン警視庁のブランドン警部の顔はユーモアを湛えた陽気なものに見えたし、そこにはまた深い知性も窺われた。警部は考えこむような顔で、しばらく医師を見つめた。そして見てとったものに満足の気持ちをいだいたらしく、笑みを浮かべて言った。

「想像するに、あなたは探偵小説を読んだり、さらには書いたりする例の素人探偵のひとりですね。まあ、今回のことが少しばかり探偵小説じみていることは否定しませんが。ともかく小説のなかで、あるいはその手の話のなかで、つねに問題となることがひとつあって、ここでもやはりそれが重要になっています。あなたはそれを二十回は眼にしていることでしょう。真の天才が犯罪を冒すことを決心したと想像してください」

警部はしばしそこで考えこむように間を置き、それから言葉を継いだ。「我々が見るところでは、人が殺人を冒す場合、つねに問題となるのは死体の処理です。わたしはその事実が多くの人間を殺人の危険から守ってきたと思います。生きている敵より、死んだ敵のほうがより危険だという事実です。あらゆる種類のトリックがすでに試されています。死体を切断して撒き散らす。窯《かま》や溶鉱炉のなかに投げこむ。コンクリートを床に流しこむ時に漬けこんでしまう。ちょうどクリッペンがやったように。そうした例のなかでも、今回の事件はきわめて際だっている。しかも、じつに目的にかなっている。わたしは天才的だと思います。

アイザック・モースは二十年ほど前、財務関係の代理人および顧問として、羽振りがよかった人物です。それが何を意味するか、あなたには判ると思います。はっきり言うと彼は金貸しとして幅をきかせていました。雑草のように、あるいは悪評高い人物として幅をきかせていたのです。モースはとても羽振りがよかった。他人の失費を肥やしにした。あまり羽振りがよくない多くの者たちには、たぶん相当に不人気だったでしょう。そのなかにふたりの学生がいた。ひとりのほうはあまり重要ではないが、名前はデュヴィーンといいました。もうひとりは画学生でウインドラッシュという名前でした。

財務顧問は無分別なことに、車と運転手を用事がすむまで待たせておくことにしました。そしてヒースの生い茂る荒れ地を横切って、話しあいが行われることになっていた宿屋に向かって歩いていました。三人は荒れ果てた感じの窪地のところまでやってきました。そこには空《うろ》のある奇妙な樹があった……。さて、ありきたりの職業的な殺し屋だったらどうしたでしょう。おそらくもうひとりの連れの眼を気にせずともよくなった時に、金貸しを殺したでしょう。そして死体を始末するために殺害現場に忍び足で戻って、ヒースの生えた砂地を掘って、浅い墓穴を作り、そこに埋めたでしょう。あるいは始末に困って、どこかに運ぼうとするうちに宿屋の従業員みんなに見られることになったかもしれない。それがありきたりの者と真の想像力を持った者——芸術家の違いです。芸術家は突飛で新奇なもの、常識では測れないもの、しかし二十年ものあいだ有効なものを目指しました。彼はその特別な場所に神秘的な共感を感じていると広言する。その土地を買って、住むつもりだということを誇らしげに吹聴する。そして実際に購入し、そこに住む。彼はそうしたやり方で秘密を自分以外の者の眼にさらすことを防いだのです。もうひとりの学生が先に行ってしまい、枝を伸ばした樹の向こうに見えなくなった時、ほんの短い時間を利用して、ウインドラッシュは左手でモースに致命的な一撃を加え、大きく口を開けた空《うろ》のなかに放りこんだ。そのあたりは人気のない場所だし、ウインドラッシュの行為を目撃した者はいなかったでしょう。しかし、宿屋へ向かった医学生が汽車でロンドンへ帰ってしまってからだいぶ経った頃、荒野を通った別の旅人が、腰を下ろして樹と泉をじっと見つめるウインドラッシュの姿を目撃している。ウインドラッシュは暗い思いに没頭していたのでしょう。たぶん自分の大胆な行動のことでも考えていたのでしょう。その通りがかりの者にさえ、ウインドラッシュの孤独な影が、カインの姿のように悲劇的に見えたというのは奇妙なことです。それに赤い夕焼けに照らされた泉が、血のように見えたということも。

彼の大胆な計画の残りの部分には、つまり芸術的な姿勢を保つという仕事には、何の困難もありませんでした。ウインドラッシュは偏屈さを標榜することによって、犯罪の疑惑を掻きたてる危険のある時期を無事に乗りきった。彼は樹を野生動物のように檻で囲うことができた。見た眼にはばかげた行為だったが、誰も見た眼以上のことがその行動に隠されているとは考えなかった。囲いこみが段々厳しいものになってきたことはあなたも知っていますね。ほかの人間が触ったり、仔細に眺めたりしはじめた時、彼は庭に誰も入れないようになった。入ることができたのは、ハリントン——それに、たぶんあなただけだ」

「おそらくハリントンもしくはウィルモット、あるいはどんな名前であれ、首席警部は、ウインドラッシュ氏が両手利きを——右手でできることはすべて左手でもできるということを認めたと話したのでしょう」

「その通りです」警部は答えた。「さあ、ジャドスンさん、わたしはあなたの希望通り、現在知っていることをほぼすべて話しました。もし我々が知らないことを何か知っているのなら、とにかく、あなたにはそれを話す義務があると申しあげないわけにはいきません。これは冗談事ではありません。これは絞首刑が求刑されるべき犯罪に関することなのです」

「いや」とジャドスン医師は考え深げな顔で言った。「これは絞首刑が云々されるようなことではありません」相手はただ眼を瞠《みは》るばかりだったので、彼は瞑想でもしているような表情のまま言葉をつづけた。

「ウォルター・ウインドラッシュ氏を絞首刑にすることはできません」

「それはいったいどういう意味ですか」警察官が尋ねた。鋭い響きがあらたに声に加わっていた。

「なぜなら」と医師は笑みを浮かべて言った。「少し前からウォルター・ウインドラッシュ氏は精神病院にいるからです。彼は手続きにのっとって法的に精神病患者と認定されました」――彼はそれが百年ほど前に起こったことであるかのような口調で言った。

ブランドン警部はあっけにとられて、快活に笑う医師をただ見つめるばかりだった。医師は話は終わったというふうにすでに立ちあがっていた。しかしドアのほうに向かって足を踏みだした時、彼は前進を妨げるように眼の前に立つ新来の人物に気がついた。そしてさらに自分が見ているのが長い髪と、長い顔に笑顔を浮かべた紳士であり、ウィルモットという名で会った時、あれほど嫌った人物であることに気がついた。

「戻ってきました」ウィルモットあるいはハリントンは言った。笑みを浮かべた顔はさらに崩れ、白い歯がこぼれた。

警部は茫然自失の状態から回復し、五感と理解力はふたたび必要な速さを取り戻した。彼は勢いよく立ちあがって言った。

「何かありましたか」

「いや」と偉大な探偵は言った。「何もない。ただ、我々の追っていたのが見当違いの人物だったことが判っただけだ」

そして彼は屈託のない顔で椅子のひとつに腰を下ろし、警部に向かって微笑んだ。

「見当違いですって」ブランドンは彼の言葉を繰りかえした。「ウインドラッシュではないとおっしゃるんですか。わたしはいま自分の一存でジャドスン医師に実際に起こったことを話したところなんですが――」

「きみはどうやら」とハリントンは言った。「実際に起こったことをすべて知っていると思っていたようだな。僕は二十分前まで知らなかったよ」

彼の顔と態度は陽気さに溢れていた。しかし、医師に向かって話しかけた時の彼は、自分の仕事にふさわしい、厳格な顔をしていて、慎重に言葉を選んでいるように見えた。

「先生、あなたは科学的な人物です。そしてあなたは世のなかの誰も理解していないことを理解しています。ひとつの分野を支配するほど重要な仮説が現れた時どういうことが起こるか、あなたは理解している。科学者として、あなたは築きあげたに違いない。精巧で、徹底的で、しかも説得力すらある仮説を」

「ああ、その通りです」ジャドスン医師は少しばかり凄みのある笑みを浮かべて言った。「僕は確かに築きあげました。精巧で、徹底的で、しかも説得力すらある仮説を」

「しかし」と探偵は思慮深い表情でつづけた。「科学者として、あなたは可能性を受けいれる用意がある。それがごく微かな可能性だとしても。あなたの仮説が結局は間違っているのではないか、という可能性を」

「またもや、あなたの言うことは正しい」とジャドスン医師は言った。その顔の笑みはさらに凄みをました。「僕は自分の仮説が間違っているという微かな可能性を受けいれる用意がある」

「僕のほうは自分の仮説が思いがけず破綻したならば、責任を一身に引き受けることになる」と偉大な探偵は愛想のいい笑みを浮かべて言った。「警部を非難してはいけません。芸術家の犯罪者と死体隠匿の独創的な計画についての話の一切は僕が考えたものです。それはひどく知性に訴える、興味深い考えでもありました。けれどもそんなふうに考えるべきではなかった、といまは言いましょう。その考えについて言うべきことはもはや何もない。有り得ないということ以外には。どんなものであれ、どこかに小さな傷があるものだ」

「しかし、なぜ有り得ないんですか」と驚きの表情のブランドンが尋ねた。

「理由は簡単だ」彼の上司は答えた。「僕がほんとうの犯人を突きとめたからだ」

驚愕のもたらした沈黙がつづくなか、ハリントンは楽しい想像に耽っているような顔で付けくわえた。「僕たちが夢想した壮麗で大胆な芸術的犯罪は、ほかの多くの偉大なことと同様に地上には偉大すぎる。おそらく無可有郷《ユートピア》か、楽園か、そういうところでなら、僕たちはそうした完璧かつ詩的な犯罪を捜査することができるだろう。しかし現実の犯罪者はそんなやりかたをせず、もっと当たり前の流儀で行動する……。ブランドン君、僕はもうひとりの学生を見つけた。当然、きみはもうひとりのほうの学生については、あまりよく知らないだろうね」

「お言葉を返すようですが」と警部は堅い口調で言った。「もちろん、我々はもうひとりの学生に関係のあると思われるすべての人物を洗いあげました。もうひとりの学生はその夜、汽車でロンドンに帰り、一箇月後に仕事でニューヨークに行き、それからアルゼンチンに行っています。医学生はそこで病院を作りました。病院は評判がよく、ひじょうに流行りました」

「よろしい」とハリントンは言った。「その彼が退屈でありきたりなことをやってのけたのだ。いかにも現実の犯罪がそうであるように。そして彼は高飛びしたのだ」

ジャドスン医師は事態が急転して以来はじめて自分の声を発見したように見えた。その声は新しく誕生した人の声のようだった。

「確信しているのですか?」と彼は尋ねた。「ウインドラッシュが結局は無実であると」

「確信しています」とハリントンは真面目な顔で言った。「これは仮説ではなく、証明です。証拠は山ほどある。少しだけ挙げてみましょう。頭部の傷は一般的ではない外科手術の器具をもって作られている。僕はその器具を彼が所有していたことも知っている。傷のあった箇所は専門的知識のある人間だけが選べるような場所だった。デュヴィーンという人物が現在も生きているという情報を我々は得ているし、ウインドラッシュよりも強い動機を持っていたことも判っている。彼は多額の借金をしていて、そのことが露見することを恐れていたのだ。そして彼は専門的な知識を持った男だ。外科医で腕のいい人物だ。左利きでもある」

「もし、あなたが確信なさっているのなら、この件は落着です」と警部は少し残念そうな顔で言った。「ジャドスン先生の説明によれば、左利きについてはウインドラッシュの病気または異常が生みだしたもののようで——」

「僕がウインドラッシュについて確信をいだいているとは一度も言わなかったことを、きみは覚えているだろうね」ハリントンは穏やかに言った。「今度は確信を持っている」

「ジャドスン先生は言っています——」警部はそう言いかけた。

「ジャドスン医師はここに断言します」発条《ばね》が解き放たれたような勢いでジャドスンは跳びあがっ

た。「ジャドスン医師は断言します。この四十八時間のあいだにジャドスン医師が言ったことはすべて嘘であったと。ジャドスン医師は断言します。ウォルター・ウインドラッシュは僕たち同様正気であると。ジャドスン医師は断言します。自分が発表した樹上性の両手利きの仮説が戯言に過ぎず、赤ん坊でも騙されないだろうと。二重性精神病だって！　はん、くだらない！」と彼は大きく鼻を鳴らした。

「これは驚きだ」ブランドン警部は言った。

「賭けてもいいが」と医師は言った。「我々はあまり賢すぎるために自分たちを飛びっきりの阿呆に仕立てあげているらしい。しかし、そのなかでも僕が一番の阿呆だ。ああ、この事態を早く正常なものにしなければならない。ミス・ウインドラッシュにとって、父親が一日中監禁されているような状況はあまりに酷《ひど》すぎる。僕は間違いを正すための文書を書かなければならない。あるいは病気が治ったことを公表するための、でなければ、ばかげた手違いがあったことを示すための。そしてウインドラッシュ氏を解放するのだ」

「しかし」とハリントンは真面目な顔で言った。「ドゥーンその人が緊急の指示書に署名したのではないですか。彼の権威は――」

「ドゥーン！」とジャドスンは軽蔑を露にした表情で叫んだ。「ドゥーン。ドゥーンは何にでも署名するだろう。ドゥーンは何でも喋る。ドゥーンは耄碌《もうろく》した詐欺師だ。彼は僕が赤ん坊の頃、人気のある本を書いた。それから彼は一冊の本も開いていない。彼の家のテーブルに新しい本が何冊もあったが、どれもページは切られていなかった。有史以前の人類についてのドゥーンの話は化石より有史以前だ。真面目な科学者の誰がドゥーンの樹上性人類についての戯言を信じているというのだ。そうとも、ドゥーンのことでは難しいことは何もなかった。まず最初にウインドラッシュの病気が真に樹上性のものだと言って、喜ばせてやり、それから彼には理解できないこと、質問さえできないことをいろいろ話してやった。僕は精神分析より新しいものを持ちだして大いに楽しんだ」

「にもかかわらず」とハリントン首席警部が言った。「医師であるドゥーンが署名をした以上、取り消す書類にも彼の署名が必要でしょう」

「まったく、その通り」と性急なジャドスンはそう言ったが、すでに紙の上に何か書きつけていて、部屋から飛びだしてゆくところだった。「一っ走りしてくるつもりだ。ドゥーンに署名をさせる」

「どうやら、僕も一緒に行ったほうがいいようだ」とハリントンが言った。

ふたりの警官は急ぐジャドスンの後に従った。やがて三人は、列柱を備えたウエストエンドの堂々たる邸に辿りついた。以前ジャドスンがひとりで訪れた邸の窓は、やはりくすんだ色の日除けに覆われていた。ジャドスンと偉大なるドゥーンの会見の光景ははなはだ興味深いものだった。ふたりはすでに舞台裏を知っていたので、偉大な人物の及び腰の受け答えと、偉大さにおいては劣る人物の断固たる態度を面白く見物した。結局、ドゥーン博士は同僚の主張する撤回を認めるほうが得策だと判断したらしかった。ドゥーンは無造作に鵞ペンを取りあげ、左手で署名した。

6　庭のエピローグ

二週間後、ウォルター・ウインドラッシュ氏は鍾愛する庭を、何事もなかったように、笑みを浮かべ、煙草を燻《くゆ》らせ、漫然と歩いていた。彼はごく長いパイプにごく短い紙巻き煙草を差して吸っていた。ウインドラッシュはほんとうに何事もなかったように庭を歩いていた。そうしたところがウォルター・ウインドラッシュの謎のところだった。その謎は医学や法律の専門家でも推測することができないものだった。それは真の秘密で、探りだした探偵はまだいなかった。

彼はもっとも近い、もっとも大事な人物の眼の前で怪物に変えられた。彼は自分の子供にチンパンジーであり、譫言《うわごと》を言う狂人だと説明された。彼はまた無慈悲で忍耐強い殺人者だと説明された。ほぼ人生の時間のすべてを犯罪の隠匿に使おうと計画した殺人者であると。彼はまた徹底的な不面目、恐ろしい経験によって、地べたに引き摺りおろされ、散々に苦しめられた。さらには自分の愛する個人的な楽園が殺人の舞台になっていたことを発見した。しかも、友人は彼が殺人者だと考えることが可能であると思いこんだ。彼は精神病院に入った。危うく絞首刑になるところだった。しかし、そうしたことすべてより、ウインドラッシュには朝方の東の空から飛んできた比類ない色彩の雲の形のほうが重要だった。あるいは悲劇の樹の枝で囀《さえず》りはじめている鳥のほうが重要だった。ある人々は、彼の人間性がそうしたことに悲劇性を感じるには皮相すぎると言ったものだ。一方、別の者、より深い見方をする者は、そうした悲劇にたいして、彼は深甚に過ぎるのだと言ったかも知れない。実際のところ、ウインドラッシュは気まぐれの底知れぬ泉に住んでいた。だから彼は歩くのだった。別世界にいるように。ブランドン警部が天才という怪物的人格を完全に理解できなかったのも已《や》むなしといったところだった。

確かに常識的人間よりも、ウインドラッシュは気味の悪い記憶に影響を受けることは少なかった。散歩をはじめて少しすると、若い友人である医師がやってきた。医師はいつもより憂鬱で当惑しているように見えた。詩人は少し揶揄《からか》ってみたくなった。

「そうですね」とジャドスン医師はそれでもいつもの陰気な率直さを思いださせる調子で言った。「僕はそれについては恥じいるべきだと思います。そのほか全部のことと同様に。けれど、正直に言いますが、どうしてあなたがこの場所を平気でぶらつくことができるのか、僕には理解できませんね」

「おやおや、きみは冷静で客観的な科学の人だったんじゃないかね」とウインドラッシュは楽しげな口調で言った。「どんな迷信に捉われてるのやら。きみはどうやら中世の闇のなかで日を過ごしているらしい。わたしはただの哀れで頭の堅い詩的夢想者だ。しかし、いま自分が明るい陽光のなかにいることは請けあってもいい。実際、わたしはそこから出たことはない。きみが一日か二日喜ばしい小さな療養所にわたしを押しこんだ時でさえもだ。わたしはあの場所でまったく幸せだった。精神異常者たちに関して言えば、そう、あの人たちのほうが療養所の外の友人たちよりだいぶ正常だという結論を得たよ」

「わざわざ蒸し返すには及びません」唸るようにジャドスンは言った。「僕はあなたを狂人扱いしたことについては謝りません。狂人だと思っていたわけではないですから。しかし、デリカシーを重んじる人間として、あなたを殺人者と考えたことについては謝るべきだと思っています。しかし、殺人者にも色々あります。僕は殺された男を発見し、死体はあなたが庭に隠したのだと思った。あなたは挑発されたのかもしれないし、正当性のある殺人だったのかもしれないと考えたのです。実際、故モース氏について聞いたことを綜合すると、彼は惜しまれるような種類の人物ではなかった。しかし、僕はウィルモットが探偵で、樹を突つきまわしていることを知りました。そしてそれから考えると逮捕が間近に迫っているだろうと推測したのです。とにかく大急ぎでやらなければならなかった。たいがい僕は急ぐとやりすぎる。狂気に捕らわれているという主張は、逮捕されてからではまず重んじられない――ことにそれが真実でない時は。僕は架空の病気を作りあげなければなりませんでした。五分以内に自分の頭のなかだけで。僕は両手利きについて交わした会話から少し、それからドゥーンの類人猿についてのお馴染みの戯言から少しとって、これを混ぜあわせて、何とかそれをやりとげました。僕がそうしたのは、一部にはドゥーンをどうにかして抱きこむことができるだろうと思ったことがあります。それに、樹に関することにうまく繋がるとも思いました。しかし、僕は自分がでっちあげた忌まわしいものについては、いまでも嫌悪の気持ちを覚えます。決して存在しないものだったんですけどね。しかし実際に起こったほうの忌まわしいことについては、いったい何を感じるべきなのでしょうか」

「ほお。いまのところはどんなふうに感じているのだね」

「どうも、人は悪疫の流行った場所を避けるものではないかと思うのですが」

「枝で鳥が啼いている」とウインドラッシュが言った。「聖フランチェスコ（一一八一―一二二六。イタリアの聖人。フランチェスコ修道会を設立。小鳥に向かって説教をした）の肩だと思っているのだろう」

沈黙があり、それから物思わしい顔でジャドスン医師は言った。

「ウインドラッシュさん、いずれにしても、二十年間、樹と一緒に過ごしてきて、なかに何があるか気がつかなかったというのは、どうも信じがたいことのように思えます。遺体はごく短期間で骨になったでしょう。水の流れが腐敗した部分を流し去りますから。けれど、あなたは機会さえあれば、いつでも空《うろ》のなかを確かめられたはずだ」

ウォルター・ウインドラッシュは澄んだガラスのような眼をジャドスンの顔に据えた。

「樹に触れたことはない。樹の二メートル以内には近づいたことがない」

ウインドラッシュの態度のなかの何かが若い男に、会話が奇矯さの根源に近づいていることを告げた。医師は沈黙を守った。詩人は話をつづけた。

「きみは人間の進化と向上についてひじょうにたくさんのことを話してくれた。もちろんきみたち科学的人間というものは優秀だ。きみたちには神話のようなものを信じるところはまったくない。きみたちはエデンの園を信じてはいない。きみたちはアダムとイヴを信じてはいない。とりわけ、禁断の樹を信じてはいない」

医師は半ば面白がるような顔で、その通りだというふうに頷いた。他方は相変わらず凝視したまま言った。

「しかし、わたしは言う。庭にはつねに禁断の樹を植えるべきだと。生活のなかに、つねに手を触れてはいけないものを持つべきだということを。それが永遠に若く幸福である秘訣だ。きみたちが寓話と呼ぶ話ほど真実に触れた話はない。しかしきみたちは進化し、探索し、知恵の樹の果実を食べる。そしてその結果どういうふうになるだろう」

「そう」と守勢に立たされた医師は言った「良いことがたくさん起こりました。それほど悪くないことが」

「友よ」と詩人は言った。「きみは前に樹の有用性が何かと尋ねた。わたしは樹がいかなる有用性も持たないように願っていると答えた。わたしは間違っていただろうか。わたしは樹から善以外のものを受け取っていない。それがわたしにとって役にたたないものだからだ。では、樹を有用だと思っていた者たちは、樹から何を得ただろうか。古の愚行に倣った者たちはいったい何を得ただろうか。樹はデュヴィーンあるいはドゥーン、どんな名前で呼んでも構わんが、あの男にとって有用だった。そして彼はどんな果実を得たというのだろうか。罪と死以外のどんな果実を。そう、彼は殺人と自殺を手に入れた。今朝、毒を呷《あお》ったということだ。モース殺しを自白して。もちろん、ある意味ではそれはウィルモットの役にたった。しかし、ウィルモットやブランドンはそれから何を得ただろうか。ただ手に残ったのは同朋を絞首台に引き摺っていくという恐ろしい務めだけだった。それはきみに有用だった。何らかの種類の無意味な悪夢を欲した時に。きみはその夢に衝き動かされて奮闘し、わたしを閉じこめ、わたしの家族を怯えさせた。しかしそれはひとつの悪夢だ。そしてきみ自身まだ少しばかりその悪夢に憑依《とりつ》かれているように見える。けれど、繰りかえすが、それはわたしにとって有用ではない。そして、わたしはいまだに明るい陽光のなかにいる」

彼が喋っている時、ジャドスンがふと顔をあげて芝生の向こうを見ると、家の蔭から陽光のなかに歩みでるイーニッド・ウインドラッシュの姿が見えた。四肢の比類のない調和、それに薔薇の色を思わせる顔、光のなかで燃えあがるような髪のせいで、彼女は夜明けを寓意的に描いた絵から抜けだしてきたように見えた。彼女は足早に歩を進めていたが、その動きはつねに潜在的な力を孕んだ嫋《たお》やかな曲線で構成されていた。それは流れる水や風を思い起こさせた。疑いなくそうした彼女の動きと会話の宇宙論的趨勢とが響きあったせいだろう。詩人の心に何かが湧きおこってきたらしかった。さりげない口調で彼は言った。

「ああ、イーニッド、わたしは自分の所有物をまた自慢していたところだ。わたしは謙虚にも裏庭をエデンの園に喩《たと》えた。しかしこの物質主義的な嘆かわしい若者には、この話は面白くないようだ。彼はアダムとイヴや、日曜日ごとにお前が教えられたようなことは信じていないそうだ」

若者は何も言わなかった。その時、彼は見るという行為に心を奪われていたからだった。

「ここに蛇がいるかどうかは知らないわ」彼女は笑いながら言った。

「我々のうちの何人かは」とジャドスンは言った。「譫妄状態とも言うべき状態で蛇を見た。しかし、いまはみんな治療されたと思います。そしてほかのものが見える」

「きみの言わんとするところは判る」とウインドラッシュは夢見るような顔で言った。「さらに上の段階まで進化すれば、わたしたちはより素晴らしいものを見ることができるだろう。ああ、誤解しないでくれたまえ。わたしは進化する誰かに反対しているわけじゃないんだ。もしその人間が静かに、紳士的な方法でやってくれるなら、こうした馬鹿騒ぎなしでやってくれるなら、それは大して問題ではないのだ。確かに我々は樹に登ることからはじめたのだから。けれど、わたしはそれでも思う。猿たちですら、禁じられた樹を一本残していた。登ってはいけない樹を。進化が意味するものはただ……おや、煙草がない。わたしは図書室に行って、煙草を吸わなければならないようだ、ちょうどいい」

「何がちょうどいいのですか？」

ふたりには立ちさるウインドラッシュの返事が聞こえなかった。彼はこう言っていた。「何と言っても、ここはエデンの園だからな」

沈黙が落ちた。ふたりは芝生の上で顔を見合わせていた。ジョン・ジャドスンは娘のほうに近寄り、まっすぐ顔を見つめて言った。

「ひとつの点で、きみのお父さんは僕の正統性を過小評価している」

イーニッドの笑みが薄れ、物問いたげになった。

「僕はアダムとイヴを信じている」と科学的人物は言った。そして不意にイーニッドの手を握った。彼女は握られた手をそのままの状態にあることを許し、完全に沈黙し、身じろぎもせず、彼を見つめた。動いているのは瞳だけだった。

「わたしはアダムを信じます。一度はアダムが蛇だと完全に信じこみましたが」

「僕はきみが蛇だと考えはしなかった」同様に、黙想するような調子で彼は答えた。神秘的とも言える調子だった。「ただ、きみを燃える剣の天使と考えただけだ」

「剣は棄てたわ」とイーニッド・ウインドラッシュは言った。

「そして天使だけ残った」と彼は言った。彼女も応じた。「人間の女性だけ残して」

かつては呪われたと思われた樹の頂で、一羽の小鳥が囀りはじめた。同時に南から吹いてきた朝の風が庭を一薙《な》ぎした。灌木や藪が撓《たわ》み、陽光を宿した葉叢《はむら》を揺らし、四囲《あたり》でつかのま光の大波がうねった。ふたりの眼にはその時、何かが断ちきられたように、あるいは何かが解《ほど》かれたように見えた。おそらく混乱と夜の最後の縄が、あるいは創造に抗《あらが》う虚無の網の最後の結び目が。そして神は新しい庭を作った。ふたりは世界の礎の上に歓びと共に立った。

不注意な泥棒

The Ecstatic Thief

1　ナドウェイという名

ナドウェイの名前はある意味で有名である。曲がりなりにもその名は、人を鼓舞するものであるし、神聖ですらある。アルフレッド大王は森をさまよいながらウェセックスの解放を待っている時、それを贈り物あるいは天の恵みのように見た。少なくともけばけばしい色で大王が描かれたポスターを見て、王は焦がしてしまったパンの償いに、ナドウェイのナブ、すなわち上等の小さなビスケットを差しだそうとしていると考える人もいるかもしれない（パン焼き竈の番を頼まれたアルフレッド大王がパンを焦がしてしまい農婦に叱られる有名な逸話がある）。シェークスピアはその名前をトランペットの高らかな響きに相似たものとして聞いた。少なくとも、シェークスピアの年上の妻アン・ハサウェイを描いた印象的な絵を信用するならば。その絵はこの軽食が眼の前に運ばれてきたのを見て、詩人シェークスピアが満面に笑みを浮かべているというもので、「アン・ハサウェイはナドウェイの扱い方を心得ている」との惹句が添えられている。ネルスン提督は戦闘の真っ最中に空に浮かんだその名を見た。少なくともトラファルガーの海戦を描いた巨大な広告板には、その名が記されている。街角で見かけるお馴染みの広告画である。絵には適切にもトマス・キャンベルの詩の高潔な数行が書き添えられている。「かの栄光の時代の誉れは高く歌う。ネルスンの誉れ、ナブの誉れ」。同様に親しまれているのは、より現代的で愛国的なポスターだろう。英国海軍の水兵がマシンガンを撃っている。銃口からは夥しい数のナブが飛びだし、人々の上に降りそそいでいる。これはナブの致命的な性格を、少しばかり不当に誇張している。口にナブを押しこむ特権を得た者は、確かにほかの、より劣るビスケットとの違いを、にわかには感じることができず、幾分当惑を覚えるだろう。しかし、通常の消化の過程にのっとって腹中に収まった時、ナドウェイのナブが弾丸のように実際に致命的であったという話は、いまだ伝えられていない。そして概して、多くの人はナドウェイのナブと他のビスケットの主たる違いは、ナドウェイの広告に用いられる優れた絵が、どこに行っても見られるという事実にあると見なしている。一群の絵は派手派手しい仮装行列のようにナドウェイを取りまいている。壮麗で紋章学的かつ歴史的なその行列。

そうした装飾やトランペットの奏鳴の中央に位置するのはほかでもない、小柄で地味で不遜で、白髪混じりの山羊鬚を生やし、眼鏡をかけた人物である。彼はまた仕事に関係のある場所と、茶色い煉瓦の浸礼教会派《バプティスト》の礼拝堂以外には、決して足を運ばない男でもある。この人物こそ、ジェイコブ・ナドウェイ氏であって、もちろん後のサー・ジェイコブ・ナドウェイ、さらに後のノーマンデール卿、社の創始者にしてすべてのナブの源泉たる人物である。そんな経歴にもかかわらず、彼はきわめて質素に暮らしていたが、その気になれば贅沢このうえない生活を送ることも可能だった。彼はともあれ彼はミリセント・ミルトン嬢を個人秘書として雇う贅沢を享受することができた。彼女は没落したある貴族の娘である。ナドウェイ氏はその家とは表面的ではあったが、親しくしていた。何しろ近所だったのである。二者の地位がしだいに変わっていったのは必然であった。いずれにせよナドウェイ氏はミリセント嬢のパトロンであるという贅沢を享受することができた。そしてミリセント嬢のほうは残念ながら、ナドウェイ氏の秘書をしないという贅沢を享受することができなかったのである。

しかし、その贅沢を夢見ることはごく稀だった。老ナドウェイは彼女を粗末には扱わなかったし、給料も悪いわけではなかった、またいかなる点においても、彼は無礼な言動は控えるようにしていた。教会に行くことを欠かさない急進論者であるナドウェイは、そうしたことをするには、抜け目がなさすぎたのである。新富裕層と新貧困層のあいだには協定のようなもの、あるいは均衡を求める感覚がいまだに存在することを、彼はよく理解していたのである。彼女は正式に現在の職につくずっと前から、ナドウェイ家とは一応親しくしていた。そして当然ながらナドウェイ家からは、一家の友人として扱われていた。率直なところ、彼女のほうから見れば、ナドウェイ一族は自分の友人にしたいと思うような家ではなかったのであるが。しかし結局彼女はそこに友人たちを見いだした。かつては友人たちどころか、ひとりの友人を見つけることさえ難しかったのだ。一時はたぶんたったひとりの友人さえも。

ナドウェイにはふたりの息子がいた。彼らは学校へ行き、大学へ行った。昨今の流儀にしたがい、慎重な大量生産方式で紳士になった。しかし形成のされかたは、ふたりのあいだで少しばかり差があった。その形成の過程がどちらにもはっきりと刻まれているのを、彼女は興味深く思った。年上のほうがジョン・ナドウェイであったのは、たぶん象徴的と言えるだろう。その名はジョンが誕生した頃、父親が聖書中の単純で好ましい名前への執着を、いまだ保持していたことを証している。

下のほうはノーマン・ナドウェイという名前である。こちらの名前は多少洗練ということが考えられた事実を示している。ノーマンという名はまた奇しくも、後のノーマンデールの名を予示していたようでもある。かつては幸福な時代があった。その頃、ジョンはジャックと呼ばれていた。彼は少年のなかの少年だった。クリケットに興じ、天性の優雅さで樹登りをし、陽光のなかで活々《いきいき》として純粋だった。ジョンは魅力的でないこともなかったし、彼女もジョンに魅力を感じなかったわけでもなかった。しかし、ジョンは何度かその姿を変えた。大学時代、そして仕事をはじめた頃、何かが消えてゆく一方で、何かが形作られるさまをミリセントは見た。ジョンの成長の過程は確かに謎めいていた。そして最終的に、神々しく眩《まばゆ》いばかりの少年は実業家になった。彼女は教育に何か問題があると感じずにはいられなかった——あるいは人生というものに問題があるのではと。どういうものか、大きくなっていくにつれ、ジョンはどんどん小さくなっていった。

一方のノーマン・ナドウェイは、ジャック・ナドウェイが興味を惹かなくなりはじめた頃に、興味深い存在になりはじめた。彼は遅咲きの花だった。もし青白い蕪《かぶ》にそっくりなものにたいしても(子供時代を通じてノーマンはそんなふうに見えたのである)花という語が適用できるならばの話であるが。彼は頭が大きく、耳も大きく、顔色は悪く、表情に乏しかった。そして一時期周囲の人々に薄鈍《うすのろ》と思われていた。しかし、学校にあがった時、ノーマンは数学を大変熱心に勉強した。その後、ケンブリッジで経済学を勉強した。それから政治学と社会改革の研究に進むのは思い切って一飛びするだけで事足りた。そうして、ナブの一族に大騒動が持ちあがった。ジェイコブは激怒した。ナドウェイ家の春は悲惨なものになった。

ノーマンは英国国教会の副牧師になると広言することによって、茶色い煉瓦の礼拝堂を揺さぶることからはじめた――いや、正確には英国国教会のと言うよりは、英国国教会高教会派の、と言うべきであろうか。しかし彼の父親が頭を悩ませた度合いは、息子の行った政治経済学の講演が大成功を収めたという報せが、自分のもとに届いた時のほうが大きかっただろう。それは父親が唱導し、実行してきたものと、あまりに違った種類の政治経済学の講演だった。あまり違っていたので、朝食の席での記憶すべき爆発のさなかに、父親はそれを社会主義と呼んだものである。

「誰かがケンブリッジに行って、ノーマンを止めなければ」と食卓のナドウェイ氏は苛立ちを示し、小止《おや》みなくテーブルを叩いた。「ジョン、お前が行って、ノーマンと話してくるんだ。でなければここへ連れてこい。わたしが話をしよう。そうしないと事業は終わりだ」

結局、二者択一の計画の両方を実行しなければならなかった。ナドウェイ・アンド・サンの年少の経営者であるジョンが、ケンブリッジまで赴いて話をした。しかし、講演を止めさせることはできなかった。ジョンは結局弟を連れてジェイコブ・ナドウェイの許に戻った。父親が話をするだろうと思ったのである。話をするのはジェイコブの望むところだった。しかし、話しあいは意図したようにはならなかった。実際、それは相当に当惑させられる話しあいだった。

三人が話をしたのはジェイコブの書斎だった。そこから弓形の張りだし窓を通して、「芝地《ローンズ》」が見えた。その語がナドウェイの屋敷の通り名になったのはもう久しく前のことである。屋敷はどこから見てもヴィクトリア朝の建築の典型で、当時はペリシテ人（俗物の意あり）の手でペリシテ人のために建てられた家と形容された家だった。温室や半円の窓など、曲線を描くガラスがきわめて多かった。

大小の円蓋や、円を描く庇《ひさし》があった。張りだし玄関《ポーチ》は扇型の木製の庇に覆われていた。見栄えのしないステンドグラスが大量にあった。また見栄えがしないとまでは言えないという程度の、しかしきわめて巧みに鋏を入れられた生垣が大量にあり、オランダ風の庭があった。要するにそれはヴィクトリア朝の観点から見た快適な屋敷で、当時の唯美主義者たちに、悪趣味そのものと痛罵された屋敷だった。マシュー・アーノルド氏は屋敷の前を通る際には、諦めの溜息を洩らしただろう。ジョン・ラスキン氏は恐怖のあまり後ずさりし、天から呪いが降りかかるよう、かたわらの山から禍《わざわい》が降り懸かるようにと、祈ったことだろう。ウィリアム・モリス氏でさえ、その前を通る時には、このような装飾だけの建築物にたいしては不平を洩らしたに違いない。しかし、今日のサシェヴェレル・シットウェル氏に関しては、私はそこまで言い切れるほど確信を持たない。我々はすでに時代を経てきている。曲線を描く窓と、丸い庇のついた張りだし玄関《ポーティコ》が夢幻のような魅力をそこはかとなく漂わせるほどになるまで、遙々《はるばる》やってきているのだ。部屋から部屋へとさまよいながら、その魅力的な通俗性について、詩を作るシットウェル氏の姿が見られることなどありえないと、わたしは確信をもって言い切ることができない。ジェイコブ・ナドウェイ氏が、そのように詩作に熱中する彼の姿を見たら、さぞかし驚いたことであろう。しかし、その家族の話しあいを見た後では、シットウェル氏でさえ、はたしてナドウェイ氏について詩を書くことができたかどうか、その判断を下す役は辞退したいものである。

若い共同経営者が屋敷に帰るとほぼ同時に、ミリセント・ミルトンも庭を通り抜けて、書斎に辿りついていた。彼女は背が高く金髪で、心持ち上方に傾げられた顎《おとがい》は、いかにもほっそりとしていて、横顔に単なる見栄えの好さ以上のものを与えていた。最初見た時、彼女の瞼はたいてい少しばかり眠そうに見える。つぎには少しばかり傲慢に見える。しかし、実際はそのどちらでもなかった。ただ立場上、忍従に甘んじているのである。彼女はいつもの机にすわって、いつもの仕事をはじめていた。しかし、すわったかと思うと、無言のうちにそうしろと言われでもしたかのように、またすぐに立ちあがった。家族のあいだの話しあいが、家族的な度合いをさらに深めていたからである。しかし老ナドウェイは焦《じ》れったそうな、執りなすような身振りで、彼女を椅子に戻らせた。お蔭で彼女は一部始終を見ることになった。

まるで生まれてはじめて厄介事を抱えたといった具合に、老ナドウェイはいきなり怒鳴り散らした。

「しかし、てっきり、お前たちふたりは話しあったものと思ったがな」

「そうです、お父さん」とジョン・ナドウェイは絨毯の上に視線を落としながら言った。「僕たちは話しあいました」

「では、わたしたちが事業をやっているかぎり」父親は少し声を低めて言った。「ああいうばかげた考えを口に出すべきではないと、ノーマンを説得したと信じているよ。もしわたしがボーナスや組合制度についての気違いじみた理想論を実行に移したなら、事業は一月《ひとつき》で破綻するだろう。まったく、わたしの名前を使い、わたしのやり方が人はおろか犬にも適していないと、あちこちで吹聴しているような息子を、いったいどうしろというんだ。それが道理をわきまえた者のやり方か。どうだ、ジョンはお前に、それが道理に外れているとは言わなかったのか」

驚いたことに副牧師の大きな青白い顔に皺が寄り、笑みが作られた。そして彼は言った。「そうですね、ジャックはそのことをおそろしく長々と話しました。けれど、僕のほうも少し説明しました。たとえば僕にもやはり仕事があるということなどを」

「お前の父親の仕事はどうなるのだ」とジェイコブは言った。

「僕は自分の父親の仕事のことを考えているのです」と副牧師は堅い声で言った。

燃えるような沈黙がつづいたが、いかにも神経質な声がそれを破った。

「お父さん、問題なのはそれがうまくいかないだろうということなのです」とジョン・ナドウェイは憂鬱そうに言った。相変わらず絨毯を注視している。「僕はお父さんが言いそうなことはすべて言いました。けれど、ノーマンは最近の状況を知っています。そしてそれがうまくいかないことも知っています」

老ナドウェイ氏は何かをぐっと飲みこむような表情をした。「お前はそこにのうのうとすわって、わたしに反抗しようというつもりなのか。では お前もなのか。お前もわたしに反抗するつもりなのか、わたしとそして全事業に」

「事業全体について異を唱えるつもりはありません。まさにそれこそが問題なのです」ジョンが言った。「おそらく事業にたいして僕は責任を持つことになるでしょう――そう、いつか。でも、昔ながらのやり方をつづけるとしたら、僕は大ばか者ですね」

「お前はその昔ながらのやり方で得た金で、ずいぶん好い思いをしたな」と父親は怒気を露《あらわ》にして言った。「それで、ばかげた女々しい社会主義でお返ししようというわけか」

「お父さん」表情を欠いた顔で父親を見ながら、ジョン・ナドウェイは言った。「僕が社会主義者のように見えますか」

傍観者として、ミリセントは彼のがっしりしたハンサムな容姿を見た。よく磨かれた綺麗な靴。整髪油で撫でつけられた綺麗な髪。思わず笑いが出そうになった。

穏やかだが、決意に満ちたノーマン・ナドウェイの声が、不意に割りこんだ。

「ナドウェイの名前をきれいなものにしなければなりません」

「よくもそんなことが言えるものだな」と老人は怒りにまかせて言った。「わたしの名前をきれいなものにするだって？」

「新しい規範によって」とジョンは一瞬考えこんだ後、言った。

老事業家は口をつぐんだまま、不意に椅子に腰を下ろすと、秘書のほうを向いた。話しあいは終わったとでもいうふうに。

「今夜はどうやら仕事がないようだ」ジェイコブ・ナドウェイは言った。「少しばかり休みをあげよう」

一瞬、躊躇《ためら》うようにしたが彼女は立ちあがり、庭に面したフランス窓のほうに向かった。薄暗かった空は、いつのまにか完全な夜空に変わっていた。大きく輝かしい月が、黒い樹々の向こうに昇っていて、灰緑色の芝草の上に、濃い影の縞を生じさせていた。眼の前の庭やあるいはグロテスクな屋敷にさえ、何かしらロマンティックなものが存在するという印象を覚えることがしばしばあって、彼女はいつもそのことに当惑を覚えてきた。住んでいる人々が、これほど平凡だというのに。

老ナドウェイがふたたび口を開いた時、彼女はすでにフランス窓から庭に出ていた。

「神の手は私にはあまりにも重い。三人の息子を持って、それがみんなわたしに背くとは、あまりに惨《むご》すぎる」

「それにはちゃんとした理由があるのです」とジョンが急いで、しかし淀みない口調で言った。「単に再編成するというだけですよ。新しい状況、それに今までとはだいぶ違う世論にあわせるためです。僕は確信していますが、僕もノーマンも父さんを裏切ったり、楯突ついたりする気持ちはないのです」

「もし、どちらかでもそうしたなら」とノーマンは持ち前の深みのある声で言った。「古いやり方でやるのと同じくらい、不快なことになるでしょう」

「さて」と父親は少し疲れたように言った。「今日はこれで充分だ。これ以上話したくない」

ミリセント・ミルトンは、今までにないような不思議な気持ちで、暗い屋敷を眺めていた。ふたりの兄弟は、父親が言ったあるひとつの言葉を、よく似た巧みさで無視し、聞き流していた。しかし、彼女は老人の言った言葉を確かに耳にした。彼は言った。三人の息子、と。

ほかに息子がいることなど聞いたことがなかった。彼女はいかにも大袈裟な、しかしロマンティックでなくもない、ロココ調の屋敷の輪郭を眺めた。明るい月を背負って黒々と見える円蓋。装飾のあるヴェランダ。丸く張りだした窓。大きな鉢植えに粗雑な彫像。ふんだんにある花壇。夜の闇と空の月に領され、屋敷の輪郭は滲み、膨張し、怪物めいたものに見えた。ここには秘密が隠されているのではなかろうか。彼女ははじめてそう思った。

2　泥棒とブローチ

さらに奇妙な一連の出来事が出来するきっかけになったのは、物騒な泥棒事件だった。しかし、被害自体に関してはむしろ些末であると言えた。泥棒は結局何も盗らなかったようなのである。そうする前に騒がれて驚き、逃げだしたのである。しかし騒がれて驚いたのが、泥棒だけではなかったことも、また確かなことであった。

ジェイコブ・ナドウェイは、秘書に素晴らしい部屋を充てがっていた。屋敷の玄関広間からつづく部屋で、彼自身の部屋からもさほど遠くない部屋だった。ジェイコブは秘書のために、一組の続き部屋を優雅にかつきわめて実利的に調えたのだが、その実利的用意のなかには、ミリセントの叔母も含まれていた。叔母が実利的あるいは反実利的の、どちらに分類されるかという点については、しばしば疑わしくなることもあったのだが、彼女の存在はヴィクトリア朝的家庭としての体裁を整えるものと、漠然と理解されていたのである。それにいかにも上流階級らしい雰囲気を秘書に付加するという目的もあるようだった。しかし、叔母と姪のあいだには違いがあった。かつてのミルトン－モーブレー夫人である叔母は、突然高い馬の背に乗せられ、居丈高に振る舞う立場に立たされ、つぎにずるずると地面に引き摺りおろされたのである。しかし一方の彼女の姪であるミリセント・ミルトンのほうは、もっと慎ましい威厳とともに、土の道を誇り高い歩行者としてたゆまず歩いてきたのである。その夜、ミリセント・ミルトンは夜の大半の時間を、叔母を慰めることに取られていた。そしてその後、少々自分を慰める必要を感じた彼女は、ベッドに向かう代わりに一冊の本を取りあげ、消えゆく暖炉の前で読みはじめた。彼女は深夜遅くまで本を読んだ。夢中になって気がつかなかったが、すでにほかの者は眠りに就いた時間だった。完全な静寂のなかに確かに音がしたような気がした。音は雇い主の書斎につづく玄関広間のほうから聞こえてきた。それは何かが回るような、もしくは何かを擦るような音で、金属でできた物を金属のなかに捻りこんだら出るような、そんな音だった。彼女はふたつの部屋のあいだの角に金庫が置かれていることを思いだした。

ミリセント・ミルトンの精神の奥に秘められた勇気は、意識にのぼることは決してなかったのだが、端倪《たんげい》すべからざるものだった。ミリセントが眼にしたものは、そのあまりの平凡さによって、彼女を驚かせた。ミリセントはその光景を多くの映画のなかで眼にし、多くの小説のなかで読んできた。だから実際の光景もそういうものだとは思っていなかった。金庫は開いていて、みすぼらしい服を着た男が、その前に跪《ひざまず》いていた。背中しか見えなかったので、彼女には男がみすぼらしい恰好をしていることしか判らなかった。頭は草臥《くたび》れて、形も崩れきった鍔広の帽子に覆われていた。片側の床では回し錐が光っていた。仕事に必要なそのほかの道具もあった。反対側では、何かの装飾品の銀と宝石がさらに輝かしい光を放っていた。それは戦利品の一部らしく、首飾りかブローチのようだった。いずれにせよ、事態には刺激的なところも、予想を上回るところもなかった。あまりに予想通りだったので、平凡とさえ言えた。彼女は感じたままを言った。完全に冷静な、当たり前の声で。「ここで何をしてるの?」

郵便はがき

恐れ入りますが
切手をお貼り下さい

1740056

東京都板橋区
志村1—13—15

国書刊行会
行

＊コンピューターに入力しますので、御氏名・御住所には必ずフリガナをおつけ下さい。

☆御氏名（フリガナ）	☆性別	☆年齢 歳

☆御住所

☆御電話

☆eメールアドレス

☆御職業	☆御購読の新聞・雑誌等

☆お買い上げ書店名

書店

県
市
区

町

愛読者カード

☆書名

☆お求めの動機　1.新聞・雑誌等の広告を見て（掲載紙誌名　）
2.書評を読んで（掲載紙誌名　）　3.書店で実物を見て
4.人にすすめられて　5.ダイレクトメールを読んで　6.ホームページを見て
7.その他（　）

本書についての御感想（内容・造本等）、小社刊行物についての御希望、編集部への御意見その他

購入申込欄　お近くに書店がない方は、書名、冊数を明記の上、このはがきでお申し込み下さい。「代金引換便」にてお送りいたします。（送料無料）

☆お申し込みはｅメールでも受け付けております。（代金引換便・送料無料）

お申込先eメールアドレス: info@kokusho.co.jp

「ああ、マッターホルンに登っているんでもないし、トロンボーンを吹いているんでもないな」鋳《ひび》割れた、奇妙に落ちついた声で男は言った。「いま僕がやっていることは明らかだと思うが」

それから、沈黙があり、やがて警告するような調子で男は言った。

「ここにあるブローチが自分のものだって言い張るのはよしてくれよ。そうじゃないんだから。この金庫から取りだしたものですらない。今夜早くに別の家から持ってきたのだ。良いものだ——十四世紀の作を模造したものだ。『愛はすべてを征服する《アモル・ウィンキト・オムニア》』と刻まれている。愛がすべてを征服するとは、じつにうまいことを言うものだ。力ってのは救済やその類のことには向いてない。けれどもこの金庫は力で抉《こ》じあけた。なかにあるものを愛するだけで開けられる金庫は今までひとつもなかった」

振り返ることもせず、小声でそうやって話しつづける泥棒の喋り方には、気持ちを麻痺させるような何かがあった。幾ら簡単なものだといえ、泥棒がラテン語の銘刻の意味を理解しているのは、少し奇妙な感じがした。いずれにせよ、彼女は叫ぶことも、逃げることも、泥棒の仕事を止めさせることもできなかった。沈着な座談家のように彼は言葉をつづけた。

「たぶん、チョーサーの『カンタベリー物語』に出てくる女修道院長が付けていた大きなブローチをモデルにしたんだろう。修道院長のブローチにはそう刻まれていたそうだから。人間の類型を描いたチョーサーは、まったく素晴らしい男だと思わないか——いまだに存在するような類型。そう、女修道院長は不滅の肖像だ。イギリスのレディーと呼ばれる途方もない系譜に属する者の。きみは外国のホテルや賄いつきの下宿屋で彼女を発見することができるだろう。女修道院長はそうした類型のなかでは、まだましなほうだ。しかし、彼女はすべての特徴を備えている。飼っている小犬のことで大騒ぎし、テーブルマナーには喧しく、鼠を殺すのが嫌いで、フランス語を喋るが、それはフランス人にはまったく理解できない」

彼はゆっくりと振り向いて、彼女を見た。

「これはこれは、あなたはイギリスのレディーではありませんか」と彼は驚いたように言った。

「イギリスのレディーが少なくなっているのは御存知ですか」

ミス・ミリセント・ミルトンは確かにチョーサーの女修道院長と同様に、イギリスのレディーとしてのきわめて優雅な美徳を備えていた。しかし率直に言うならば、彼女はまたイギリスのレディーに見られる悪徳も、幾らか備えていた。こうしたタイプの罪のひとつに、無意識のうちの階級意識がある。何者も彼女のその階級意識を変えることはできないのである。みすぼらしい泥棒が、彼女自身の属する階級の話し方でイギリスの文学について話しはじめた時、泥棒にたいする評価は転倒した。いまミリセント・ミルトンは、彼がほんとうは犯罪者などではないという、いささか混乱した観念の虜《とりこ》になっていたのである。論理の上ではそんなはずがないことは判っていた。理屈の上では、彼女は譲歩して認めただろう。中世のイギリスの研究者が、ほかの誰かに比べて、他人の金庫を開ける権利をより多く有するわけではないということを。また常識で考えると、いくら『カンタベリー物語』にたいする興味を示していたとしても、銀のブローチを盗む権利をその人間が手に入れた、という話はまず有り得ないと、彼女は認めたことだろう。しかし彼女の心のなかの制御できない習性が、これは例外だという感覚をもたらしていた。その感覚は、彼女の属する階級の人間が用いるきわめて曖昧な言葉のみが言いあらわすことができるものだった。曰く、厳密を期すれば彼は本当の泥棒ではない、あるいは、まったくの誤解、さもなくば何かの間違いがあったのだ、という具合に。しかし彼女の感覚は（それは彼女の教養、彼女の世界の由由しき欠陥であるのだが）つまりはこういうことだった。ある人々については、犯罪者であろうがなかろうが、彼女はその内側を見て判断する。そのほかの人々については、彼女は外側を見て決める。その人物が強盗なのか煉瓦職人なのかを。

彼女を見つめている若い男の髪は黒く、乱れていて、鬚も剃っていなかった。しかし、無精鬚は中途半端でもっとも見栄えのしない段階を過ぎて、少しばかり不完全な顎鬚といったものに見える段階にきていた。継《つ》ぎ接《は》ぎのようなその鬚を見ていると、彼女はある種の外国人たちの、風変わりに分割された顎鬚を思いだした。ともあれミリセント・ミルトンの抱いた印象は、洗練されたイタリアの手回しオルガン弾きといったものだった。男の顔にはほかにも尋常でないところがあったが、ミリセントはそれをすぐに言葉にすることができなかった。しかし、それは彼の唇がつねに嘲笑で歪んでいるせいで受ける印象のようだった。唇はその形以外の形をとってはならないと、教えられているかのようだった。しかしそのくせ窪んだ黒い眼は真面目であるだけでなく、何かにたいする強い執着をはっきりと見せていた。もし妙な鬚がマスクのように完全に口を覆っていたら、その眼は神への誓いを高らかに叫ぶ熱狂的な宗教者の眼だと言うことができただろう。彼は非合法な生活をせざるを得なかったことで、社会にたいして深く憤っているに違いなかった。あるいは、きっと女性の問題か何かで悲劇を味わったのだろう。いったいどんなことがあったのだろう、と彼女は考えた。そしてその女性はどんな人だったのだろうかと。

彼女がそうした混乱した印象を、胸中に生じさせていたあいだ、驚くべき泥棒は話しつづけた。泥棒が内心では何を考えていたにせよ、見た眼には話をつづけるのに、何の不都合も覚えていないようすだった。

「そんなふうに立っているきみはまったく素晴らしい——そう、もうひとつの特色だ。イギリスのレディーは勇敢だ。イーディス・キャヴェル（第一次大戦の際、連合国側の兵士をドイツ軍から救出、そのために処刑された英国の看護婦）はその一族の典型だ。しかし、ここに別の一族もいる。そしてこの種のブローチは一般にその種の女性にふさわしいものであり、彼女たちのために作られたのだ。その事実はまた泥棒という仕事を正当化する、唯一の理由だ。泥棒の仕事はそういうものを流れのなかで活発化させる。不似合いの環境のなかで澱んでいることを許さない。もしそのブローチをほんとうにチョーサーの女修道院長が身につけていたとしたら、僕がそれを盗むとはきみだって思わないだろう。違うかい？　反対に、もし僕がほんとうに女修道院長のように魅力的な人物に会ったなら、すぐにそれを彼女に進呈したくなったはずだ。自分で稼いだ金で買って。しかし、なぜバタンインコみたいにけばけばしい伯爵夫人たちまで、こういうものをひとつずつ持ってるんだろう。我々はもっと窃盗や押しこみや追い剝ぎを必要としている。社会の所有物を移動し、並べ直すために——判るだろうか——その家財道具を再編成するために。春の大掃除の後のように、ぜひとも——」

その重要な社会改革の計画に差しかかった時、トランペットの高らかな吹奏のように、喘ぎ、鼻を鳴らす音が響動《とよも》した。ミリセントは自分の雇い主である老ナドウェイが戸口に立っているのを見た。大きな紫色の部屋着を着たその姿はとても小さく、縮んでしまったように見えた。その時になってようやく彼女は自分の沈黙と落ちつきが、驚くべきものであったことに気がついた。金庫の前からではなく、お茶のテーブルの向こうから話すような調子の犯罪者の話に、立ったまま耳を傾けているという状況は確かにひどく奇妙なものであった。

「何だこれは？　泥棒か」とナドウェイ氏は喘ぎながら言った。

同時に慌ただしい足音が近づいてきて、息を切らした若い共同経営者ジョン・ナドウェイの大きな体が、シャツとズボンだけの彼が、勢い良く戸口から飛びこんできた。手には拳銃《レヴォルヴァー》が握られている。しかし、ジョンはすぐに構えていたその武器を下に向けた。そして父親と同様の懐疑的かつ奇妙に鋭い語調で言った。「これはいったい何だ、泥棒か」

ノーマン・ナドウェイ師もそれほど兄に後れをとらなかった――彼は上等の大きなコートにくるまり、顔色は青白く、真面目腐った顔をしていた。しかしノーマンにおけるもっとも奇妙だった点は、彼もまたきわめて限定された言葉を口にしたことだった。同様の不可解な激しさで。「泥棒か」

ミリセントは事態の表層に浮かびあがってきた三重の強調に妙に場違いな感じを覚えた。大体、泥棒が泥棒であるのは、金庫が金庫であるのと同様に明白だった。彼女はなぜ三人の男がみな泥棒を怪獣《グリフォン》でもあるかのように、あるいは今まで聞いたことのないもののように見なければならないのか、その理由が判らなかった。しかし不意にすべてが飲みこめた。彼らの驚きは特殊な訪問を行った泥棒にたいするものではなかったのである。それは、泥棒としてやってきた特殊な訪問者にたいしてのものだったのである。

「そう」とみすぼらしい服の男は笑みを浮かべて、三人の顔を見ながら言った。「僕がいま泥棒だというのはまったく明らかな事実だ。僕たちが最後に会った時は、ただの無心の手紙を書く人間でしかなかった。このようにして我々人間は、死んだ自我の層の上に立って高次の存在になるというわけだ。あれは比較すれば、じつに取るに足らない軽い罪だった。そうじゃないですか、最初、父さんが僕を放りだす原因になった罪は」

「アラン兄さん」とノーマン・ナドウェイがきわめて厳格な顔で言った。「なぜ、こんなふうに戻ってきたんですか？　なぜ、この場所へ、こともあろうに」

「お前たちに真実を言うためだ」と泥棒は言った。「我らが尊敬すべき親父殿が、精神的援助を必要としていると思ったのだ」

「それはいったいどういう意味ですか」ジョン・ナドウェイが苛立って言った。「兄さんの存在はさぞかし素晴らしい精神的援助になるでしょうね」

「僕は真の精神的援助だ」と訪問者は紛うかたなき誇りをこめて言った。「判らないか？　唯一のほんとうの息子で、相続人だ。僕は事業を真に運営していくことのできる唯一の人物だ。僕は隔世遺伝の例のひとつだ。原型への先祖帰りだ」

「何のことを話しているのかさっぱり判らん」老ナドウェイが不意に怒りに衝き動かされて怒鳴った。

「ジャックとノーマンは知っています」と泥棒はにこりともせずに言った。「ふたりは僕が何のことを言っているか知っている。ナドウェイ・アンド・サン社の真の後継者が僕だと言う時、どういう意味で言っているのか。それは可哀想なふたりが隠そうとしてきたことだ。この五年、あるいは六年のあいだ」

「お前はわたしの面目を潰すために生まれてきた」と老人は怒りに震えながら言った。「もしオーストラリアに厄介払いしなかったら、お前はわたしの名前を泥のなかに引き擦りこんでいただろう。そうして今度はけちな泥棒になって帰ってきたというわけか」

「それに、ナドウェイのナブを作りあげたやり方の、真の継承者としてですね」と泥棒は言った。それから彼は不意に侮蔑をこめて言った。

「父さんは、僕を恥ずかしく思っていると言う。ああ、父さんはまだほかのふたりの息子が、父さんのことを恥ずかしく思っているという事実に気がついていないんですか。ふたりの顔を見てください」

ふたりが思わず顔を背けたという事実は、彼の言葉に真実味を与えた、さらにいえば彼らが顔を元の位置に戻すのは遅すぎた。

「ふたりは父さんを恥ずかしく思っている。しかし僕は父さんを恥ずかしいとは思わない。父さんと僕は一家の冒険家なのです」

ノーマン・ナドウェイは抗議するように手を挙げた。しかしアランは皮肉を自在に操って、洪水のように言葉を紡ぎだした。

「父さんは僕が気づいてないと思うのですか。父さんはみんなが気づいてないと思うのですか。なぜノーマンとジャックが、新たな事業のありかたを口にし、社会的理想やら何やらを唱えているか、僕が知らないと思っているのですか。ふたりはナドウェイの名前を浄《きよ》めるつもりなのです――なぜならナドウェイの名前が放つ悪臭は、世界の果てまで届いているから。なぜなら、事業の基礎は貧者をあらゆる手で欺き、虐げ、搾取することによって、寡婦や孤児を騙すことによって、作られたから。それに、なかでも略奪によって――商売敵や協力者や、その他あらゆる者たちから略奪することによって、成り立ってきたからです。ちょうど僕がこの金庫を略奪しようとしているみたいに」

「兄さんはそれで立派な行いをしているつもりかい」とジョンは怒りの口調で言った。「こんなふうに現れて、父親の金庫を抉《こ》じあけるだけじゃなく、面と向かって父親を侮辱し、攻撃して」

「僕は父親を攻撃しているわけじゃない」とアラン・ナドウェイが言った。「父親を守っているのだ。自分がここで父を守ることができる唯一の人間だから。僕もまた犯罪者なのだから」

つぎに彼が言った一連の言葉は、いかにも真情の籠ったものだったので、みな言葉を失うことになった。「お前たちは何を知っている? お前たちは父さんの金で大学に行った。共同経営者になった。父さんが稼いだ金で暮らした。父さんが稼いだ方法を恥ずかしく思いながら。しかし、父さんはお前たちのようにはじめたわけじゃなかった。僕のようにはじめたのだ。父さんは貧民街に放りこまれた。ちょうど僕が放りこまれたように。一度経験してみるといい。どんなものを食わなきゃならないかよく判る。人が犯罪者に変わる原因について、お前たちは何も知らない。ぎりぎりのやりくり。支払いの遅れ。絶望。まっとうな仕事が見つかるかもしれないという期待。その期待は恥ずべき仕事に手を染めることによって終わる。お前たちは一家のふたりの泥棒より優れていると、自慢する権利は持ってない」

老ナドウェイが急に眼鏡の位置を直した。鋭敏な観察者であるミリセントは、その瞬間彼が動揺したのみならず、感情を抑えきれなくなったのではないかと思った。

「そういったことは」とジョン・ナドウェイは少しの沈黙の後で言った。「兄さんがここで何をしているかを説明するものではない。兄さんもたぶん知っていると思うが、金庫のなかには実質的には何もない。そして兄さんがそこに持っているものは、その金庫から取りだしたものじゃない。いったい何を考えているのか僕にはさっぱり判らない」

「さあて」とアランは皮肉な笑みを浮かべて言った。「お前は僕がいなくなった後、金庫を調べることもできるし、家中を調べることもできる。たぶん、幾らか発見することもあるだろう。そしてたぶん大体において僕が――」

その言葉の途中で、微かだが甲高く明白な恐怖の叫びがあがった。楽しげに聞こえないでもないその悲鳴は、だいぶ前からミリセントが無意識のうちに予期していたものでもあった。向こうの部屋で叔母はすでに起きていた。たぶん真夜中の眠りを妨げるものについて、メロドラマ的な可能性をあれこれと考えながら。ヴィクトリア朝的伝統はいまだその生き証人を失っていなかったのである。ミリセント自身は珍しい出来事のなかに、すでに当然のように組みこまれていた――一体何に組みこまれているのか、自分でも充分には判らなかったのだが。しかし、少なくとも誰かは悲鳴をあげた。泥棒の気配を嗅ぎつけて立派な悲鳴を。

五人の人物はたがいに顔を見合わせ、そうした悲鳴の後では、常ならざる一家集合の場面を、もう内輪だけのことにしておくわけにはいかないことを確認しあった。泥棒にとっての唯一の選択は、いかにも泥棒らしく、脱兎のごとく逃げだすことだった。彼は身を翻し、左手の部屋のほうに駆けだした。そこはたまたまミス・ミルトンとミセス・モーブレーの続き部屋だった。当然のごとく悲鳴がひとしきり空気を切り裂くことになった。しかし、やがて遠方でガラスが割れる音がして、その場に残った人々に、侵入者が無事に屋敷の外に飛びだし、庭の闇のなかに紛れこんだことを伝えた。そうして一同はみな、様々な理由から、そしてかなり複雑な理由から、安堵の溜息をついた。

ミリセントは言うまでもなく、真剣に叔母を慰める仕事に戻らなければならなかった。叔母の甲高い悲鳴はやがて、甲高い質問といった程度にまで鎮まった。部屋の向こうに、破られたフランス窓の穴が見え、それは灰色がかった緑色のガラスに点じた黒い星のように見えた。それから彼女は気がついた。ちょうど泥棒が逃げた道筋には彼女の鏡台があったのだが、その上には、まるで調べてくれとでもいうふうに、銀の鎖のついたブローチが、ビロードの上の宝玉のように広げられていた。それは空想のなかで女修道院長に捧げられたものであり、そこにはラテン語が刻まれていた。

「愛はすべてを征服する」

3　風変わりな改心

仕事から解放されて庭を歩いている時などは特にだったが、ミリセント・ミルトンは、自分が果たして泥棒の姿をもう一度見ることになるかということを、気にかけずにはいられなかった。当たり前に考えれば、そんなことはありそうになかった。しかし、あの犯罪者と一家との関係は、そもそも当たり前ではなかった。強盗としての彼は、おそらくもう現れないだろう。しかし兄弟として姿を現すことは、ことによるとありそうだった。なかんずく彼は不名誉な兄弟である。そうした兄弟というものは、往々にしてひょっこりと姿を現すものだ。彼女は躊躇《ためら》いがちに、兄弟の残りのふたりに質問してみた。しかし、状況を明らかにしてくれるような答えは何も返ってこなかった。向学心のある泥棒アラン・ナドウェイは、嘲るように、自分が略奪した跡を調べてみるよう言い残した。しかし、彼はその略奪の痕跡をきわめて巧妙に隠したに違いなかった。というのも誰も彼が盗んだものを正確に言うことができなかったのである。それは、今度の出来事のなかで、彼女が解くことのできない多くの問題のうちのひとつであり、いつか自然にすんなり解けるようなものにはとても見えなかった。その時、何気なく顔をあげた彼女は、庭の塀の上にじっと立って、内側を見おろしているアラン・ナドウェイの姿を見いだした。風が黒い髪の一本一本を捉え、逆しまに宙に舞わせていた。前を塞いでいた枝を押しのけ、アラン・ナドウェイはミリセントのほうに近づいてきた。

「家に押し入るもうひとつの方法は」とアラン・ナドウェイは大衆講話の講師のような、明瞭で、奇妙に冷静な声で言った。「庭の塀を越えることだ。こう言うとずいぶん簡単だがね。しかし、ものを盗むということはたいてい簡単だ。ただ今度の場合は何を盗んだらいいのか、決めることができない」

「だから」穏やかな口振りで彼は言葉をつづけた。「きみの時間を少し盗むことからはじめよう。しかしどうか驚かないでくれたまえ。いかなる秘書の観点から見ても、いまの僕は面会の約束通りここにきているのだと保証しよう」

彼はふわりと身を浮かせ、かたわらの芝生に降りたった。しかし、そのために言葉の流れが途切れるというようなことは少しもなかった。

「僕が正真正銘の親族会議に呼びだされたのは、確かに事実だ。僕の行いを正すことができるか、その可能性について審議するための集まりだ。しかし、よくしたもので、僕はまだ一時間かそこいらは、正されないでいられるようだ。精神がまだ完全に犯罪者的状態にあるうちに、僕はきみと話したい」

彼女は何も言わず、ただ遠くのほうを、庭の境界を示すために植えたグロテスクな棕櫚《しゅろ》の樹の列のあたりに眼をやっていた。そして住んでいる人間が散文的な人々であるにもかかわらず、この場所がつねにロマンティックに見えるという、説明のつかない感覚が戻ってくるのを感じていた。

「もう知っていることと思うが」とアラン・ナドウェイは言った。「僕が十八歳の時、父は僕にものすごく腹を立てた。そして遙かオーストラリアまで僕を追放した。いまは判る。ああいう結果になったのは、父の仕事にたいする独特の考え方のせいだと。僕は仲のいい友達に自分のものだと思っていた金を少しやった。しかし、父は厳密にその金は会社の金だと考えていたらしかった。父の観点から考えると、僕がやったことは盗みだった。けれど、その時の僕は盗みについてはあまりよく知らなかった。そのあと行ってきた、詳細で徹底した研究に比べるとね。しかし、きみに言っておきたいのは、オーストラリアから帰ってくる時、僕の身に起こったことだ」

「あなたの御家族はその話を聞きたいと思っているの？」彼女は尋ねずにはいられなかった。しかし、これまでの様子を見ていると、とてもそうは思えないので、その言葉には皮肉の響きが籠った。

「たぶん、聞きたがると思う」と彼は答えた。「しかし、父や弟たちが僕の話を理解するとはどうも思えない。話をすっかり聞いたとしても」考えこむようにしばらく沈黙した後、彼は言った。

「そう、僕の話は単純すぎて理解できないかもしれない。信じるには単純すぎるのだ。事実、それはまるで寓話のように聞こえる。作り話のように、事実ではないように聞こえる。弟のノーマンは——ノーマンは誠実で、ごく真面目な男だ。あいつは毎週日曜日に新約聖書のなかの寓話を読む。けれども、ノーマンはそういう寓話みたいな単純な話を信じることはないだろう。もし実生活でそれが起こったとしたら」

「あなたは自分が帰ってきた放蕩息子（ルカ伝十五章。財産を放蕩のすえ使い果たして、弟は家に戻ってくるが、その間、父の下で真面目に暮らしていた兄の抗議にもかかわらず父は快く許す）だと言いたいの？」と彼女は尋ねた。「そして、ノーマンが兄だって」

「オーストラリア人に豚の役を振らなきゃならないとしたら、かなり厄介だな（放浪中、金を使い果たした弟は豚の世話をしていた）」アラン・ナドウェイは言った。「しかし、僕はそんなことを言うつもりはない。それは一方では、弟のノーマンの寛大さを過小評価することだし、一方で父の熱烈な歓待振りを少し誇張することになる」

　彼女は笑みを抑えることができなかった。しかし、優れた秘書はいかにあるべきかよく心得ていたので、感想を言うことは差し控えた。

「違うんだ。僕の言いたいのは、単純に語られた話、判りやすくするために単純に語られる話が、つねに本当でないように聞こえるということなんだ。政治経済学の寓話とまったく同じだ。判るかい。ノーマンもまた政治経済学の本を大量に読んできた。ノーマンはしばしばこういう言葉ではじまる教科書を読んできたに違いない。たとえば、ある島にひとりの男がいた、なんていう書きだしではじまる話を。しかし、そういうものにたいして学生や男子生徒というものはいつも、島なんてどこにもないし、人も住んでない、と思うものだ。それでも、そこにはいたんだ」

彼女は少し当惑した。「何がいたの?」

「僕がいたんだ」アランは言った。「きみはこの話を信じないだろう。なぜなら無人島が出てくるからだ。この話は龍の出てくる話に似ている。やはり龍に関する教訓が含まれている」

「あなたが話したいことっていうのは」もどかしい気持ちを抑えながら彼女は言った。「自分が無人島にいたってこと?」

「そうだ。それに加えて、ひとつかふたつ風変わりな話をしようと思っている。しかし、ほんとうに信じがたいのは、僕が人の住んでいる、ある島に帰ってくるまでは、すべてがうまくいっていたことだ。そう、最初の数年、僕は多少は人の住んでいる島の、けれどひどく人の少ない地域で暮らしていた。僕が言ってるのは、もちろん地図の上にオーストラリアと記されている場所のことだ。僕は僻地を耕作しようとしてた。しかし、不運つづきで、町に這って帰るのが精一杯という状況に陥ってしまった。ああ、僕は文明社会に帰ると言うつもりだった。しかし、それは妙な言い方に聞こえる。もしあのあたりの町を知っていたなら、きみもそう思うだろう。けれど、運命は苛酷だった。僕の輸送手段である動物たちは荒野を旅している時、病気で倒れて死んでしまった。そして僕はひとり残された。月の裏側に残されたみたいに。歴史のある国々の誰も、地球というものがどんなところなのか誰も知らない。大部分が月に似ているということを知らない。ところどころにアカシア属の低木を点在させた、何の役にも立たない土地。永遠につづいているんじゃないかっていうその土地を横断する望みは実現不可能な望みのように思えた。自分を吹き飛ばした彗星に向かって、今度は家のほうに吹き飛ばしてくれと願ったほうが、まだ望みがありそうだった。僕は無感覚になってとぼとぼと歩いていた。それから青灰色の何かを、藪でないもの、同じように青っぽいが、もっと細長いものを見た。それは煙だった。まったく大した諺だ、火のないところに煙は立たないってのは。そして、火があるところには人がいるってのは、さらに好い言葉かもしれない。書き散らすと罰があたりそうなほど。それで、そっちのほうがずっと奇跡的だということは誰も知らない。そう、僕は人間に会った。その男は特別な人間というわけではなかった。あえて言うと、もしきみが村かクラブにいる時に会ったら、きみはその男のなかに思いつくかぎりの欠点をすべて見るだろう。けれども男は申し分のない魔法使いだった。その時の僕の眼から見ると、獣や鳥や樹にはない力を持っていた。男は僕に調理した食べ物をくれ、居留地に行く道を教えてくれた。居留地はごく小さいものだったが、その居留地でも同じことが起こった。居留地の人々はごくわずかのことしかしてくれなかった。それ以上のことはしようにもできなかったのだ。しかしそれでも彼らは助けてくれた。そして助けを求められることは、それほど珍しいことではないと考えていた。その後、結局、僕は港町に辿りつくことができた。ある小型船に乗せてもらう代わりに、乗っているあいだ働くという取引を、その船の船長と交わすことができた。その船長はとりたてて素晴らしい人物だったわけじゃなく、船もとりたてて居心地がいいというわけじゃなかった。けれど、ある夜、僕は海に落ちた。自殺したんじゃない、波に攫《さら》われたのだ。まだそれほど暗くはなかったので、目撃する者がいて、誰か落ちたぞっていう声もあがった。粗末な小さな船は、さらに粗末な船長の指示のもとに、四時間ばかり、僕を拾いあげるために、エンジンを止めてその水域に留まりつづけた。しかし、僕が救出されることはなかった。結局、僕は原住民の使うカヌーに拾われた。カヌーを漕いでいたのは、正真正銘の無人島に住んでいる、半分原住民の血が混じった、狂人のような男だった。船に向かって虚しく叫んだように、僕はそのカヌーに向かって叫んだ。もちろん、その男はブランデーをくれ、日蔭に入れてくれ、眠らせてくれた。その男はまったく面白い男だった。白人、あるいは白人の血が混じった男でまったく気が狂っていた。身につけているものと言えば眼鏡くらいで、あとは素っ裸だった。古い傘を自分の神だと思って崇拝していた。しかし、僕が助けを求めたことを、その男は妙だとは思わなかった。そして自分流のやりかたで僕に助けを与えてくれた。ある日、僕らは船影を見た。遙か沖だった。通りすぎていくところだった。僕は声をかぎりに叫び、シーツやタオルを振り、火を熾《おこ》し、そのほか考えられることをすべてやった。ようやく船は進路を変え、僕らを乗せるために島まで近づいてきた。すべてが型どおりで、役人風だった。けれど、船の人たちは務めのひとつとしてそれをやってくれた。そのあいだじゅう、そしてことに家に帰る最後の航海のあいだじゅう、僕は心のなかでこの世界と同じくらい古い歌をうたっていた。「バビロンの河《コエルム・ノン・》の畔《アニマム》で」を。別の言い方をしよう。すべてのもののなかで最悪なのは流刑だ。故郷にいることほど人間にとって好いものはない。危機一髪の脱出の後、僕はリヴァプールの波止場に立っていた。クリスマス休暇の最初の日に、男子生徒が家に戻るような気分だった。僕は自分が実質的に一文無しであることを思いだした。僕はひとりの男に幾らか金を貸してくれるか、あるいは貰えないかと言った。たちまち僕は物乞いをしたかどで逮捕され、監獄のなかで眠り、犯罪者としての人生をはじめた。

これできみにもこの経済的寓話の要点が判ったと思う。僕は地球の果て、地球の浮き滓《かす》のなかにいた。僕はあらゆる種類の薄汚い人間たちのあいだにいた。与えるものをほんの少ししか持たない、そして、それを与えることをしばしば全然望んでいない者たちのあいだに。僕は眼の前を通る船に手を振った。眼の前を歩く旅人に声を掛けた。そして疑いなくそうしたために、ひどく罵られた。けれど、誰も僕が助けを求めることを奇妙なことだとは考えなかった。溺れかけている時、船に向かって助けを呼ぶことは誰も犯罪だとは考えなかった。死にかけている時、焚き火に向かって這っていくことも。荒れた海や荒れた土地では、溺れかけた人間や死にかけた人間を助けるのは当然のことだとみんな思っている。文明化された街にくるまで、僕は困窮しているということで、罰されたことはなかった。同情を求めたことで犯罪者と呼ばれることはなかった。自分の故郷へ戻ってくるまでは。

そう、もしきみがこの新しい放蕩息子の寓話を理解したのなら、きみはなぜ放蕩息子が故郷に戻ってきた時、豚を見つけたと考えたか、理解できるかもしれない。肥えた仔牛ではなくたくさんの豚を。話の残りの部分は治安にたいする攻撃が多くを占めている。様々な家や屋敷に押しいるといったことだ。僕の家族はついに、僕を矯正できるかもしれない、態度を正常なものにすることができるかもしれない、という事実に思い当たったらしい。想像するに、そのもっぱらの理由は――少なくとも三人のうちの誰かが考えたと思うのだが――きみやきみの叔母さんのような人たちが秘密を知って、社会的に厄介なことになりそうだったからだろう。いずれにしても、今日の午後、僕らはこの屋敷で会合を持ち、僕を尊敬すべき人間に変えるための委員会を作ることにした。しかし自分たちが手をつけた仕事がいったいどういうものなのか、父や弟が完全に理解しているとは思わない。僕のような人間の内側がどうなっているか、三人が完全に理解することはまずないだろう。それが理由だ。だから僕は、父や弟たちが無意味なお喋りをはじめる前に、むしろそのことをきみに理解して欲しい、追放の寓話と僕が呼ぶこの話を理解して欲しいと思ったのだ。そして覚えていて欲しいのだ。悪人とは言えないがまったくの異邦人のあいだにいた時には、男には確かにチャンスと呼ぶべきものがあったことを」

　ふたりは庭のベンチにすわって話していた。ミリセントが立ちあがった。黒い服を着た父親とふたりの弟が芝地を横切って近づいてきていた。

　アラン・ナドウェイはいささかわざとらしい気怠《けだる》さを見せて、そのまますわっていた。三人の雰囲気が只ならぬものであることが判ったのは、老ジェイコブ・ナドウェイが先頭に立って、すたすたと歩き、しかも彼の眉毛が晴れた日の雷雲のように、険悪さを湛えていたのを見た時である。たちどころに何かまずいことが出来したのが知れた。

「たぶん、これを報せることは、お前にたいする好意の証になるだろう」と父親は辛辣そのものの口調で言った。「近所でもう一件泥棒騒ぎがあった」

「もう一件？」アランは驚いたように眉をあげた。「どうもその言い方は妙ですね。もう一件とはいったい何のことですか？」

「ミセス・モーブレーは」厳格な顔で父親は言った。「昨日、友人のレディー・クレールの屋敷を訪れた。もちろん、ミセス・モーブレーは、わたしの家で起こったことに心を掻き乱されていたのだが、どうやら一時間ほど前に、クレール家でもあることが起こっていたようだ」

「クレール家から何が失くなったのですか」アランは忍耐と興味を見せて言った。「クレール家の人たちはどうして泥棒が入ったことを知ったのですか」

「泥棒はびっくりして、逃げた」とジェイコブ・ナドウェイは言った。「不幸なことに、泥棒は慌てて逃げる時、落とし物をしていった」

「不幸なこと？」とアランは若干の驚きを受けたといったような顔で、父親の言葉を繰りかえした。

「誰にとって不幸なのですか」

「お前にとってだ」と父親は言った。

苦痛に満ちた沈黙があった。ジョン・ナドウェイが場違いな調子で、しかし、言わずにいられないといった調子で、その沈黙を破った。

「いいですか、兄さん」と彼は言った。「なんとか兄さんを助けようとしているのだから、こうしたふざけたことは止めにしてもらわなければ。それが自分たちに向けられた時には、悪趣味な冗談として受け流すことができた。その時でも、ミス・ミルトンを怯えさせたし、ミセス・モーブレーはすっかり興奮しきっているけどね。でも、もし兄さんが近所の屋敷に押しいり、名刺が挟まった葉巻入れを残してきてしまったとしたら、いったいどうやって兄さんの警察裁判所行きを止めることができるんだい」

「ああ、そいつは不注意だ――確かに不注意だ」ポケットに手を突っこんだまま立ちあがったアランは、考えこむような口調でそう言った。「僕は泥棒としての人生をはじめたばかりだということを思いだして欲しい」

「お前は泥棒として人生を終えるところだ」と老ナドウェイは言った。「あるいはダートムア刑務所で五年の刑期を勤めあげる囚人として、人生をはじめるところかもしれん。葉巻入れと名刺で、レディー・クレールはお前の罪を証明できる。そしてわたしが手を回さなければ、間違いなくそうするだろう。わたしがいまここにこうして立っているのは、お前に最後のチャンスをやるためだ。お前はもうチャンスを幾つも棄ててきたがな。泥棒稼業は止めろ、今すぐにだ。仕事を見つけてやる。泥棒を止めるか、止めないかどちらかを選べ」

「父さんと僕は」と客観的かつ繊細な口調でノーマン・ナドウェイは言った。「判断の難しい問題への対処に関しては、いつも同じ意見というわけではない。けれど、今回は父さんは正しいことを言っている。さまざまな意味で僕は兄さんに同情を覚えている。しかし、空腹な時に盗む人間を許すのと、盗みができれば空腹でもいいと思っている人間を許すのは別のことだ」

「それが肝心な点だ」繊細とは言い兼ねるジョンが、弟に賛嘆の眼を向けながら同意した。「僕たちが受けいれたいと願うのは、泥棒ではない兄弟だ。それ以外に僕たちが受けいれることができるのは、兄弟ではない泥棒だ。あなたがアラン兄さんだったら、父さんには仕事を世話する用意がある。そうではなく、通りから入ってきた知らない人間だとしたら、僕たちは警察に引き渡すしかない。兄さんは両方であることはできない」

アランは屋敷を見て、庭を見て、悲痛な表情で、ミリセントを少しのあいだ見やった。それからベンチにふたたびすわった。肘を膝にあて、手のなかに顔を埋めた。まるで苦しみながら祈る人のように。少なくとも困惑する人のように。残りの三人は微動もせずにそれを見おろしていた。

ようやく彼は顔を上げた。その動きは勢いがあったので、羽毛のような黒い巻き毛が一瞬、宙に躍った。青白い彼の顔に新たな表情が浮かんでいることを一同はすぐさま見てとった。

「ああ」と老ジェイコブは懇願の調子が加わった声で言った。「下司《げす》な泥棒稼業はもう止めるのだな」

アラン・ナドウェイは立ちあがった。「そうします、父さん」と彼は真面目な口調で言った。「僕は真剣に考えることにします。父さんは僕に約束させる権利を持っている。僕は泥棒の仕事を止めます」

「ああ、ありがたい」とノーマンが言った。はじめて彼の繊細な声は震えた。「僕は訓戒を垂れるつもりはもうない。兄さんはこれから得る仕事についてひとつのことを知るでしょう。その仕事は、従事している者が逃げ隠れする必要がないということを」

「結局、腐った仕事だ、泥棒というのは」いささか間が抜けていたが、その場を和解の場にふさわしい、明るいものにしようとジョンが言った。「不適切なところから、不適切な家に入るなんて、何とも寝覚めの悪い経験だろう。ズボンを逆さに穿《は》くようなもんだな。兄さんはもっと稼ぐようになるし、心の平和も手に入れられるよ」

「たぶん、そうだろう」とアランは物思わしげな顔で言った。「お前の言うことはすべて当たっている。貴重品の隠し場所を覚えたりといったことには、確かに人生の複雑さを助長するようなところがある。そう、僕は心機一転、心を入れ替えようと思う。自分を鍛え直して、まったく違う道を進むつもりだ。この頃では掏摸《すり》のほうが儲かるらしい」

彼は考えこむような顔で、遠い棕櫚《しゅろ》の樹を眺めながら言った。しかしその場の残りの者は、みな驚愕の表情を浮かべて、その顔を凝視していた。

「テムズの南のランベス通りを縄張りにする友人は」とアランは言った。「地下鉄の駅などから出た人々を相手に、おそろしくうまい仕事をしている。もちろん、そういう人たちは屋敷に金庫とか宝石とかさまざまなものを置いている人たちに比べればずっと貧乏だ。けれど、とにかく数が多い。一日の終わりにどれだけのものが集まるか、ほんとうに信じられないくらいだ。その友人は映画館から出てくる人の群から、六ペンス白銅貨と銅貨で十五シリング集めた。けれど、彼の指の器用さはすごいものだ。たぶん、僕も要領は覚えられると思うが」

驚きゆえの沈黙が落ちた。やがて、ノーマンが自制の利いた声で言った。

「その言葉が冗談なのかどうか知ることは、僕にとって大変重要だ。冗談を解する人間ではないと思われるのは心外だから」

「冗談？」アランは心ここにあらずといった体で言った。「冗談……。いや、違う。冗談じゃない。

仕事だ。父さんの紹介してくれるどんな仕事より、遙かに好い仕事だ」

「では、お前はその仕事をやって監獄に行けるわけだ」と老人は言った。老ナドウェイの声は日没を告げる大砲の音のように庭に響いた。「三分でこの場所から出ていけ。通りの先にいる警官は呼ばないでおいてやる」

その言葉を発すると彼は背中を向け、大股で立ち去った。ふたりの息子もそれに従った。アランはひとりベンチの前に立ったまま、その場に残った。彼の姿は庭の銅像に見紛うばかりだった。

庭はさらに静かになった。薄暗く、静止していた。夜がじりじりと近づいてきていた。闇と周囲の草地から立ち昇る湿った靄《もや》に覆われたせいで庭の装飾過多の印象は薄らいでいた。頭上の空はまだ明るかったが、わずかに灰色を帯びていて、星が幾つか点じていた。星はますます明るさを増し、闇は深くなっていった。庭に残された二体の像は動くとは見えなかった。しかし、その時、不意に女が早足で歩きはじめた。芝地の上を横切り、ベンチの前に立つ男に向かってまっすぐ歩を進めた。そして増しゆく陰鬱さと静寂のうちに立っていた男は、ひとつの著しい不調和に気がついた。彼女はいつも真面目な顔をしているのだが、いまその顔は嘲笑めいた笑みのために歪んでいたのである。小妖精《エルフ》の顔のように。

「やってしまったわね」

「きみの言いたいことが」彼は答えた。「この場所でやっていける見通しをつけたってことなら、そんなことにはなっていないと思う」

「いいえ、違うわ。やってしまったっていうのは、やりすぎてしまったって意味よ」

「何をやりすぎたんだ？」石のような声で男は尋ねた。

「嘘をつきすぎたのよ」笑みを浮かべながら彼女は言った。「肝心なところを飾りすぎたと言ってもいいでしょうね。もしそういう言い方のほうが好きならば。あなたが言ったことの意味が全部判るわけじゃないけど、でも、あなたの言葉はそのままじゃないわ。確かにほかに意味がある。あなたが泥棒で、金持ちの家に押しいるってところまでは、信じることができた。でも映画館から出てくる、貧しい人たちから白銅貨を掠《かす》めとる掏摸になると言った時、あなたは本当のことを言っていないと、はっきり判った。何か目的があるのね。あの最後の仕上げは芸術作品を駄目にしてしまったわ」

「きみは僕がどんな人間だと思うんだい？」彼は掠れたような声で言った。

「まあ、それを話してくれるんじゃないの？」彼女の答えは明るいものだった。

緊迫した沈黙の後、彼は奇妙な語調で言った。「きみには何でも話そうと思ってる」

「それは嬉しいわ。わたしの属する性にかけられた呪いが、好奇心だっていうことはみんな知ってるわ」

アラン・ナドウェィは両手で顔を覆い、しばらくして大きな溜息をつき、言った。「愛はすべてを征服する《アモル・ウインキト・オムニア》」

やや間があって、彼は顔を上げ、話しはじめた。星の空の下、立ったまま耳を傾ける彼女の眼もまた驚きで星のように輝いた。

4　プライス氏の諸問題

私立探偵のピーター・プライス氏は、歴史的に見て意味のある存在である、イギリスのレディーというタイプを鑑賞する機会に際会しても、別段光栄には思わなかった。それはジェフリー・チョーサー氏とアラン・ナドウェイ氏の精神と感情にとっては、真に誉れと言うべきものであったのだが。イギリスのレディーは多くの切り子面を持つ宝石であり、あるいは多くの変種を持つ花ともいうべき存在であった。プライス氏は敬うべきレディーの顔が、外国人の給仕に、タクシーの運転手に、不適切な時に窓を開けたがる者、あるいは閉めたがる者、さらに人間社会の明白な敵にたいして向けられるのを、これまでさんざん眼にしてきた。そしてそのタイプの明白な実例であるミセス・ミルトン－モーブレーと話しあいを持った氏は、過去に出会ったそうしたレディーたちのことを思いだしていた。ミセス・ミルトン－モーブレーは一時間の四分の三ほどを決然かつ断固たる口調で話しつづけていた。しかし残念ながらその話の要点が何なのか、氏にはいまだにさっぱり判りかねていたのである。

けれども、ノートからかろうじて断片を拾い集めて繋いでみると、どうやら大筋だけは漠然と摑むことができるようだった。彼女と姪はナドウェイ家に住んでいるということで、どうやら彼女はナドウェイ家に泥棒が入ったと信じているらしかった。しかしなぜか、みなはその事実を彼女に話したくないらしい。だから夫人は泥棒に入られたことを、ほかの人間に確認することはできなかった。ナドウェイの屋敷に泥棒が入ったことはまず間違いないと思われた。なぜならナドウェイの子息の所有物と思われるものが、べつの屋敷で泥棒騒ぎが起こった後、見つかっているのである。べつの屋敷というのはレディー・クレールの屋敷である。泥棒はナドウェイの屋敷で仕事をしてから、その屋敷に忍びこんだらしかった。そして逃げる時に、ナドウェイ家から盗んだものを落としていったのである。しかし、そもそも泥棒はナドウェイの屋敷でも落とし物をしたらしかった。彼女の姪がブローチのようなものを、家の者が今まで誰も見たことがないようなものを、摘みあげるのを確かに見たのである。しかし彼女の姪はそれについては何も言わなかった。みんな彼女には隠していた――それが憤懣やるかたないミセス・ミルトン‐モーブレーの話したことだった。

「かなり不注意な泥棒のようですね」とプライス氏は天井を見上げながら言った。「しかも、その職業についている者として、あまり幸運だとは言えない。まず、泥棒は誰かから何かを盗んで、そしてそれをナドウェイ家に落としていった。それから、ナドウェイ家から何かを盗んで、それをレディー・クレールの屋敷に落としていった。泥棒はレディー・クレールの屋敷からも何かを盗んでいるのか。そしてそれを誰かの家に落としているのか」

プライス氏は短軀で肥満体で、頭部《おつむ》が薄くなりかけた男である。目や鼻や口はあたかもそれ自身のなかに埋もれているといった体で、彼が微笑んでいるかどうか、判断することは不可能だった。しかし、レディーは短気ではなかったし、話し相手の顔に皮肉の影を探すような気分ではなかった。

「そこなんですよ」とミセス・ミルトン‐モーブレーは勝ち誇ったような顔で言った。「それこそわたしが言っていることなんです。誰もちゃんと話してくれないのです。みんなおそろしく曖昧な感じで。レディー・クレールでさえ曖昧なんですわ。彼女は自分が見た男が泥棒だと信じています。そうでないとしたら、なぜ男が逃げたか判らないって。ナドウェイ家の人はもっと曖昧です。気遣いなど無用だと繰り返し繰り返し言ったのですけど、埒《らち》があきませんの。わたしは気絶なんかしやしません。たとえ自分が被害にあっていることが判ったとしても。でも、わたしには知る権利があると思いますの」

「みんな少しは話すつもりになるかも知れませんね」私立探偵は言った。「もしあなたが、被害に遭ったかどうかを自分からお話しになれば。お判りかと思いますが、どうもお話は、さまざまな意味で、謎があるように見える。しかし、まずわたしが手をつけようと思っているのは、誰から何が盗まれたかです。話を進めるために、盗みが二回あったと仮定しましょう。そしてこれも話を進めるために泥棒はひとりだと仮定しましょう。その人物は泥棒だと見なして構わない。なぜならその人物は他人の屋敷に、その人物の所有物でないものを置きっぱなしにしているからです。しかし、それらのもののどれも、わたしの理解するかぎりでは、盗みに入った屋敷の人々のものではない。どれも、たとえばあなたのものではない」

「どうしてわたしに判りますの？」お手上げだという仕草を添えて彼女は言った。「誰も本当のことを教えてくれないのです。わたしは――」

「奥さん」と遅きに失した感のある断定口調で彼は言った。「あなた御自身のことについては、ほかの人に話を聞くわけにはいきません。あなたは何かを失くされたのですか。あなたのものが失くなったのですか。実際のところ、レディー・クレールは何かを失くされたのでしょうか」

「レディー・クレールは御自分が何かを失くされたかどうか、判らないようです」とミセス・モーブレーは急に刺々しさを加えて言った。「あの人がみんなのなかで一番曖昧ですもの」

「判りました」と何やら考えながらプライス氏は頷いた。「レディー・クレールは自分が何かを失くしたか、失くしてないか判らないのですね。しかし、わたしの眼には、あなた自身もそもそも同じ困難に直面しているように映るのですが」

自分の言った言葉の侮蔑的な響きに気づいて、彼女が返報の必要を認める前に、プライス氏は急いで言った。「わたしはいつもレディー・クレールがきわめて有能な人物と見なされていると思ってきました。物事の取り纏《まと》め役などとして」

「そうね、あの人は会合やら運動やらの取り纏め役はできますわね。それにほかの色々ばかげたことの取り纏め役も」とヴィクトリア朝に属する女性は、侮蔑の色を浮かべて言った。「喫煙反対連盟とか、薬物規定についての議論とか、そういったことなら、あの人はお手のものでしょう。でもあの方は自分の家のなかに転がってることには、何も気づかないのですのよ」

「自分の夫君には気づいているんじゃないですか、たとえばですが」とプライス氏は疑念を表した。「御主人のほうはたいがい家のなかに転がっていると言っても差し支えないのでは。若い頃はきわめて卓越した人物であったと理解しています。そしてもちろん家系はひじょうに古い。クレール卿はロシアの債務が破綻した時、ひどく困窮したと聞いています。それにわたしはレディー・クレールが煙草を攻撃することでお金を得ているとは思いません。だからあの人たちは、ものすごく貧乏でしょう。価値のあるものを失くしたかどうか、確かに自分たちは知っていると思いますよ」

彼はしばらく口をつぐんだ。何事か考えていたが、それから不意に、銃声のような質問を放った。

「強盗が逃げていった後に拾いあげたものは、正確には何だったのですか」

「何と葉巻だったそうです」とミセス・モーブレーはすぐに答えた。「中身が詰まった大きな葉巻入れ。でも、なかにナドウェイ家のひとりの名刺が入っていたの。ナドウェイの屋敷から泥棒が盗んだのね」

「そうなんでしょうね」と探偵は答えた。「さて、では泥棒がナドウェイ家から盗んだものについて考えてみましょう。御理解いただいていると確信しますが、奥さんを助けるために、わたしはもう少し内情に立ち入ることを許してもらわなければなりません。聞くところによると、姪御さんはジェイコブ・ナドウェイ氏の秘書になっているそうですね。彼女がそういう地位を選ぶということは、生計を立てるために働く必要性が増していると推測してもよろしいでしょうか」

「わたしはあの子があんな仕事につくのにはすごく反対しましたわ」とミセス・モーブレーは言った。「でも、政府は社会主義者みたいにわたしたちのお金をみんな取りあげてしまったのよ、わたしたちにほかに何ができて？」

「判ります――判ります」夢でも見ているような顔で頷きながら探偵は言った。彼の視線はふたたび天井に固定された。彼は何千マイルも遠くに揺曳する思考の一連なりを追っているように見えた。

そしてようやく口を開いた。

「わたしたちは時々絵のなかでこういったことを眼にします。それらは完全に一般的なもので、特定の個人を描いたものではありません。そういうふうに、個人ではなく類型について語ることにしましょう。わたしの見ている絵は、ひとりの若い女性の絵です。以前は贅沢で綺麗な服装をしていた女性、ほかにどうしようもないために、地味でくすんだような生活を送ることに甘んじている女性、自分より少しばかり格式の低い老人から給料を貰い、そして遺産なども入る見こみのない女性。それからべつの興味深い絵もある。上流階級に属す男性。しかし彼は質素な生活を強いられている。ひとつには貧乏ゆえに、ひとつには清教徒的厳格さの勝った妻、自分のかつての贅沢や、とくに煙草を眼の敵にする妻のせいで……。こうしたことは何かを暗示しませんか」

「さあ、どうでしょうね」いそいそと立ちあがりながらミセス・モーブレーは言った。「お話にはまったく満足できません。あなたが何のことをおっしゃっているのか、まったく判りません」

「ほんとうに不注意な泥棒です」と探偵は言った。「もし自分が何をしているかわかっていれば、泥棒はふたつのブローチを落としたはずだ」

十分後、ミセス・モーブレーは埃に埋もれた探偵事務所の、その埃を靴から払い落とし、自分の不幸を注ぎこむべく、つぎの場所に向かった。ピーター・プライス氏は、あたかも自身に向かって謎掛けをしているような笑みを浮かべながら、電話に向かった。彼は警察にいる友人を呼びだした。電話の会話は長く、細々としたことにまで及んでいるようだった。内容はおおむね近頃の軽犯罪の実態に関すること、ことにロンドンのもっとも貧しい地区における窃盗に関することが主だった。しかしながらずいぶん妙なことに、プライス氏は誇り高いミセス・ミルトン゠モーブレーとの会話の記録に並べて、その電話の会話を書き留めたのだった。

それから彼はもう一度椅子にすわって、背もたれに上体を預け、天井を眺め、深く思考を巡らした。ピーター・プライス氏のそうした姿はナポレオンそっくりだった。ナポレオンもまた短軀であったし、晩年には太っていた。そしてピーター・プライス氏にも、見た眼では判断できない部分があるように見えた。

ほんとうのところは、ピーター・プライス氏は予定にしたがってつぎの顧客を待っていたのである。ふたつの面会の予約は関連を持たなかった。しかし、自分が出ていってから間もなく、ナドウェイ・アンド・サン社のジョン・ナドウェイの見慣れた姿が、探偵の事務所に入るのを見たならば、ミセス・モーブレーは大いに驚いたことであろう。しかし何年も前に、ナドウェイの年少の共同経営者は、年長のほうの経営者が若い頃に成し遂げたことを隠蔽するという困難な仕事を遣りとげなくてはならない羽目に陥ったことがあった。年長のナドウェイ氏が金持ちになってからずっと後、若いナドウェイが後れ馳せながら自分もまた立派な人間になろうと決意した時のことである。古い醜聞が蒸し返され、それには昔ながらの脅迫めいた言辞が付随していたのである。そして、不穏な者たちを鎮めるのは、かなり難しい状況だった。若いジョン・ナドウェイはプライス氏の個人的な能力と、実際的な経験に頼ってみることにした。彼は金を握らせたか、脅したか、とにかく厄介な者たちを鮮やかな手腕で鎮め、ナドウェイの評判はきわめて良好なほうに改まった。ゆえに若いナドウェイはふたたびプライス氏に頼ることにしたのである。より由由しいと思われる、身内のスキャンダルが持ちあがったいま。

アラン・ナドウェイは人の眼を盗むような行動、あるいは夜盗の真似はもう止めていて、名刺を落としてきた時よりもさらに直接的に、自分の名前を公にすることを知らせてきた。彼は生計のためにランベス界隈で掏摸を働くことを明言し、さらに、もし自分が裁判や警察関係のニュースになるようなことがあったとしても、変名を使う気持ちはないと手紙のなかで言いきっていた。彼は弟に送りつけてきたその手紙で、掏摸には道徳的に疚《やま》しいところはまったくないが、気の好い警官を偽名をつかって騙すことは良心が（敏感すぎる良心かも知れないが、と彼は書いていた）痛むと述べていた。すでに三度、ノグルウォプと名乗ろうと試みた、と彼は悲しげに記していた。最初もつぎもそのつぎも、その名前に真実らしさを籠めることはできなかったと。

手紙を受け取ってから、三、四日して雷が落ちた。ナドウェイの名を主題として多くの記者が腕を振るい、すべての夕刊紙の見出しに、黒いインクの色も鮮やかに、ナドウェイの名が躍った。それぞれの新聞には同じ名前を冠した広告が載っていたが、両者の趣の懸隔は甚だしいものであった。サー・ジェイコブ・ナドウェイ（父親はすでにサーの称号を受けていたのである）の長子であると広言するアラン・ナドウェイは、警察裁判所に出頭した。掏摸の容疑で告発を受けたのである。しかも犯行は一回だけでなく、ここ数週間、連続的に行われた。

状況は人の眉を顰《しか》めさせるもの、あるいは不快にさせるもので、きわめてセンセーショナルだった。なぜなら、彼は貧乏人から徹底的かつ無慈悲に金を盗ったというだけではなく、弟であるノーマン・ナドウェイ師の教区の人々を狙ったからである。弟のナドウェイ師は、最近その地区で人気のある慈悲深い教区牧師で、あらゆる徳を備えた人物と評価されていた。

「こんなことが起こるなんて、とても信じられない」とジョン・ナドウェイは憂鬱な口調で言った。

「人というものはこれほど悪意に満ちた行動をとれるものだろうか」

「そうですな」とピーター・プライスは少し眠そうな顔で言った。「とても信じられない」そう言って彼はポケットに手を突っこんだまま立ちあがり、窓の外を眺めて言った。「じつに、今回のことについて考える時、それが適切な言葉です。とても信じられない」

「だが、実際に起こった」呻き声とともにジョンは言った。

ピーター・プライスがあんまり長いあいだ黙りこくっていたので、ジョンはまるで大きな音に驚いた人のような勢いで立ちあがった。「いったいどうしたと言うんです」と彼は尋ねた。「それが起こったのは、はっきりしてるじゃないですか」

プライスは頷き、それから答えた。「もし、それが起こったとあなたがおっしゃるならば、そう、わたしも確信をもって同意します。しかしもし、何が起こったのかとあなたが尋ねるならば、確信はたちまち凋《しぼ》んでしまう。ただ、漠然と多くの疑念が思い浮かぶだけで」

少し沈黙した後、プライス氏は不意に言った。「いいですか、わたしはまだ希望であれ疑いであれ、何か言う危険を冒すつもりはありません。しかし、お兄さんの弁護の準備をしている事務弁護士に会わせていただければ、有益なことを伝えられるのではないかと思います」

探偵の事務所を出る時のジョン・ナドウェイの歩調は緩慢で、顔には当惑したような表情があった。田舎の屋敷に着くまで、彼はずっとそんな顔をしていた。ジョン・ナドウェイは夕刻に屋敷に辿りついた。彼は自分の車を普段と同じように運転していたが、普段に似ない混乱や憂鬱から脱しきれないままだった。すべてが不可解この上なく、苦痛この上なく、彼はぎりぎりのところまで追いつめられていた。そうしたことはジョンのような種類の人間には稀なことだった。自分は思索家ではないと、ジョンはつねづね嘘も衒《てら》いもなく言っていた。彼の眼は、てくてくと歩いて死に至る人間というもののなかに、不自然なものを何も見なかった。だから考えるためにどこかで立ち止まるということも当然なかった。すべてのこと、実際的な人物であるはずの小男の探偵の態度まで、すべてがおそろしく不可解だった。父親の家の前の、黒々として蛇が紆《くね》ったように見える樹々さえも、まるで巨大な疑問符の列のように見えた。星々も書物のなかの星、アステリスクのように思えた。判じ物や暗号のなかの解読を許さぬ箇所に付されたアステリスクのように。暗く大きな屋敷のなかで、燈火《あかり》が洩れてくるのは一箇所だけで、その燈火《あかり》は自分を見ているように思えた。屋敷のうちに汚辱や悪縁が黒々とした雲のように蟠《わだかま》っていることを、彼は知りすぎるほど知っていた。そして雲はいまにも雷鳴を発しそうに見えた。これまでの生涯を通じて、彼はそうした悪縁を避けようと努力してきた。そしていま、そういったものが自分の身に降り懸かるのが、不当だという振りをすることはできなくなっていた。

そして暗いヴェランダまで辿りつき、庭の椅子にすわって暗闇を見つめているミリセントの姿を認めた時、彼はひじょうなショックを覚えた。暗鬱で悲劇的で、謎に満ちた屋敷のすべてのもののなかで、彼女の顔が最も不可解で解釈を許さないものだった。ミリセントの顔にあったのは喜びの表情だったのである。

確かに、屋敷の明かりを受けて、微かに光る芝生に落ちた事業家の影に気づいた時、彼女の眼にある種の変化が生じた。それは苦痛ではなく、悲哀といったものだった。彼女の心は憐憫にも似た友情に満たされていた。それは波となって穏やかに伝わっていった。逞しく、成功を手中にし、しかも不幸な男のほうに——ちょうどそれは耳の聞こえない者、あるいは眼の見えない者に感じるような友情だった。彼女は自分の感情が軟化あるいは、べつの言葉で言うなら客観的になっている理由を分析できなかった。その理由の一端が判ったのは、子供の頃、自分がジョン・ナドウェイをこの庭で見かけて、恋をしたと言ってもいい状態になったことを思いだした時だった。しかしいま、恋をしているわけでもないのに、どうしてそういうふうに敏感に、悲しいような気持ちにならなければいけないのか、その理由までは判らなかった。いまでは彼女は、ジョンのようなタイプの男に恋をすることはまずぜったいにないと言えた。ジョンのようなタイプの男——そう、彼は完全に善良な男だった。真実を告げることが、歯を磨くことと同様に正しいと思っているような人間だった。それは平面的な人間を愛するようなものだった——ただ、二次元の世界で。

どうやら、自分のなかにひとつの深淵が、新しい次元が開けているようだった。そこは無数の逆さまの星と、アインシュタインの言う転倒した無限の数々で満たされていた。彼女は自分のなかにあるその深みを覗きこむことはしなかった。その明確な新しいものを理解しなかった。ただ明瞭に否定というものを感じただけである。自分がジョン・ナドウェイに恋をしていないということを。

彼にたいする同情の冷静さは、ますます増していった。兄弟にたいするように遠慮がなくなった。「ほんとうに気の毒に思うわ」彼女ははっきりとした口調で言った。「あなた方がいま苦しまなきゃならないことを思うと。あなたにはとても恐ろしいことのように見えるでしょうね」

「ありがとう」感情の欠けた声でジョンは答えた。「僕たちはいま試練の時を迎えている——古い友人からの同情は身に染みるよ」

「あなたがどのくらい善良だったか、わたしはよく知っています。それに不名誉のようなものを遠ざける努力を、どのくらいしてきたかも。あなたには今度のことがほんとうに不名誉なものに見えるでしょうね」

見える、という言葉の繰り返しが、ようやくジョンの緩慢な心に、少し呑みこみにくいものがあるという印象を生じさせた。

「そう、見えるってだけだったら、好かったと思うよ。ナドウェイという名前の掏摸っていうのは、想像しうるなかで最悪のことだから」

「そうね」奇妙な感じで彼女は頷いた。「想像しうるなかで最悪のことを通じて、想像もできない最良のものが現れるわ」

「すまないが、言ってる意味がよく判らない」

「あなたは最悪のことを通り抜けて、最良のものに辿りつくでしょう。ちょうど西洋を通り抜けて東洋に辿りつくように。そしてそこにはひとつの場所があるの。世界の反対側に西洋と東洋が入り交じっているところが。あなたは気づいてる？　恐ろしいくらいに、とても正気には見えないくらい、善である何かがあるってこと、そしてそれが見た眼にはきっと悪に見えるってことに」

まったく表情を欠いた顔でジョンは彼女を見つめた。彼女は言葉を紡ぎながら考えているようだった。

「空の光は視野に染みを作るわ。そして結局」彼女は言った。囁くような声だった。「太陽は覆い隠されたの。ひとりの男の人が生きていくには善良すぎたために」

年少の共同経営者は心配事のリストにさらに一項目つけ加えて、重い行進を再開した。屋敷の同居人である婦人は狂人だった。

5　法廷の泥棒

アラン・ナドウェイの審問には、じつに大量の混乱と遅滞があった。掏摸というありふれた犯罪の審理であることを考えると、それは異例のことであった。あらゆる場所で繰りかえし口の端に上ったし、確かな筋の裏付けもあったのだが、被告はまず第一に自分が有罪であると主張するつもりらしかった。それから、親類縁者のあいだでさまざまな騒ぎがあった。そして家族に特別に許可が下りて面会がひとしきりつづいた。しかし、父親である老サー・ジェイコブ・ナドウェイが自分の秘書を拘置所に送り、秘書が被告人と先例のないほど長い面会を行った頃、結局、被告人は無罪を主張するだろうという噂が伝わってきた。それから、被告人の弁護士の選択についてやはりさまざまな噂や論議があちこちで湧きおこった。そして最終的に、彼が自分で自分を弁護すると主張したことが公表された。

アラン・ナドウェイは、純粋に形式的な証言の後、審理まで勾留されたが、そのあいだも沈黙を保ち、異議を唱えなかった。被告に不利な事実が完全に明らかになったのは、彼が判事と陪審員の前に立った時だった。訴追側の弁護人が、遺憾の意の籠った厳格な声で、それを明らかにした。被告人は不幸にも、重要で名望ある一族に属する人物である。被告は高貴で寛大で博愛精神を持つ一門の、紋章入りの盾についた染みである。誰でも労働条件に関する偉大な改善のことを知っていて、それはただちに彼の弟であるジョン・ナドウェイ氏の名前と結びつけられる。そして、英国国教会の儀式派の礼拝を良しとしない多くの者、それにノーマン・ナドウェイ師の口からもたらされる、かの教会の教理に自らの知性が屈服しなかった者も、ナドウェイ師つまり被告のもうひとりの弟である人物の真摯な社会的活動と、不断の博愛精神には尊敬の念を表している。しかしほかの国ではどうあれ、イギリスの法律は人を身分によって差別しないし、どれほど高い地位にある者と言えども、こと犯罪となれば、執拗に追及されるのは必至なのである。この不幸な人物アラン・ナドウェイは、つねに禄《ろく》でなしと言われるような人物でありつづけた。また一族の苦悩の種であり、恥辱であった。さらに彼は、自分の家族の屋敷およびその友人の屋敷に盗みに入ろうとしたことを疑われており、事実上、有罪を証明されている。

判事がそこで口を挟んだ。「それはきわめて不適当な発言です。被告が審問を受けることになった起訴状には、盗みについては何も書かれていなかった」裁判長のその言葉にたいして被告人は楽しげな声で言った。「裁判長殿、僕はそれでも構いません」しかし、アラン・ナドウェイのその言葉に、少しでも注意を払う者はいなかった。それは手続き上とても考えられないことだったのである。裁判長と訴追側の弁護士は、鬱々とした表情でしばらく顔を見合わせていた。やがて訴追側の弁護士は謝罪の言葉を述べ、陳述を再開した。いずれにせよ、と彼は言った。これから証言席に立ってもらう証人たちの面前で、被告が軽い窃盗を働こうとしたことについては何の疑問もない。

ブリンドル巡査は誓いの言葉を述べ、低く単調な声で延々と証言した。休止はまったくなかったので、巡査の言葉はひとつの文のように、さらにはひとつの単語のように聞こえた。

「通報を受けて、ノーマン・ナドウェイ牧師の家から百メートルほど離れたイペリオン映画館まで、被告人を尾行しました。本官は被告が街灯の下に立っている男のコートのポケットに手を突っこむのを見ました。その人物にポケットの中身を確かめるように言い、映画館の外の人だかりに紛れた被告を追いました。人だかりのなかのひとりが振り返り、ポケットから金を掏《す》ろうとしただろうと、被告を詰問しはじめました。その人物は被告と喧嘩をはじめました。本官はその場に駆けつけ、喧嘩を止めさせ、あなたはこの人が掏摸だと思うのですね、と尋ねました。その人物はそうだ、この男はおれを狙っていたんだと言いました。被告は、だとしたらどうなのだと言いました。本官がもうひとりのほうに質問しているあいだに、被告はその場から走っていなくなり、列に並んでいた別の人物の燕尾服のポケットに手を突っこみました。それから本官はその人物にポケットを確かめるように言い、被告人を拘引しました」

「被告はこの証人に反対尋問を行いますか」と裁判長は尋ねた。

「事情がこのようなものなので」と被告は答えた。「裁判長閣下は僕が法廷の慣例に慣れていないことを許してくださると確信しています。この段階において、僕が財布を掏ろうと試みたとされている三人の人物に、訴追側弁護人が出廷を求めるつもりなのかどうか、伺ってもよろしいでしょうか」

「そのことを明かすのに異存はありません」と訴追側の弁護士は言った。「我々はハリー・ハンブルに出廷してもらっています。賭け屋の事務員です。殴るぞと被告を脅したとされる人物です。それからイジドー・グリーン、音楽教師です。逮捕される前に被告に金を掏られた人物です」

「最初の男はどうしたのですか」被告人は尋ねた。「なぜ、出廷を要請しなかったのですか」

「裁判長閣下」と訴追側弁護人は言った。「警官はその人物の名前も住所も突き止めることができませんでした」

「証人に質問してもいいですか？」とアラン・ナドウェイは言った。「どのようにして、その珍しい事態は生じたのでしょう」

「えー」と警官は言った。「ほんの少しのあいだ、その人物から眼を離していただけなのですが、いつのまにか、いなくなっていたんです」

「ということは、証人はその人物に向かって、あなたは掏摸の被害者である、お金が取り戻せるかもしれないと告げた。しかしその人物は名前を言うこともなく、すぐにどこかにいなくなった。まるでその人物自身が掏摸であったかのように」

「えー、本官にはよく判りません。まったく判りません」と警官は言った。

「裁判長閣下のお許しを得て」と被告はつづけた。「もうひとつ重要な疑問を述べようと思います。証人としてふたつの名前が挙げられましたが、訴追側の証人として挙がっているのは、そのうちのひとつだけ、ハンブル氏の名前だけです。それは第三の証人にもまた曖昧なところがあることを、示しているように見えます。そう思いませんか、巡査殿」

手回しオルガン《ハーディー・ガーディー》のように機械的に職務についての証言を述べるという立場から離れて、巡査は人間らしさを取り戻した。のみならず彼は面白がることさえできることを示した。

「そう、確かにあの男はえらく曖昧でした」と巡査は微かな笑みを浮かべながら言った。「典型的な音楽家のひとりです。あの男の金の数え方はまったくなっちゃいなかった。わたしは金が失くなっていないか調べてくれと言いました。男は六度数えました。ある時は二シリング八ペンスで、ある時は三シリングと四ペンスでした。四シリングになることもありました。ですから、法廷で証言することなどできないと思ったのですが……」

「それはきわめて異例なことです」と裁判官は言った。「証人イジドー・グリーンの証言は後ほど得られるものと思います。訴追側弁護人は速やかに証人の尋問にとりかかるように」

ヘンリー・ハンブル氏は派手なネクタイをしめ、取り澄ましたような表情を浮かべていた。それはパブの特別室のなかでさえ、体面を第一に考える者に見られる種類の表情だった。しかしながら彼は心から憤ることができないような人物ではなかった。ハンブル氏は自分のポケットを探ろうとした者の頭を殴ったことを認めた。訴追側弁護人の問いに、巡査が言ったのとまったく同じことを繰りかえした。自分の喧嘩っ早さを、わずかに割りびいた気味が感じられないでもなかったが。つづく被告人の問いに答えて、彼はその後すぐに、角のパブ、豚と警笛亭に立ち寄ったということを認めた。

訴追側弁護人は芝居じみた憤慨の面持ちで飛びあがり、その仄《ほの》めかしの意味するところを、明確にして欲しいと要求した。

「思うに」と裁判長はやや厳しい口調で言った。「被告人は、証人が自分が失ったものを正確には知らないのではないか、ということを仄めかしているのだろう」

「その通りです」とアラン・ナドウェイは言った。ナドウェイの深い声は奇妙に印象的だった。

「証人は失ったものを正確には知らないのではないか、ということを仄めかすつもりでした」

それから証人のほうを向いて彼は歯切れのよい口調で言った。「あなたはパブに行って、周囲の人たちみんなに、いつもの気前の良さで、飲み物を奢《おご》りましたね」

「裁判長閣下」と訴追側弁護人は嚙みつくように言った。「わたしは厳重に抗議しなければなりません。被告人は悪意をもって証人の人間性を誹謗しております」

「人間性を誹謗とは、これはこれは。僕は証人の人間性を称賛しているところです」と少し声を高くして彼は言った。「僕は証人の人間性を褒めそやし、神聖なものとさえ讃えているところです。僕はもてなしという古い徳を、証人が気前良く実践したことを指摘しているのです。たとえば、あなたは知人に素晴らしい夕食を振るまうと僕が言ったとしたら、僕はあなたの人間性を誹謗していることになるのでしょうか。もしあなたが六人の弁護士を昼食に招いて、彼らの気分を上々にさせたとしたら、あなたはそれを犯罪のように隠すでしょうか。あなたは自分の立派なもてなしを恥じるでしょうか。ハンブルさんとおっしゃいましたね。あなたは吝嗇家で人間嫌いですか?」

「いえ、違います」ハンブル氏は少し当惑しているようだった。

「ハンブルさん、あなたは社会を憎んでいますか?」

「いや、違いますよ」とハンブル氏は控えめな語調で言った。「いや、全然違います」氏は今度は確信をこめて付けくわえた。

「見たところ」と被告はつづけた。「あなたは知りあいには親切な方のようですね。とくに親しい友人の方には。あなたはいつもそうした人たちを親切に扱い、酒を奢っている。できる時はいつでも」

「そうありたいと思います」有徳の賭け屋は言った。

「もちろん、あなたはつねに望みを適えられるわけではない」とアラン・ナドウェイは淀みない口調で語を継いだ。「なぜなら、いつも奢ることが可能な状況にあるというわけではないですから。このあいだはどうして奢ったのですか?」

「ああ、そうですな」とハンブル氏は少し当惑しながらも、アラン・ナドウェイの言葉を認めて言った。「たぶんこのあいだの夜は、少しばかり景気がよかったんでしょう」

「お金を盗まれたばかりなのにですか」とナドウェイは言った。「ありがとうございます。尋ねたかったことはこれで全部です」

ヴァイオリン教師を生業《なりわい》としているイジドー・グリーン氏は、長い糸のような髪を戴き、褪せて暗緑色になった外套を着た人物だった。グリーン氏は確かに巡査が言ったように、曖昧な人物だった。訴追側の質問の時は、ポケットを探られているような感覚を確かに覚えたと、すらすらと答えたが、反対尋問の際にはナドウェイの語調が比較的穏やかで同情的だったにもかかわらず、ずいぶんと不明瞭なことしか言えなかった。結局、グリーン氏は数学が大の得意の二、三の友人の助けを借りて、掏摸にあった後の自分の所持金が、三シリング七ペンスに間違いないという結論に辿りついたらしかった。しかし掏摸に遭う前に自分が持っていた金額に関して、彼が何の知識も持たないという事実がその時になって判明し、掏摸の被害に関して投げかけられた光は、輝きをいささか減じられることになった。

「わたしの思考は自分の芸術に深く集中しているのです」と彼は少なからぬ矜持をこめて言った。「妻だったらもしかしたら知っているかも知れません」

「素晴らしい御意見です」とアラン・ナドウェイは真実味のある声で言った。「じつを申しますと僕は弁護側の証人として、あなたの奥さんに出頭を願っているのです」

みな驚いて眼を瞠《みは》った。しかしナドウェイが冗談を言っているのではないことは明らかだった。優雅とも形容しうる厳粛さで、彼は自分が呼んだ証人たちを、法廷に招きいれた。それは確かに訴追側のふたりの証人のそれぞれの細君だった。

ヴァイオリニストの夫人は真っ正直な性格で、ひとつの点以外では確実な証人だった。彼女は体格が良く、陽気な感じの婦人で、料理の腕も確かに思われた。おそらく非数学的なグリーン氏のような人物の面倒を見るのに、うってつけの人物だった。彼女は耳に心地好い声で、自分はイジドーの所持金については、何でも知っていると言った――問題の日に幾ら持っていたかも。彼は浪費癖などない良い夫で、件の夜、ポケットにあった所持金は、確かに二シリング八ペンスだった。

「だとすると、ミセス・グリーン」ナドウェイは言った。「あなたの御主人は、あの日一緒にいた友人たちを、数学的才能があると考えたわけですが、その判断自体も、彼の数学的才能と同様に風変わりなもののように見えます。御主人と友人方は所持金を数えて、結局三シリング七ペンスという結論を引きだしました」

「うちの人は天才ですからね」と夫人は少なからぬ矜持をこめて言った。「何でもはっきりさせることができるのですよ」

ハリー・ハンブル夫人は、グリーン夫人とはまったく違うタイプで、ハリー・ハンブル氏と比較すると、幾分陰気な気味あいがあった。彼女は顔が長く、血色が悪く、不機嫌そうに口を引き結んでいて、そうした特徴は豚と警笛亭に避難所を見いだす者たちの奥方のなかに、しばしば見られるものに思われた。問題の日が記憶に残っているかどうか、ナドウェイに訊かれて、彼女はむっつりとした顔で答えた。「うちの人はあの日あたしにちゃんと話すべきだったよ。手間賃があがったらしいのに、それをあたしに言わなかったのさ」

「僕の了解するところでは」ナドウェイは尋ねた。「御主人は何人かの御友人にあの夜、酒を奢ったようです」

「奢っただって」と気立ての好い婦人は、人をたじろがせるような声で叫んだ。「酒を奢っただって。集《たか》ったってほうがよっぽどありそうなものなのに。言っちまえば、うちの人は酒はいつもただでせしめてきたよ。人の分まで払うなんて、金輪際見たこともない」

「どうしてそう言い切れるのですか？」と被告は尋ねた。

「うちの人はいつも手間賃以外の金は、ほんの少ししか持っちゃいないんですよ」とハンブル夫人は、それがすでに面白からぬことなのだという不平の顔で言った。

「どうも何から何までわけがわからん」裁判長はお手上げだといった具合に、椅子の背に上体を預けた。

「たぶん説明できると思います」とアラン・ナドウェイは言った。「もし、裁判長閣下が、弁護側の証人の最後のひとりとして、僕が二分間、証言席に立つことを許して下さるならば」

もちろん被告が証人台に立つことには手続き上、何の不都合もなかった。

アラン・ナドウェイは誓いの言葉を述べ、沈鬱な平静さで訴追側の弁護人を見た。

「あなたは否認しますか」と訴追側の弁護人は尋ねた。「これらの人々の服のポケットに手を突っこんでいるところを、巡査に捕まったことを」

「否認しません」と愁《うれ》いを感じさせる表情で、かぶりを振りながら、ナドウェイは言った。「もちろん、否認しません」

「これはまったくたまげた」と尋問者は言った。「きみは無罪を主張しているものと思っていた」

「そうです」とナドウェイは悲しげな顔で言った。「もちろん、そうです」

「いったい、これはどういうことなのだ」裁判長は突然苛立ちを面に出して言った。

「裁判長閣下。僕は五つの言葉ですべてをすっきりと説明できます。しかしこの法廷ではそう簡単にはいきません。立証ということが必要ですから。そう、すべて単純なことなのです。僕は彼らのポケットに手を入れました。しかし、僕は彼らのポケットにお金を入れただけなのです。盗むかわりに。そう考えれば、すべてはっきりすることはお判りですね」

「しかしいったい何でそんなばかな真似をしたのだね」と裁判長は言った。

「ああ」とナドウェイは言った。「それはあまりに長い話になります。それを説明するのに、ここは最適の場所とは言えないようです」

被告が自分の弁護のために行った最後の論述で、実際に起こったことの説明が、さらに細部にわたって説明された。彼は第一の問題の明白な解答を提示した。最初の被害者がすぐに姿を消した理由である。最初の人物、名無しの倹約家は陽気なハンブル氏、あるいは芸術的なグリーン氏よりも、目端が利くという点では上回っている人物だった。自分のポケットのなかを一目見た彼は、自分の金に加えて誰かの金がそこにあることを見てとった。警察に関する漠然とした知識から、彼はその余分の金が最終的に自分の許に残ることが許されるかどうか、大いに疑わしいと思った。ゆえに彼は魔法使いか妖精のように消えてしまったのだ。細かいことはあまり気にしない質のハンブル氏は、自分のポケットから湧いて出た金を見ても、わずかに驚いただけだった。そして自分の声望を永続化させるため、仲間たちを喜ばせるために、少しばかり派手にそれを遣うことにした。しかしその後でさえ、いつもの手間賃をすこし上回る額は残った。細君の不幸な疑念を引き起こすほどの額が。最後に、信じることが難しいようにも見えるが、結局、グリーン氏と彼の友人は、ポケットのなかの硬貨の合計を正確に突きとめたのである。細君の見積もりよりそれが多かったのは、細君が朝、上着にブラシをかけ、ボタンを掛け、彼を送りだした後に、硬貨が足されたという、至って簡単な理由のせいだった。実際、すべてのことが被告の奇妙な主張を裏付けていた——被告人はポケットを満たしたのである。空にしたのではなく。

茫然として静まり返ったなか、裁判長は陪審に無罪を示唆するしかないことを知った。陪審は無罪を答申した。しかしアラン・ナドウェイ氏は走るようにして、法廷から姿を消していた。新聞記者や友人や、とくに家族の者を避けて。ひとつには、彼は眼鏡をかけ、やつれた顔の人物、精神分析医のように見える人物をふたり見かけていたからである。

6　名前の浄化

法廷におけるアラン・ナドウェイの裁判と無罪宣告は、芝居めいた一連の出来事の納め口上に過ぎなかった。彼はそれを妖精劇の、ハーレクインの登場する場面に過ぎないと形容しただろう。最後の場と幕引きは、ナドウェイのローンズ荘の緑の芝地の上で見ることができた。面白いことに、ミリセントはいつもそこを舞台の背景のように感じていたものである。贅沢だが面白味のない庭。異国の植物の、鮫の歯のようなぎざぎざの輪郭。自動車の運転手が掛けるゴーグルを思わせる、あるいは怪物の眼を思わせる、弓形の張りだし窓の低い列。そうしたグロテスクなものに混じって、そこには芝居のような、しかし真実に相違ないものがつねに存在した。ヴィクトリア朝を支配したとされる堅苦しさと抑制にもかかわらず、かの時代にあった真の感情あるいは情熱が。ヴィクトリア朝のロマン主義の思潮は、本質的に至純なものであり、欠点がないわけではなかったが、冷笑的という欠点は備えていなかった。彼女の前に立つ男は、妙に異国風な鬚を中途半端に伸ばし、詩人ミュッセ、もしくはショパンを連想させる曰く言いがたい雰囲気を漂わせていた。彼女はそれらの幻想的なものが、どのように組みあわされて、そうした音楽を生みだしているのか判らなかった。

しかしその音楽は、古い馴染みの歌に似ていることは知っていた。

彼女の口からひとりでに言葉が流れだした。「黙っているわけにはいかないわ、それは不当なのですもの、あなたにとって不当だわ」

「僕にとって不当なものだからこそ、それは正当なのだ。ありのまま話すとそうなる。きみはそれを奇妙な話と言うかもしれないが」

「あなたが謎々みたいな言い方をするのにはもう慣れたわ」ミリセント・ミルトンは落ちついた口調で答えた。「でも、もっとよく知りたいの。知らないでいることはわたしにとっては不当だわ」

やや沈黙があって、彼はそれから低い声で話しはじめた。「そう、それが問題なのだ。それが僕の前の道を塞ぐものなのだ。僕は自分がたてた人生の計画より大きな何かに行き当たっている。そう、たぶんきみに自分の話をすべきなんだろうな」

「あなたはもう」と彼女は微かな笑みを浮かべながら言った。「話をしてくれたと思っていたわ」

「そう、確かに僕は自分の話をした。話したことはすべて真実だった。ただ重要なことは省いていた」

「まあ」とミリセントは言った。「だったら重要なことを含めた話がぜひ聞きたいわ」

「問題は、重要なことが言葉では説明できないことだ。こういった種類のことを言う時、言葉はすべて誤ったほうに行ってしまう。説明したいのは難破や無人島より大きなことだ。しかし、それはみんな僕の頭のなかで起こったことなんだ」

しばらく沈黙し、まるで新しい言葉を作ろうとしている者のように、彼はゆっくりと口を開いた。

「太平洋で溺れている時、僕はある幻を見たと思った。大波の頂点に三回目に登った時、幻を見たのだ。僕はその時、宗教というものを見たのだと思う」

イギリスのレディーの無意識のなかの何かが、停止させられ、震えさえした。自分に理解のできないある種の結びつきに、彼女は微かに敵対的な感情を抱いていた。彼女自身は少しばかりぞんざいな観もあったが、高教会派の教会で一応は敬虔に勤めを果たしていた。しかし、彼女の心のなかには、自分でもはっきりとは意識していない偏見があった。植民地や地球の裏側から来た者たちにたいしての偏見。そういう者たちが信仰に目覚めたと発言することにたいしての偏見。そうした者たちは決まって、イエス・キリストを見た、とか、キリストの復活を見たなどと言うのだった。そして主張する一切は、彼ら彼女らの文化とは相いれないものに見える。そういうことは少なくとも、アルフレッド・ド・ミュッセには、似つかわしいことではなかった。

神秘主義者の有するような不可思議な洞察力で、アラン・ナドウェイは彼女の脳裏を掠めた疑惑を感じとったらしかった。アランは面白がるような口振りで言った。

「ああ、僕は浸礼教会派《バプティスト》の宣教師に会ったわけじゃないよ。宣教師にはふたつの種類がいる。正しい種類のものと間違った種類のものだ。そして結局はどちらも間違っている。少なくとも、僕が考えていることについては、どちらも間違っている。愚かな宣教師たちは、野蛮人たちが泥に跪いて、泥の偶像を拝んでいると言う。そして野蛮人たちが禁酒主義者になって、山高帽を被らなければ、偶像崇拝の罪で地獄に堕ちると言う。賢い宣教師たちは、野蛮人たちは大きな可能性を孕み、しばしばひじょうに高度な道徳律を持っていると言う。それは本当だろう。けれども、重要なのはそんなことではない。きわめて高い割合で、野蛮人たちが真に宗教というものを理解しているということを、彼らは理解しない。高度な道徳律を有する多くの人々は、宗教というものが何を意味するか知らない。おそらく宗教を一目見ただけで、彼らは恐怖の叫びを上げて逃げだすだろう。それは恐ろしいものなのだ。

僕は宗教に関する重要なことを、無人島で一緒に暮らした狂人から学んだ。彼が狂っていて、野蛮人のようになっていたと僕は言った。けれど学ぶべきものが彼にはあった。倫理的な社会や、普通の説教師から学べないことが。あの可哀想な男は、古風な造りの傘に縋《すが》りつくようにして、浜辺に流れ着いた。傘の柄にはたまたまグロテスクな顔が彫られていた。譫妄状態になって喋り散らしている時、そういう状態にある時、彼はいつも傘が自分を救った神だと考えた。傘を真っ直ぐに立てて、寺院か何かに向かうように、それに平伏し、捧げ物を供えた。それが重要な点だ……捧げ物を供えるということが。空腹の時、彼は自分の食べるものを焼いて傘の前に置いた。喉が乾いた時も、自分が醸造した酒を傘に少し注いでやった。あの男は僕をあの傘に捧げたかもしれないし、自分自身を捧げることも厭わなかっただろう。僕は……」彼はそれまで以上にゆっくりと、考えこむように話した。「食人あるいは人身御供が正しいと言っているわけではない。そういうものは間違っている——そんな類のことを考えたのなら——食人や人身御供は絶対に間違っている。なぜなら食べられたい人間など、どこにもいないからだ。しかし僕が生け贄に捧げられたいと望んだなら、誰が僕を止められるだろう。そう、誰も止められない。神でさえも止められないはずだ。もし僕がそうした不当な苦しみを望んだなら。不当な苦しみを受けることを望む僕を止めるのは、きわめて不当だということになる」

「断片的すぎてよく判らないけれど。でも、あなたが何を言いたいのか、少しだけ見えてきたわ。あなたは波の頂上で神聖な傘の幻を見たってわけじゃないわよね」

「どうだろう」彼は言った。「僕が見たのが大きな家庭用聖書から抜けだしたような、竪琴を奏でる天使たちだと思うかい？　もしあの時、僕の眼に視力というものが備わっていたとしたら、僕が見たものはテーブルの上座にすわっている父親の姿だった。何かの大掛かりな夕食会か、重役たちの会合みたいだった。みんな父親の健康を祝って、シャンパンで乾杯しているようだった。そのあいだ親父は生真面目な顔で、少しだけ笑っていた。水の入ったグラスを持って。親父は節制しているんだ。僕が見たのはそんな光景だ」

「ああ」ミリセントは言った。笑みが少しずつその顔に戻ってきていた。「確かにそれは天国や竪琴とはだいぶ違うわね」

「しかし、僕は千切れた海草のように波に翻弄され、石みたいに沈んでいった。そして自分が海の底の泥のなかに埋もれて、そのまま忘れられるのだろうと思った」

「とても恐ろしいことだわ」彼女は震える声で言った。

驚いたことに彼はその言葉に軋むような笑いで応えた。

「僕が親父を羨んだと思ってるのかい？」アランの声が少し高くなった。「まったく信仰を認識するにはずいぶん風変わりなやり方だった。まったく変わった流儀だった。波の頂上から下を見た僕は、親父の姿をそこに見いだした。強烈な憐れみの感覚があった。その波の頂上で僕は祈った。激しい感情に捕らわれたその瞬間、僕の惨めな死が親父をその地獄から連れ出せるようにと祈った。恐るべき厚遇。恐るべき優遇。恐るべき賛辞と祝福。歴史も名前も人気もある会社への賛美。昔ながらの手堅い仕事。そして空の真ん中に掛かる成功の太陽。偽善に覆われた白く巨大な墓は輝く。僕はそこが人間の骨で一杯なことを知っている。飲酒や飢餓や絶望のために死んだ人間たちの骨だ。監獄や軽犯罪者のための労役所や精神病院で死んだ人間たちの骨。恐ろしいことに、ひとつの事業が成るために百の事業が荒廃したのだ。恐ろしい強奪、恐ろしい専制、恐ろしい勝利。そしてすべてのなかで最も恐ろしいこと、幾多の恐ろしい事実の一番上にあるのは、僕が父親を愛していることだ。

僕が小さかった頃、親父はとても可愛がってくれた。そしてその時、親父はもっと貧乏で、もっと単純だった。少年の頃、僕は親父を英雄のように敬った。最初の頃の一連の綺麗で大掛かりな広告画を、僕はほかの子たちが絵本を見るような気持ちで見た。あれはお伽噺のようだった。しかし、人はお伽噺を信じつづけるわけにはいかない。僕はそれを信じつづけることができなくなった。感じるはずのことを感じ、知るはずのことを知った。きみは僕が愛したように愛さなければならない、僕が憎んだように憎まなければならない。そうすれば信仰というものの真の姿が、彼方にぼんやりと見えてくるだろう。その別名は人身御供というのだ」

「でも事業に関する不都合は、今ではとても改善されているわ」

「その通り」と彼は言った。「改善されている。そしてそれが不都合をいっそう不都合にさせる。それがすべてのなかで最悪のものなのだ」

彼は少し間を置き、それからより低い声で言葉をつづけた。

「ジャックとノーマンは善い人間だ。これ以上望めないほど、ふたりは力を尽くしている。しかし何のために？　それは不都合なことを隠すためだ。それをすっかり覆い隠すためだ。白い墓をさらに白く塗り直すためだ。不都合は忘れられることになる。不都合なことは会話から省かれる。不都合なことは値引きして考えられる――より寛容に――結局、それはいまは昔話になっている。けれどもいま忘れられているということは関係がないのだ。不都合なことの内容がどういうもので、いまどこにあって、どんな状態なのかといったことは、天国と地獄を考える時には無意味なのだ。誰もまだ謝罪していない。誰もまだ懺悔していない。誰もまだ償いをしていない。あの瞬間、波の頂上で、僕は神に向かって叫んだ。もし自分が死ぬだけで償いが済むとしたら、いま死んで償うと叫んだ……。ああ、きみは理解してくれるだろうか。償い、あるいは贖《あがない》というものはもう存在しないと現代の人間が言う時、そうした言葉がどのくらい浅薄なものか。この世の罪を償うために、心のすべてがこうして苦しんでいるというのに。全宇宙は間違っている。僕の父親の嘘がしぶとい雑草のように蔓延《はびこ》っているのだから。それを正すことができるのは、立派な行いではない。必要なのは信仰だ。贖罪だ。生け贄だ。苦痛だ。悪いものと釣りあいをとるために、誰かが度外れて善良にならなければならない。誰かが不必要に善良でなくてはならない。審判の時の天秤の皿を押しさげるために。父は無慈悲だった。そして名望を得た。ほかの誰かが親切で、しかも名望を得ないことが必要なのだ。きみは理解してくれるだろうか」

「判るわ、段々判りかけてきたわ」と彼女は言った。「あなたは信じがたい人ね」

「僕はその時、誓ったのだ。僕は呼び名のすべてを負うつもりだ。父が負うべきすべての呼び名を。僕は盗賊の呼び名を負うだろう。なぜならそれに値するからだ。僕は軽蔑され、除《の》け者にされ、たぶん監獄に行くだろう。なぜなら父親のように生きることにしたからだ。そう、僕は受け継ぐだろう。僕は相続人だ」

最後の言葉の調子は、彫像のような静止から彼女を解き放った。ミリセントは無意識のうちに、アラン・ナドウェイのほうに歩み寄っていた。

「あなたは世界中で一番素晴らしくて不思議な人だわ――そんな途方もないことをするなんて」

近づいてきたミリセントの手を、彼は思いがけない力で握りしめた。

「きみは世界中で一番素晴らしく不思議な人だ――僕がそうするのを止めさせたのだから」

「それもまた恐ろしい気がするわ」彼女は言った。「わたしはそんな立派で途方もない計画を駄目にしたなんていう気持ちになりたくないわ。わたしのほうがたぶん間違っているのよ。でも、ほかのやり方ではそれが不可能だなんて思わないでね」

彼女の顔を覗きこみながら、アラン・ナドウェイは真面目な顔で頷いた。ミリセントの顔は、物憂い、あるいは高慢なとは、もう誰も言わないような顔だった。「これできみは今までの経緯《いきさつ》のすべてを内側から知った。僕はサンタクロース的な泥棒になった。家に押しいり、金庫や戸棚に贈り物を残した。老クレールには同情を感じた。彼のひどい喧《やかま》し屋の夫人は、葉巻を彼から取りあげてしまったのだ。だから僕は葉巻を幾らか置いてきた。しかし、確信はない。あそこの家でしたことですら、すべて良いことだと言いきることはできない。それから僕はきみにはひたすら謝るしかない。僕らの一家のなかで、秘書として勤めるものには、誰であろうと謝罪しなければならないだろう」

彼女は低く震える声で笑った。「だからあなたは銀の鎖のついたブローチを置いていったのね。わたしを喜ばせるために」

「しかし、ブローチの場合は」と彼は言った。「うまくきみの手に入り、そこに留まった」

「あれはわたしの叔母も少し傷つけたわ。全体として見ると、あなたのやったことは事態を複雑にしたわ、そうじゃない？　それに貧しい人たちのポケットの件に関する一切は――そう、あの人たちも厄介事に巻きこまれてしまったと感じずにはいられないわ。あなたと同じように」

「ああいうふうな貧しい人たちは、つねに厄介事に巻きこまれている」と彼は憂鬱そうに言った。「あの人たちはみんな警察に顔を知られている。本当に僕は苛立ちを覚える。彼らが物乞いをすることさえ許されていないことに。だから、彼らが物乞いをはじめる前に施しをしたのだ。しかし、一旦はじめたことを、つづけることができなかったというのもまた事実だ。それから、あれはまた僕にもうひとつの教訓を与えてくれた。僕は人間の生活と歴史のなかにある、これまでは理解できなかったものを、理解できるようになった。なぜ、凄絶な幻を見たり、誓いを立てたりする人々、この邪な世界のために贖罪をしようという人々、祈る人々が、志を遂げようとする時に場所を選ぶのか、その理由を。そういう人々は規律によって生きなければならない。修道院のような場所に行かなければならない。そうしなければ、世界のほかの人々にたいして公正ではないのだ。あれらの祈りと孤独の大きな牢獄を見た時、あるいは冷たい回廊や、がらんとした小部屋をちらりと見た時、これからの僕はよく理解することだろう。規律と日課のなかでこそ、人間の意志はもっとも奔放に振るまうことができるのだ。それは自由の旋風なのだ」

「アラン、あなたはまたわたしをまた恐がらせるわ」彼女は言った。「あなた自身が何か奇妙で孤独なもののように見える。それにあなたもまた……」

すべて理解したといったふうに、彼はかぶりを振った。「いや、僕は違う。僕は自分のすべてを理解することができたと思う。こうしたことについて、若い頃には多くの人間が、自分を見誤って間違いを犯す。間違いを犯す者か、間違いを犯さない者かのどちらかにみんな分かれるのだ。そして僕は後者だ。はじめて会った時、チョーサーと、『愛は征服する《アモル・ウインキト》』と銘が刻まれたブローチの鎖の話をしたことを覚えているだろうか」

そして視線を動かすことなく、手を動かすこともなく、彼は『カンタベリー物語』のなかの「騎士の物語」の一節を諳《そら》んじた。それはセシウス公の言葉の冒頭の、結婚の秘蹟に関する部分であった。あたかも日常に話される言葉のように発された見事なその言葉とは、つぎのようなものである。文学的に厳密を期したい方々のために以下に記しおく。

高みに御座《おわ》します宇宙の創造者が
はじめに美しい愛の鎖を創った時
その結果は偉大で、その意図は高貴だった。
創造者は理由も目的もともによく理解しておられた。

それから彼は屈んで、顔をミリセントのほうに近づけた。屋敷の庭がなぜいつも秘密を擁しているように見えたのか、なぜいつも思いがけないことが起こりそうな気配を湛えていたのか、彼女はその理由を知った。

忠義な反逆者

The Loyal Traitor

1　真の言葉の脅威

驚異的な出来事が起こったこの国の名前は伏せておくのが、読むほうにとっても書くほうにとっても、最善の選択かと思われる。バルカン諸国ではないと明記して、後は曖昧にしておくべきであろう。アンソニー・ホープ氏がルリタニア（『ゼンダ城の虜』の架空の王国）に武力政変をもたらして以来、かの地域にたいして自己の権利を主張する小説家は、雨後の筍のごとく現れた。バルカンの王国というものはまったくもって重宝なのである。バルカンの国々では王たちは弑《しい》されるものであり、専制的政府は爽快なほどの速度と頻度で転覆することになっている。そして王冠は冒険者の手に落ちる。それが悪人であるにせよ、善人であるにせよ。しかし一方で、その同じバルカンの国では、農場は家に残る。耕作地や葡萄園などの果樹園は父から息子に受け継がれる。自作農たちのおおまかな平等は、大規模な財政措置が繰りかえされても、根本的な変化を強いられるほどの影響を受けることはない。要するにバルカンの王国では、家というものに安全性と継続性があるのだ。それが王族の家でないかぎりは。

しかし目下の王国ではなんと事情が違うことか。仮に与えるべき名がなんであれ、少なくともそこはきわめて文化が熟し、秩序だった社会が維持されている国である。王家は警察組織に保護され、法的に権限を限定されており、平穏で、安泰である。この王国ではすべての公務員は、ほぼ不変に見える退屈さのなかで仕事を遂行する。そしてこの国では破産あるいは零落した者は誰もいない。ただし、肉屋とパン屋と燭台作り、小規模なさまざまな仕事を営む者、それに偶《たま》さか大掛かりな経済事業の影響を受けた者は、このかぎりではない。あるいはこの国は、ドイツ支配下にある国、鉱山や工場が多い属国のひとつと、考えたほうがいいかもしれない。でなければオーストリア帝国のかつての領土のひとつと。しかしそうしたことはやはり重要ではない。この国が完全に現代的で文化的にも優れた国であることを、読者に了解していただければそれで充分である。そして現在この国は科学のいずれの分野も滞りなく進歩し、国民の便宜も万全に図られていたので、革命が起こっても不思議ではない状態に至っていた。支配層が少しばかり殺されるだけの、ささやかな無血クーデターではなく、もっと本格的で、周囲の国にも影響を与え、社会のすべての分野に影響が及ぶような革命である。たぶん全面的なストライキではじまり、おそらく倒産や飢餓で終わるような。

その可能性はさらに高くなっていた。なぜならこの種の騒動は、近隣の工業国のひとつですでに起こっていたからである。その国では革命を企てた六人の将軍がきわめて錯綜した状況下で戦い、混乱に満ちた数箇月の後、そのうちのひとりが勝利を収めることになった。勝者はカスク将軍という名で、もとは近くにある植民地の駐留軍の有能な兵卒だったということである。将軍は一部では黒人の血が混じっていると噂されていた。その噂は彼に敗れた者たちを慰めた。目下の話題にしている国、仮にパヴォニアとしよう。パヴォニアの国民にとっても、彼はひときわ重要な存在だった――不運にも幸運だった例として。

パヴォニア国の基盤を揺るがす騒擾は「真の言葉」に関する扇動的で謎めいた流言が現れるに及んで、一気に深刻さを増した。今日までそうした動きの実態に関して、論争が繰りかえされてきた。無知な市民たちは流言を実際に信じていると、警察や政府の捜査官たちは断言した。真の言葉の新たなる発見によって、世界のすべてのものが説明される。流言はそう主張していた。昂揚した調子の小冊子が実際に現れた。その冊子の書き手は狂気のごとき率直さで主張していた。現代の広告や大衆化が、一冊の本をひとつの段落に凝縮すること、あるいは一章をひとつの文にすることで成立しているように、目下の問題についての絶対的真実は、ひとつの言葉に凝縮されるだろう、と。せっかちな不平分子たちの多くが、真の言葉の来臨を切望することになった。そして黙示録的な展望が人々のあいだに生まれた。ひとたび真の言葉が発せられると、世界はその時変わるだろう。真面目な顔でみなは語った。真の言葉はそのなかに革命のための完全な戦略、具体的な計画とその手順を内包している。ある者は言った。この空想的な一切はひとりのボヘミアン詩人に源を発するものである、と。自分の詩にセバスティアンと署名するその詩人は、確かに真の言葉への仄《ほの》めかしが顕著な、叙情詩のような体裁の、短い禱《いのり》とも言うべきものを作っていた。そこには以下のような行が繰りかえし現れる。

アーロンの蛇が多くの蛇と多くの杖を呑みこんだように
唯一の神が群なす神よりも偉大なように
なべての星も太陽の輝きの前に色褪せるように

言葉は幾多《あまた》。しかし真の言葉は一《ひとつ》

けれども、政府の誰も、その他愛ない詩を政府や民衆に向けて放った革命的詩人の姿を見たことがなかった。ある日往来で、もっともそうした機会に縁がなさそうな人物によって、その姿が認められる日まで。

王女オーレリア・オーガスタ・オーガスティナ——以下略は、現在の君主の姪である。王女はその多層的な長い洗礼名のどこかに、メアリーという名を有していて、近い者たちからは簡単にその名で呼ばれていた。赤い髪とローマ風の鼻を備えた、いたって活発な娘である王女は、学校を出たばかりで、君臨と統治の違いもまだ充分に理解しておらず、王権というものについて考える際には、まだ政治のなかでより、歴史のなかで考えることのほうが多かった。そして王権というものをいくらか単純に考えていて、それが人を殺したり身を捧げたりするに値するものと（あたかもバルカンの国々に生まれたように）考えていた。王女はほんの小さな子供のころ後にした首都と宮廷の生活のなかに帰ってきた。彼女は自分が有用でありたいという欲求を抑えがたく感じていた。その欲求は婦人にとってはごく当たり前のものと言えたが、身分のある婦人がそれを持った時にはひどく危険なものでもあった。そしていま王女はすべての人間にすべてのことについて質問するという、じつに迷惑千万な存在になるように自分を仕向けているところだった。もちろん王女は国民のあいだに広がった真の言葉の謎について、そして、エドマンド・バーク氏の言葉を借りれば、「現代の不満の原因」について質問を重ねた。けれど、真の言葉というものがいったい何なのか、それの何が問題になっているのか、彼女の周囲では誰も答えることができなかったので、王女はますます興味をそそられることになった。ある午後、家族のもとに帰ってきた時、彼女の顔がいかにも得意げだったのは、そのためだった。王女は自分が扇動的な詩人に出会ったと言った。少しばかり曖昧な革命的韻文と、同様に曖昧な革命的運動に関係があるらしい詩人に。

王女の乗った自動車は静かな通りをゆっくりと進んでいた。子供の頃に知っていた骨董品屋、場所をよく思いだせないその店を探していたのである。探しあてた骨董品屋の隣はカフェだった。店の前には大陸風にいくつかテーブルが置いてあった。そのテーブルのひとつに緑色のリキュールの壜が置いてあり、おそろしく長い髪の、おそろしく幅広のスカーフあるいは首巻き《クラヴァット》をつけた奇妙な男がすわっていた。時代と場所はこの話においては、あまり重要ではないと述べた。あるいは、読者はこの話に登場する人物たちに、異様な、もしくは廃れきった装い、空想的な衣服を、思い思いに充てがうことができるかもしれない。というのも、かの国でその頃流行していたのは、奇異とも見える復古調のものであったし、真に古いとも真に新しいとも俄《にわか》には断定しかねるような服飾だったのである。スカーフの男はエキセントリックな趣味の現代人であるとも言えたし、バルザックの小説のなかの登場人物であるとも言えた。また彼は未来派の見解に与しているが、ヴィクトリア朝の最初期に流行った頰髯を生やした、今日の美術専攻の学生かもしれなかった。彼の鬣《たてがみ》のような長髪は、ひじょうに濃い鳶《とび》色で、それはいわゆる赭髪と言うより、暗い真紅とも言うべき色だった。割れ目のある、言い方を換えれば、ふたつに分かれた鬚も、やはりその風変わりな色で、幅を広くとって巻きつけた、輝くばかりの孔雀の緑のクラヴァットと、鮮やかな対照をなしていた。クラヴアットはしかし毎日変わるのであった。ある時はそれはいっそう輝かしい緑である、春の精が彼の詩に息を吹きこむ時は。時々それは紫である、自らの愛が悲劇性に溢れていることを嘆く時には。あるいはそれは完全な黒色かもしれない、宇宙を破壊する時がやってきたと詩人が判断した時には。彼はよく友人たちに説明したものである。自分は気分に、そして朝の空の指示に躊躇《ためら》うことなく従うのだと。しかしその指示は、顎鬚と効果的な対照を成さない色のスカーフを薦めることは決してないと。この人物こそ、近頃の革命的動きにとって、きわめて重要な韻文を書いた詩人セバスティアンにほかならなかった。

王女はもちろん彼が誰であるのか気づかなかった。そして彼のクラヴァットの趣味にたいして覚えた不賛成の気持ち以上のことを感じることもなく、彼の前を通り過ぎた。けれども詩人は王女の興味の範囲にふたたび戻ってきて、ずっとそこに留まりつづけた。なぜならほんの一時間か二時間ほど後に、奇妙にもまったく違った状況で、王女は彼の姿を見ることになったからである。店や工場が働く人々を外に吐きだし、戸を閉めた頃、王女はふたたび、静かな通りに帰ってきたのだが、その時そこはもうはじめに訪れた時のように静かではなかった。そして緑色のリキュールを飲む不思議な人物がいたカフェのあたりは、静かなという語の正反対の語をもって形容されるような状況になっていた。先ほどと同じように車はゆっくりと進んでいたのだが、それは道に溢れかえった人々のせいで、容易に進路を確保できなかったためだった。長い髪の人物は、いまカフェのテーブルの上に立って、韻文とも散文ともつかない、現代的で折衷的な一連の文を高らかに朗読していた。ちょうどその場にさしかかった王女は、今ではお馴染みとなった詩あるいは韻を踏んだ題目の結びの部分を耳にした。

「唯一の神が群なす神よりも偉大なように
なべての星も太陽の輝きの前に色褪せるように
言葉は幾多《あまた》。しかし真の言葉は一《ひとつ》

だが、その言葉はわたしの口から出ることはない。すでにその言葉を知っている四人の守護者の口から発されることはない。偉大なるその御業《みわざ》の最初の段階が遂行されるまでは。力なき者が力ある者に立ち向かう時、貧者が富者に立ち向かう時、弱き者が立ちあがって、強き者よりも強きことを証す時、さらに――」

その時、詩人と聴衆は、水を掻きわけるように人の波をゆっくりと進む、地味だが優美な自動車に、そして運転手の無表情な顔の後ろにある、少しばかり尊大な顔に気がついた。居合わせたうちのほとんどはその婦人が誰であるか気がついた。当惑ゆえの動揺があり、沈黙があった。しかしテーブルの上に立った男は、新たな態度を打ちだした。それもきわめて無礼な態度を。彼は声高に言った。

「だが醜き者が美しき者に立ち向かうことの何と難《かた》きことか。われら醜き民衆が」

そして王女は激越なる憤怒を抱きながら家路についた。

2　陰謀者の行列

パヴォニアが現代的な方針で治められているということは、すでに述べた。それは換言すれば、王に人気があり、権力がないということであった。選挙で選ばれた首相は不人気であり、まあまあ権力があった。秘密警察の長官はそれよりはだいぶ多くの権力を持っていた。そして一番権力を持っていたのは、温柔《おとな》しく、知性的で小柄な銀行家で、ほかの者たちはみな彼に経済的な恩義を受けていた。しかし四人ともそれぞれ尊敬を受くべき立場にあったし、ごく穏健な人物でもあった。誰も決裂という事態に至るまで強硬に自説を主張することはなかったし、つねに四人で話しあうのが慣例になっていて、その話しあいは国の重要な問題を扱う非公式な枢密院といった趣を呈していた。

歴史的な観点から見るとクロヴィス三世なる称号を有する王は、痩せてひょろ長い体格で、少しばかり憂鬱気質の気味があった。鼻の下には黄色い口髭を、唇の下にはナポレオン三世風の尖った鬚を生やし、眼は少し窪んでいた。王は自分の倦怠を個人的なものではなく、非個人的なものと見せることで高貴な血統を印象づけていたが、そのほかの点では興味を惹くような人物ではなかった。首相は背が低く、太っていて、自分が太っていることを良しとしていた。パヴォニアの中産階級の出であるのだが、彼はフランスの政治家のように見えた。一般のフランス人ではなくフランスの政治家のように見えたのである。首相は鼻眼鏡《パンスネ》をかけ、短い顎鬚を蓄えていた。個人的な会話を交わす時は用心深い口調で話し、大勢の聴衆に向かって話す時は親しげな調子で喋った。首相の名はヴァレンスで、彼は最近までかなり急進的な人物だと見なされていた。しかし革命運動が起こったいま、ほんとうは相当に頑固な資本主義者であることを不意に明らかにしたのだった。それはいわば、太った体が赤い炎を背にしたせいで、黒く変じたといった具合だった。警察長官は気難しい顔をした軍人風の大柄な男で、名はグリムといった。警察長官の黄色い顔は多くの国で熱病に罹ったことを告げていた。堅く噤まれた口はごく少ない言葉しか発しなかった。国が危機的状況に陥った現在、その場にいる人間のなかで、とにかくも力強さを感じさせたのは彼ひとりだけだった。そして四人それぞれの希望的観測を照らしあわせると、彼のそれがいつも一番悲観的だった。最後の人物は、痩せて小さく上品だった。癖のない髪は半白で、鉤形の鼻は少しばかり大きすぎたので、特徴のない顔のなかでは、一番人目を惹いた。彼は濃い灰色の服を着ていたので、腕や足は半白の髪と同化しているように見えた。そして鼈甲《べっこう》縁の丸い眼鏡を注意深い仕草で掛けた時だけ、彼の眼は不意に突出し、命を与えられたように見えた。あたかも仮面のように眼を付けたり外したりできる怪物のように。この人物が銀行家のイジドー・サイモンである。授与の申し出が多くあったにもかかわらず、彼は称号を持たなかった。

この特別な会合が開かれた理由は、それまでじつに曖昧模糊とした「真の言葉の友愛会」と呼ばれる運動が、きわめて予想外の方面から援助を受けるようになったからだった。詩人セバスティアンは一個の貧しいボヘミアンで、生まれも定かではなく、おそらく私生児であろうと推測された。その姓さえも本名であるのか、怪しいものだった。新聞はいかにもの浅見をもって、詩人の明らかな衒《てら》いを揶揄《からか》って、彼の真の影響を過小評価した。しかしフォーカス教授のような人物が、自分は詩人の友人である、信奉者であると広言するに及んで、世の人々は社会全体の状況の変化を感じるようになった。フォーカスとなるとまったく別物だった。彼は科学の世界に属する人物である。大学とさまざまな委員会の世界にある人物である。彼は名士である。確かに彼は、誰にでも知られている人物であるとは言えなかった。世間から見れば、隠遁者も同然だった。しかし帽子というよりは円筒のように見える細長いシルクハットを被り、ごく普通程度の日光にも耐えられないため緑色の眼鏡を掛けた、古風で奇異とも言える姿は、一部の場所ではごく馴染みのあるものだった。とりわけ国立博物館では。そこでは教授は古代パヴォニアの遺物の専門家であるだけではなく、これまでの研究の流れを追って並べられた遺品や彫刻の列のあいだを、熱心な愛好家たちを率いて回る案内人でもあった。彼は博識であり、刻苦精励の賜《たまもの》である精密さの持ち主であると広く認められていた。そしてそのフォーカス教授が古代パヴォニアの有史以前の象形文字の銘文のなかに、真の言葉に関する予言を発見したことが活字となって発表された時、その説明としてはただのふたつの可能性が考えられるのみであった。それはどちらも恐ろしいものだった。すなわちフォーカス教授が発狂したか、あるいは確かにそういうものが存在するか。

しばらくのあいだ銀行家はいかにも専門家らしい意見によって、枢密院の不安を軽減することに成功してきた。人気のある詩人というものは、通りにいる群衆のすべてに自分の詩を諳《そら》んじさせることができる。そしてヨーロッパ中に名声の鳴り響く学殖豊かな人物は、世界のすべての名士に、自分の著書を読む気を起こさせることができる。しかし学殖豊かな人物の収入は、観光客の団体を率いて象形文字の銘文を見せたとしても、週五ギニーに色をつけたくらいだろう。詩人の収入はいったい幾らくらいなのか、神のみぞ知るといったところだが、しばしばマイナスになるのは間違いない。現代的な革命は、いや革命によらず、現代的な事物は金なしでは成立しない。時折、配布されるビラや真の言葉についての詩を印刷する金を、詩人や教授たちがどうやって捻出することができたか、それだけでもずいぶん困難なことだったろう。ましてや、軍需品や食料や兵士の給料など、内乱の成功をより確実にするために必要な費用を、彼らはいったいどこから工面するというのだろうか。経済の顧問であるサイモン氏は、現今の運動については支援の形態がもう少し経済的に意味のあるものになるまで、無視しても構わないだろうと王に助言していた。しかし、その点について、警察長官は状況を一変させるような報せを携えてきた。

「もちろん」と警察長官はいつものゆっくりとした喋り方で言った。「わたしは詩人が質屋に入るのを何度も見ました」

「詩人というものに馴染みの場所だな」と首相が言った。公衆の前で冗談を言う時に伴う女子学生のような笑いは、意図的に省略されていた。王の顔は虚ろで悲しげだったし、銀行家は周囲には無頓着で不愛想だったのである。警察長官グリムに関しては、彼の表情に変化があることはこれまでなかった。公衆の前でもそれは同様だった。グリムは揺るぎない声で語を継いだ。

「もちろん、質屋に行く人間はたくさんいます――とくにこの質屋には。その男はみんなからはちびのロープと呼ばれていますが、自分ではロッブと称しています。家はオールドマーケットで、街で一番貧しい地区です。ロッブはもちろんユダヤ人です。しかし、その商売のユダヤ人にしてはあまり嫌われていない。ひじょうに多くの人間がロッブと取引をしています。それで我々も彼に注目するようになりました。調査の結果、彼はひじょうな金持ちであることが判りました。ロッブは貧しい者のような暮らしをしているので、これからさらに金持ちになるでしょう。彼は吝嗇家だとみなに思われています」

銀行家は丸い眼鏡を掛けていた。そのせいで彼の眼は二倍ほどの大きさに見えた。銀行家はテーブルをじっと眺めていたのだが、その視線は錐のようにテーブルを貫いていくかと思われた。

「ロッブは吝嗇家ではない」と銀行家のサイモンは言った。「そして彼が大金持ちだとすると、わたしの疑問は解けた」

「質屋を知っているのかね？」王ははじめて口を開いた。「どうして、吝嗇家ではないのだ」

「なぜなら、ユダヤ人が吝嗇家だったことなど一度もないからです。金銭にたいする欲望は、ユダヤ人の悪徳ではありません。それは農民の悪徳です。永久的な所有物によって自分を守ろうとする人々の悪徳です。ユダヤ人の罪は奢侈にたいする欲望です。俗悪さにたいする欲望。投機にたいする欲望。他人の金を無駄に遣うことにたいする欲望。そして自分の金を婦人部屋《ハーレム》や劇場や、大きなホテルや売春のような商売に遣うこと——あるいは大きな革命に遣うことです。決して金を貯めることではない。金を貯めることは正気な人間の狂気の部分だ。土を耕す者の狂気です」

「どうして、そう言い切れるかね？」と王が穏やかな好奇心を見せて言った。「どうやってユダヤ人のことを学んだのだ」

「自分がユダヤ人であることによってです」と銀行家は答えた。

短い沈黙があった。そして王は執りなすような笑みを浮かべて言った。

「では、きみは質屋が自分の財産を革命のために遣うと考えているのだね」

「革命でも、大作映画でも、何にでも遣うでしょう」サイモンは言った。「そしてそれでパンフレットや印刷された詩のことを、説明できるかもしれない。さらにほかのことも」

「もっとも説明が難しいのは」と王は考えながら言った。「問題の連中が、いつどこへ行けば捉《つか》まるかだろう。フォーカス教授は定期的に博物館を巡回する。しかし、わたしたちのうちの誰が、教授の家の住所を知っているだろうか。姪が詩人セバスティアンの姿を見かけたと言った。道で演説していたそうだ。だが、わたしは見ていない。詩人の家について何かを少しでも知っている者は、わたしのまわりには誰もいない。そして、聞くかぎりでは、ロップの質屋には多くの者が行くが、ロップの姿を見た者はほとんどいないそうじゃないか。わたしは質屋のロップが死んだと聞いていた。だが、それは策略かもしれないな、もちろん」

「まさしくその点に関して」と警察長官は重い口調で言った。「陛下に報告しなくてはならない情報があります。きわめて重要な情報です。長く困難な探索のすえ、わたしは質屋のロップが二年ほど前に、ピーコック・クレセントに別の名義で、小さいが快適な家を買ったことを突きとめました。わたしは部下の幾人かをずっとその家の見張りに当たらせています。そして部下の報告を検討して、定期的とまでは言えないものの、その家がある程度周期的に、三人ないしは四人の人間の会合の場所に使われている可能性があるとの結論を得ました。参会者はたいてい暗くなってから、人目を忍ぶように、ひとりずつ現れ、ひっそりと、しかし時間をかけて食事します。そうしてつぎの会合の時までその家にはやってきません。家には決まった召使いというのはいないようです。たいがい戸締まりされていて、人の気配はありません。しかし、ひとりかふたりか、定かではありませんが、たいてい食事の一時間ほど前に召使いが家にやってきて、ワインや食事の準備をします。そしておそらく給仕をするためでしょうが、そのまま残ります。近所の仕出しをやっている店は、三、四人分の注文を受けたと言っています。しかし、その店の人間はそれ以上のことは何も知らないそうです。家の見張りを命じた部下のひとり、腕利きのひとりですが、その部下は、客はつねに夕方に到着し、上着や外套に周到に身を包んでいると報告しています。また、間違いなく三人の人物を確認しています」

「ともかく」と重苦しい沈黙のあとで銀行家は言った。「このことを知っている人間は少なければ少ないほど好い。思うに、我々のうちのひとりかふたりが内密に足を運んで、問題の集まりが開かれる晩にその通りを見張るというのはどうだろう。わたしが自分で行ってもいい。グリム大佐、きみが一緒に行ってくれるなら、だがね。わたしは教授も質屋も見たことがある。きっと我々は詩人のことも見分けられるだろう」

クロヴィス王は淡々と、あるいは不承不承とも言える口調で、紫と孔雀の緑に彩られた詩人の風采を、憤慨した姪から聞いた通りに伝えた。

「なるほど、それもまた手掛かりになりますね」と銀行家は歯切れの良い口調で言った。パヴォニアでもっとも力のある金融業者と、警察機構について全権を有する警察官が、静かで寂しいピーコック・クレセントの一番端の街灯の、丸い光の輪から少し離れた場所で、気長にあるいは気短に何時間が過ごすことになったのは、そうした次第であった。

　ピーコック・クレセントという名前が付いている理由は、月光に青白く映える、古典的な印象を漂わせる連続住宅《テラス》の正面を、かつて孔雀が闊歩していたからだ、などというものではなかった。パヴォニア王家の紋章である孔雀にたいする賛辞からである。そしておそらくはパヴォニアという語のラテン語の語源から取られたものである。半円をなして並ぶ建物の一端に刻まれた円形浮彫り《メダリオン》のなかで孔雀は尾羽根を広げていた。その半円を描く連続住宅《テラス》をぐるりと取り囲むように、古典的な様式の柱が並んでいる。柱はバースやブライトンの通りにあるものによく似ている。古典的な曲線を描く建物の正面は、向かい合うように並んだ並木の上に登った月の光を受けて、滑らかに、また冷たく見える。監視をつづけるふたりには、自分たちの発する音のすべてが、銀色の虚ろな湾曲に谺するかのように思えた。

　ふたりの監視はもう長い時間に及んでいた。夕方から今までふたりは夕食会の準備を見ていた。それは稀に使われるその家に警察が注目してから報告されていたとおりだった。報告にあった時間に地味なお仕着せの召使いが家を出て、ワインの壜を何本かと、食べ物を入れた籠を持って戻ってくる。暗い家に突然、燈がともる。食事の部屋で支度がはじまったのだ。ブラインドが下ろされ、さらに人目を憚《はばか》っているという感じが強くなる。しかし客はまだひとりも姿を見せていなかった。その近辺の料理屋を綿密に調査していたので、召使いは四人分の夕食を用意しているということが判明していた。召使いの簡潔な注文の言葉から推測できたのである。重要人物でもあるふたりの密偵は、もちろん見た眼ほど孤立しているわけではなかった。秘密警察の者が近くにいたし、警察行動を促すことは難なくできた。三日月形の連続住宅《テラス》の向かい側には、見た眼には好いが、装飾的で実際の用をなしていない目隠し用の低木と柵がつづいていた。それは街の広場や郊外の連続住宅《テラス》でよく眼にするようなものだった。低い並木は月の光のなかに大きな影を投げかけていた。そして柵の一端には私服の警官がいて、かたわらにはオートバイが停めてあり、何であれ出来しそうな用事に備えていた。

完璧な静寂のなか、その大きな影から小さな影が、不意に分かれでた。そして枯葉が風に泳ぐように、素早い動きで連続住宅《テラス》の前の道を横切った。確かにその影には枯葉を思わせるところがあった。異常と言うほどではなかったが、影は縮んだか、萎れでもしたかのように、奇妙に矮化したような印象があった。さらにみすぼらしいレインコートに覆われた極端な怒り肩のあいだに頭部は深く沈んでいて、見えるのはゆらゆらと揺れる髪の毛だけだった。しかし、それはあるいは顎鬚か頬髯か、さもなければ奇怪な印象のままに言えば、眉毛ですらあるように見えた。足は他に比較すると長かったが、蝗《いなご》の肢のように、曲がったまま、折れたような状態のまま、動いていた。その人物が道を横切る動きはあまりに唐突で素早かったので、監視者たちが驚きから我に返ったのは、家のドアが客を迎えるために開き、そして閉まった後のことだった。サイモンはグリムを見た。そして微かな笑みを浮かべて言った。

「迅速さもてなしのうち、というわけだ。あれが屋敷の持ち主だ」

「そう、あれが質屋だろう」

「あれが革命だ」銀行家が言った。「少なくともあれが革命の全体の基礎だ。あの男の金がなくては彼らは何もできない。彼らは貧者の向上について語る。しかし自分たちが貧者であるかぎり、決起することさえできない。何しろ、貧しいままでは、四人はこうして会うための場所を得ることすらできなかっただろう。もし、彼らのためにロッブがあの家を買わなかったら」

「金が有用だということについては一も二もなく賛成する」とグリムは答えた。「しかし、金だけでは革命を起こすことはできないし、国を作ることもできない」

「おやおや、グリム君」サイモンは言った。「僕はきみが警察官で、紳士であることを知っている。だからきみとしてはそう言わずにいられないということもよく判る。だが、きみはどうも夢想的になっているようだ」

「夢想的？」と暗鬱な顔の警察官であり、紳士である男は言った。「夢想的な軍人というものは今まで存在したことがない——少なくとも軍務に関するかぎりは。わたしの言っていることはごく常識的なことだ。軍人抜きの軍事行動は存在しない。そして軍人を作るのは金ではない。きみは暴徒に軍需品の山を与えることができる。しかし彼らがそれを使わなかったら、あるいは使えなかったなら、具合が悪いだろう」

「さて、それに関しては——ああ、もうひとり来たようだ」

何の音とも判断しがたい、鈍い金属音のような物音にグリムはすでに気づいていた。つぎの瞬間、無言劇の舞台を新たな影が横切った。影はくっきりとした輪郭を持った長い煙突のような帽子を被っていた。月光が国立博物館のフォーカス教授の緑色の眼鏡の上で一瞬光った。彼もまたもてなしの好い家にすぐ姿を消した。

「教授だ」サイモンが言った。「たぶん博識な彼が軍需品について色々教えるのだろう」

「そうだろうな」とグリムは答えた。「確かに教授だ……。しかし、少し気になることがある。教授が現れる前に、鉄がぶつかりあうような音が聞こえなかったか？　あれはきっと向こうにある柵の門の音だろう。思うにふたりはあの狭い庭からやってきたに違いない。あんなところで何をやっていたんだろう」

「木の上で巣を作っていたのさ。鳥みたいに妙な連中だからな」と銀行家は答えた。

「確かに、あの柵は高くはない」と警察長官はしばらくしてからようやく答えた。「あのふたりはただ単に追跡を難しくするために攀じ登って柵を越えたのかもしれない。しかし向こうの部下の眼に留まらなかったのが、どうも妙だ」

質屋と教授の姿が家のなかに消えてから、つぎが現れるまでずいぶん間があった。その場で往ったり来たりしながら時間を潰していたふたりはふたたび議論をはじめた。「わたしが言いたいのは」とグリムは切りだした。「大義もなく物に頼るのは愚かな間違いだということだ。金は戦わない。戦うのは人だ。人が戦う気を失くしたら、金でさえも戦わせることはできない。それに誰かが彼らに戦いかたを教えなければならない。どのようにして革命軍は教練されるのかね？　セバスティアン氏が詩の朗唱の仕方を訓練で叩きこむのだろうか。ロップが質札の書き方を教えるのだろうか」

「ああ」とサイモンは注意を促す仕草をしながら言った。「セバスティアン氏の到着だ。直接尋ねてみてはどうかね」

今度は新来の人物が、小さな庭の門を開け、家の前の道を横切って戸口に向かったことは明白だった。というのも、紫色の顎鬚を生やし、孔雀を思わせるスカーフを巻いたセバスティアンは、月光のなかでひとりきりだったにもかかわらず、じつに堂々と歩いていたからである。彼の背後で門が音をたてて閉まり、家のドアさえ、前より物々しく開き、物々しく閉まったように見えた。「今までの人物はみな我々の知っている人物だった」サイモンは考え深げに言った。「部下は四人いると言った」とグリムは応じた。

こうした一瞬の登場の間隔はしだいに長く、消耗させるものになっていくようだった。そして最後はことにその度合いが増したようで、忍耐強さにおいて、職業的に警察官よりも当然下の立場にある銀行家は、知られざる客について、しだいに懐疑的になっていった。そして帰って寝ることを率直に口にした。しかし、グリムは会議が四人で行われるという考えに固執した。ふたりは長く待った。そして西の空に曙光が兆すのではないかという頃、ふたりは門がふたたび開き、背の高い人影が家に近づいてくるのを見た。その人影は灰色の外衣《ケープ》あるいはマントを纏《まと》っていたので、月の光のなかで銀色に見えた。そして、その合わせめから、さらに強い輝きをもった銀色の光が、あるいは絢爛と言っていいほどのそれが放たれて、ふたりの眼を射た。そこに見えたのは星章や、従軍記念略章で飾られた、純白の軍服だった。人影は一瞬月を振り仰いだ。露《あらわ》になったその顔は恐ろしい衝撃をもたらした。顔の色は輝く衣服よりもずっと濃い色だった。月の光の下でその顔は青いように見えた。少なくとも、灰色と紫のどこかに位置する色合いで、それはアフリカ人の血を感じさせるものだった。グリムはその人物が国境を越えてきた絶対権力者カスク将軍であることを知った。

3　王女介入する

パヴォニア警察のグリム大佐が、月の光の下で青い仮面のように見える黒い顔を見た時、彼は国の全機構が、ひとりの男を捕らえるひとつの人捕り罠のように動かなければならないと悟った。彼はもちろん同国人である三人の密謀者たちを、捕まえなければならないと思っていた。そしてひとつの部屋に集まって一気に捕らえる機会を与えてくれたことで、自分の追い求める者たちに感謝していた。しかし四人目の人物のために、事態は途轍もなく難しいものになった。連れが口を開く前に、または凝視する以外の何かをする前に、グリムは指示を出し、オートバイの乗り手を弩《いしゆみ》から放たれた石のような勢いで、一直線に走らせていた。そして警官や兵士に周囲を取り囲ませ、通りという通りをすべて閉鎖するための手配を終わらせていた。

グリムにはカスク将軍と話をつけなければならない理由があった。国境付近に不穏な動きがあるのではないか、革命を成功させた国の政府が、パヴォニアの不平分子と接触を図っているのではないかと、彼は何箇月も前から疑っていたのである。グリムは首相や他のパヴォニアの利益を公式に代表する人物を通じて、疑念を呈し、答えを要求した。しかし答えはいつも安心させるものだったし、いつもまったく同じ内容だった。カスク将軍はパヴォニア国内のことに干渉するつもりは寸毫もないと誓った。カスク将軍は単純な軍人であり、政治家ではなかった。また年をとったので、宰相の地位および公的な立場を退きたいとの意向を示していた。さらに、カスク将軍は深刻な病気に罹っていて、事実上すでに引退していた。そうしたあらゆる外交的な保証ともいえる報せが、つぎからつぎへともたらされた。そうした報せは王の物憂げな愛想の好さの程度を、最大にまで上げることになり、騒がしく自惚れの強い首相に好意的な印象を与え、そしてより冷笑的な警察長官の心にさえ、曖昧で微かな疑惑の残滓をわずかに残すのみ、といった状態をもたらした。そしてこれがその結果だった。実際にはどんなことが起こっていたかということの種明かしだった。これが、老いて、死にかけていると言われ、引退しようとしているアフリカ人の真の姿だった。カスク将軍は病気で危険な状態にあるはずだった。しかし、実際は夕食会に出席できるほど元気だった。興味深い偶然によって彼は、自分が平和な関係を望むと公言した国の政府を打ち倒すことを誓った三人の人物と、食事をともにしていた。警察長官は歯ぎしりをし、すでに通りを自分に向かって走ってくる二、三の警官のグループを見遣った。

すでに時間を無駄にしているということは、大いに有りそうだった。外国の軍人宰相がここにいるということは、あらゆる事実を仄めかしていた。いま自分たちが立っている地面の下には、ダイナマイトが大量に埋められているかもしれなかった。少なくとも街の暗い隅のことごとくに、暴徒の指導者たちがすぐに使えるように、弾薬の集積所があるかもしれなかった。しかし最悪の場合でも、まだ救いとなる手段《てだて》がひとつあった。この場で、家のなかにいる四人の人物の不意を襲って、一斉に逮捕してしまうことである。そうすれば革命運動は、指導者なしという事態に陥るだろう。グリムは武装した一群の部下たちの到着を待ち、それから彼らを家の前に並べ、玄関の階段のほうに向かってゆっくりと前進させた。グリムは家の正面にいるのと同様の一団が、周囲を取り囲んでいることを確認していた。だから地下道でもないかぎり、なかの人間が逃れるすべはなかった。グリムはまた三日月型の建物の周囲に梯子を準備した人員も配置していた。屋根を伝って逃げようとした場合に備えたのである。それから、一瞬、躊躇《ためら》った後、彼は強く一回だけドアをノックした。食堂の明かりがすぐに消えた。

少しのあいだ、家のなかのようすに変わりはないようだった。グリムはふたたびノックした。そして破《わ》れ鐘のような声で王の名を叫び、開けないと即座に叩き破ると脅した。ようやく青ざめたお仕着せ姿の召使いの手によってドアが開けられた。彼は疑いなく無能さと無力さを訴えることによって、警察の侵入を遅らせるように命じられていた。まったく表情の欠けた顔で召使いは主人と客は手隙ではないので、訪問者に会うことはできないと言った。しかしグリムは命令通り機械的に繰りかえす召使いの言葉には何の注意も払わなかった。礼儀を顧みることは止めて、召使いを押しのけ、グリムは背後の部下たちに言った。「この男を捕まえておけ。ほかの連中と一緒に逮捕しなければならないかもしれない」それから暗い廊下をつかつかと進み、食堂のドアを勢いよく開けはなった。

そこは間違いなく食堂だった。というのもそこに繰り広げられていた情景は、夕食会の途中の、または終わったばかりの情景だったからである。テーブルには四人分の席が整えられていたのだが、そのひとつの席のテーブルの上には、コーヒーの支度がされてあった。ほかの席には食後の口直し《セイバリー》や甘いデザートなどが置かれていて、それぞれが食事のさまざまな段階を表していた。コーヒーのカップの隣にあったのは、小さな、空になったシャンパンの壜だった。その向かい側にあるのは大きな、半分ほど残っている赤ワインの壜だった。その隣にはさらに大きなものがあった。まったく手のつけられていないブランデーの壜だった。そしてその反対側の席にあったのは、対照の妙を誘うことに、まだ口がつけられていないミルクのグラスだった。

傍らにはサイドテーブルがあって、最高の品質の葉巻と紙巻き煙草が手を伸ばせば取れるように、そこに載せてあった。すべては夕食会が成功に終わったことを示していた。それは月並みなものをすべて排した豪奢なものだった。少なくともここには満足すべき夕食会が行われたことを示すあらゆるものがあった。ただ客たちを除いては。椅子はテーブルの周囲にあった。幾つかは少し後ろに引かれ、そこにすわっていた者がごく自然に、別段急ぐこともなく、立ちあがったことを示していた。うちのひとつはテーブルにぴったりとくっついており、食事をしていた者が、自分の夕食から引き離されることを好しとしなかったことを暗示しているようだった。しかし、その人物もほかの人物もすべて消え失せていた。ドアのノックとともに食堂の明かりが消えた時に、突然に、音も立てずに、完璧に。

「見事な手際だ」と警察長官は言った。「だが、たぶんほかの出口から逃げたのだろう。すぐに地下室を探させるんだ。それからハートが家の裏手を見張っているか確認してくれ。まだそんなに遠くへ行ったはずはない。コーヒーはまだ熱い。ちょうど自分で砂糖を入れようとしていたようだ」

「誰がだね？」と幾分茫然とした顔のサイモンが尋ねた。「みんなここにいたと考えているのかね」

「明らかにここにいた」とグリムは言った。「ここにいた四人がどの席にすわっていたかを判断するのに、探偵としての能力はあまり必要じゃない。それぞれの食器は肖像画のようだ。いまもそこにすわっているようにはっきりと判る。ミルクの入ったグラスがある。きみだってあれがいかれた詩人か黒人の将軍が飲んだとは思わないだろう。あれはフォーカス教授そのものだ。もちろん、あれは人ではないが。教授はよくいる消化不良を訴える人間のひとりだ。干物のような、年とった胃弱の者たちのひとりだ。連中が話すのは健康のことばかりで、そうすることによって毎日不健康になっていく。教授は食べる物に関しては気まぐれそのもので、一緒に食事をするには、じつに困った人物と言えるだろう。しかし、残りの者は困惑から自分の身を護ることを知っていたようだ。我らがロマンティックなセバスティアン――つねに真紅と紫とともにある人物、髪さえも例外ではないセバスティアン氏は、いったい赤ワイン以外の何を飲むべきだろうか。実際家である老野蛮人カスクは見ての通り、それよりひとつ格上だ。英雄にはブランデーを。ジョンスン博士が言ったように。しかし最後がもっとも典型的だ。小さなユダヤ人に何と似つかわしいことか。小壜の、しかしひじょうに高価なシャンパン。それに砂糖を入れないコーヒー。シャンパンの後で、胃の調子を整えるにはそれが一番だ。彼は奇態な健康狂いより、よほど深く健康について知っている。しかしこうした洗練されたユダヤ人たちには、ぞっとさせるところがある。彼らが欲求にたいして繊細で、注意深い技術を持っているところには。誰かが言っている。それはユダヤ人が来世を信じていないからだと」

グリムはそうやって思いつくままに喋りながらも、注意深く部屋のなかを調べていた。部下たちには家のほかの部分を調べさせていた。グリムの眉は顰《ひそ》められていたが、口調は明るかった。

部屋の捜索は今の段階では簡単にしかできなかった。しかし見たところ有望な手掛かりがありそうには思えなかった。部屋にはカーテンも戸棚も本棚もなかった。ドアはひとつしかなく、大勢の警官たちの眼の前で、窓から四人が脱出したと考えるのはばかげていた。グリムは簡単に床を調べてみた。地味な色の床は堅く、中空ではないらしく、すでに時代遅れになった波形の模様が描かれていた。もちろん四人は召使いが玄関のドアを開ける前に、部屋を出たのかもしれなかった。しかし、そうだとしても、彼らが果たしてどこに行ったのか、それを言うのは簡単ではなかった。というのも、家の捜索から判ったことは、部屋の捜索から判ったことより少なかったからである。警官たちは捜索する場所が、あまりに少ないことに驚かされた。地下室はなかった。ただ、裏手に幅の狭いドアがあるだけだった。一階の部屋はほかにはひとつしかなかった。喫煙室として使っていると思われるものが食堂の向こうにあり、カーテンのないその部屋の窓からは裏の通りが見えた。二階は大きい寝室や小さい寝室で占められていた。そしてそれで全部だった。グリムは貴族的荘重さを感じさせる正面に比べて、家の造りがあまりに貧弱なことに少し驚いた。それはピーコック・クレセントにはどこかしら空虚なところがあるという印象をさらに増大させた。ピーコック・クレセントは退屈な古典喜劇に出てくる石の仮面を思いおこさせた。おそらく、月光もまたそうした印象を強めるのに加担していたのだろう。しかしグリムは少しのあいだ、青い月の光を、そしてそれに照らしだされた光景を、楽しまずにはいられなかった。眼の前の街区全体が物語あるいは喜劇の舞台、しかもクリスマスの劇で使う厚紙の城であるという突飛な空想に彼は捕われていたのである。

しかし戻ってきたグリムの常識は、その詐術が古く、ありきたりな種類のものであることを彼に教えた。それは流行の地区に住んでいさえすれば、家が小さくとも気にならないという少しも珍しくない俗物精神の証でしかなかった。列柱と弓形の張りだし窓を備えた、見た眼は好いが安手の家の行列は、畢竟実際より裕福であるように見せかけようと望んでいる住人たちの行列だった。しかし、巨大な陰謀の本営であり、不平分子の指導者である四人の会合の場所と思われたその家には、そういう説明だけでは割り切れないところがあった。ダイナマイトや弾薬などを置いておくような余地が、その家にないことは確かではあったが。突飛な空想がそしてもうひとつグリムの脳裏に浮かんできた。ここにいた者たちは化学的に合成した新種のガスを用意していて、それを使って人間の体を煙に変えたり、あるいはガラスのように透明にしてしまったのではあるまいか、もうひとつの空想はそういった奇怪なものだった。

何日にもわたる捜索や科学的な調査も、最初のごく短い時間に得られた結果以上のものを引きだすことはできなかった。コンクリートの床に罅割《ひび》れが見つかったが、それは長いものでも、奥行きのあるものでもないことが判った。もし誰かがどこかに逃げたというなら、地下の空洞に逃げたのでないかぎり、その人間はきわめて多くの人間の眼の前で、しかも明るい月の光の下で逃げたことになる。科学的な正確さと完璧さをもって強大な人捕り罠が閉まった。しかし、罠のなかは空だった。その気の滅入るような、同時に驚嘆すべき報せを携えて、警察長官と素人探偵の役割を与えられた銀行家は、首相と王に報告するためにふたたび宮殿に向かった。

逃亡者たちを追って、家の裏手に飛びだしたグリム大佐は、角を曲がったところで立ち尽くすことになった。彼はある光景を眼のあたりにして、凄まじい衝撃を味わった。眼の前に連なる塀は、今し方貼ったばかりと見えるビラに一面覆われていたのである。ビラはあまりに新しかったので、警察の手入れのすぐ後に貼られたように見えた。また逃亡した反逆者の不遜な置き土産のようにも思われた。兎狩り遊びで兎の役になった子供が撒き散らす紙片のようなものに。グリムはビラで覆われた塀に指で触れてみた。糊はまだ乾いていなかった。

しかしさらに印象的だったのは宣言そのものだった。宣言は大部分が赤いペンキかインクで殴り書きされていて、しかもそれはあちこちで滴り落ちていた。たぶん、血で書かれたように見せたいという安っぽい思いつきからわざとそういうふうにしたのだろう。ビラはみな「聞け」という大きな文字ではじまって「真の言葉は今夜発される」とつづいていた。そしてその下にはさらに何行かあり、政府に一撃を与える準備はすでに整っている、政府はこの街の明日の主権者を捕らえるための、絶望的な最後の努力に失敗した、というようなことを訴えていた。人々に向かって「国境に眼を向けよ」と言っている点は、とくに注目に値すると思われた。謎めいた真の言葉がいま発語されるとビラは仄めかしているだけでなく、それが不吉なアフリカ人の大きな厚い唇から発されることを仄めかしているのだった。

ポプラ並木を通って、赤い煉瓦のジョージ朝風の宮殿に着いたふたりは、パヴォニア王が別の部屋にいて、別の服を着て、別の精神状態にあることを知った。王はいま礼服ではなく、明るい灰色の背広を着ていて、寛いでいるように見えた。クロヴィス王はさまざまな意味でひとつの逆説だった。王は儀礼的であることを憎んでいたが、そのくせ儀礼的な場ではきわめて儀礼的に振るまった。その逆説は言い換えると、あるいは、儀礼的な場が自分に儀礼的であることを強要するので、王はそれを憎んだ、ということになるかもしれない。しかし、お茶の支度が整えられた、もっと居心地の好いこの部屋では、王は一家団欒のなかにあった。ソファーにすわって窓の外を眺めている姪の存在が、一家団欒という言葉の伝統的な使い方に相応しいとすればの話であるが。公式文書がオーレリアと呼び、伯父である王が、メアリーと呼ぶ王女は少し放心したような顔で、沈黙を守ってそこにすわっていた。しかし王は沈黙には特に異存はなかった。首相はいなかった。首相がいるといつも漠然と落ちつかない感じが漂った。王は落ちつきのなさには大いに異存があった。

警察長官は自分の劇的な失敗について話した。王は話を聞いて、穏やかな驚きの表情を浮かべたが、苛立ったようなようすは見えなかった。

「たぶん」王は言った。「もし、ロップが自分たちのためにわざわざ家を買ったのなら、特殊な仕掛けでも仕込んでいたんだろう」

「わたしもそう思います」グリムは同意した。「しかし、我々はいまのところ仕掛けの形跡をまったく発見していません。わたしはあの四人の男が進めていることについて、少しばかり心配せざるを得ません。連中が大掛かりな企みを準備していることをあの宣言は明らかにしています」

「もし彼らを捕まえることができないとしたら」とサイモンが言った。「ほかの人間はどうなんだ。一味にはほかにも指導者がいるに違いない」

警察長官はかぶりを振った。「それがこの件の一番妙なところなのです。これはわたしが知っているなかで、もっとも驚くべき組織です。よく訓練され、よく統制されている。なかでも、口の堅さは特筆に値する。組織には何百人も参加しているに違いない。しかし、彼らが話すことに注意してみると、いや、あるいは話さないことに注意してみると、組織には誰もいないのではないかという気になるのです。組織は『真の言葉の友愛会』と呼ばれています。しかし、わたしには『沈黙の友愛会』という呼び名のほうが相応しいように思えます。彼らはみんな屈託のない顔をしています。そして笑みを浮かべるか、あるいは天気の話でもしています。詰問などでは彼らの正体を暴くことはできません。関係している者はどうもみんなそんな調子なのです。多数の人間がいるはずの組織のほうは、いわば、首謀者たちよりさらに眼に見えない存在です。ただ四人の有名な首謀者だけが我々の前を行進している。四人の内密の会合は比較的公然と行われている。しかし、組織はもっと内密で、少し触れただけでたちまち溶けてしまう。我々が有罪にできるのはあの四人以外に誰もいません。そして捕まえられない者は有罪にはできない」

「では勾留できる者は現実には誰もいないわけだ」とサイモンが言った。

グリムは苦い表情を浮かべた。「しようと思えばドアを開けた頭の鈍い召使いを絞首刑にできる。しかしカスク将軍を追っている時、それは輝かしく誇るべき獲物とは言えない」

「我々はささやかな物にも感謝しなくてはいけない」と王は言った。「その頭の鈍い召使いはどんなことを言っているのかね」

「召使いは何も言っていません。ひょっとしたらあの男は何も知らないのかもしれません。愚かすぎてことの次第が判らないという可能性よりは、確かにその可能性のほうが高いと思います。召使いは大男です。たぶん足が長いので雇われたんでしょう。召使いを選ぶ時は脹脛《ふくらはぎ》を見て選べと言われているようですから。あるいはあの男は主人に漠然と忠義心を抱いているのかもしれない」

その時、王女が頭を巡らしてはじめて口を開いた。「自分の国の王さまへの忠義心はないのか、という質問は誰かしたのですか？」

「残念なことに」と王は落ちつかない顔で言った。「騎士や勇敢な廷臣の時代は終わったのだよ、メアリー。現代の政治の問題を、王に忠誠を尽くすよう国民に命じることで、解決することはできないのだ」

「なぜみんな、王以外のすべてのものに忠誠を尽くすよう命令するのかしら」と少しばかり興奮した顔で王女は言った。「石鹸工場でストライキやら何やらが起こると、国の新聞は石鹸製造人に忠誠を尽くすように国民に命じるわ。彼らこそが搾取の元凶として非難されているのに。新聞記者たちは、党や、その信頼すべき党首やら何やらに忠誠を誓うように国民に命じる。でも、もしわたしが党首以外の指導者のことについて、国全体と愛国的な人々を代表していると思われる指導者について語ると、伯父さまはわたしのことを時代遅れだとおっしゃる。でなければ、わたしが若いって。わたしには同じことに見えるのに」

栄えあるパヴォニア王は漠然とした驚きの表情を浮かべて、姪の顔をみつめた。あたかも暖炉の前の絨毯の上にいる仔猫が、大山猫に変じるのを見たような顔で。しかし彼女は溜まりに溜まったことをすべて言ってしまおうと決心したらしかった。

「なぜ、陛下はパヴォニアで唯一の私人でなければならないのですか？　ほかのみんながきわめて公的な人物、でなければその滑稽な物真似である時に。誰もが大衆に話しかけることができるのに、なぜ、わたしたちには許されないのですか？　通りでテーブルの上に立っている紫の鬚の詩人を見た時、実際どんなふうに感じたかお判りですか？　まずはじめに感じたのは、何だか作り物みたいだなということです。詩人は飾りをつけて色を塗った人形のように、でなければ踊るミイラみたいに見えました。でも一番苛々させられたのは、首でひらひらしていた孔雀色のスカーフです。わたしはパヴォニアの建国者たちの孔雀の旗を思いだしました。それから戦いの最中でさえ王は孔雀の羽根扇を手にしていたという話を。いったいどういう理由があって、あの詩人はああいう色を身につけるのでしょうか。わたしたちには許されていないのに。宮殿の閉ざした鎧戸の奥で、わたしたちは地味で上品でなくてはいけないし、趣味の良いもので息が詰まるような生活をしなければなりません。でも、陰謀者は華麗でも一向に構わない。共和主義者は王みたいなものなのかもしれないわ。共和主義者に民衆に訴える力があるのはそれが理由でしょう。王たちが以前したようなことをしているから。王というものにまだ意味があった頃にしていたことをしているから。国の新聞や政治家は革命的な宣伝活動、赤い宣伝活動というものが蔓延していることを、恐ろしいことのように言います。それに、どうしてそういうものが民衆のあいだに受け入れられていくのか、不思議に思っています。どうしてかって言うと、それはもちろん赤だからです。王や枢機卿や貴族や判事はいつも赤だったのです。その頃は、わたしたちの生活に少し色が混ざったとしても、恥じる必要はなかったのです」

パヴォニアの君主はますます当惑しているように見えた。「どうも」と王は言った。「すこし論点から外れてしまったようだ。いま話しているのはもっと小さな問題、つまり召使いの尋問の件なのだよ――」

「わたしが話しているのもその問題についてです」王女はきっぱりと言った。「わたしはずっと召使いのことを話してきました。そして彼を釈放するという愚かな行為をやめさせようとしているのです。召使いこそ、まさにわたしが問題にしたいと思っている種類の人間であることが、お判りになりませんか。愛国主義や軍国主義にたいするばかげた悪口が、ごく普通の貧しい人間を悪辣な山師の召使いという立場へと押しやったのです。彼は陰謀者への忠誠というお仕着せを着させられています。それはわたしたちが彼に軍服を着せ、王に忠誠を誓うかと尋ねるのを恐れたからなのです」

「個人的には」グリムが言った。「王女さまの御意見に大変共感を覚えます。しかしそれをするのはもう遅すぎるように存じます」

「どうして判るの?」少しばかり興奮気味で王女は尋ねた。「あなたはその召使いみたいな人に、いま言ったような大事なことを訊いてみたことがあるの? あなたは召使いに、子供の頃、忠誠心や国や王さまについてどう思っていたか訊きましたか? たぶん訊いてないでしょう。あなたは法廷弁護士のように、細かい時間や場所について、普通の人間だったらぜったい覚えていないようなことを訊いて、彼を困らせたでしょう。そして召使いは萎縮して、村の白痴のようになっていることでしょう。きっとそうです。わたしが自分で召使いと話します」

「ああ、メアリー」伯父はすっかり混乱していた。しかしその時、王女の背後から目配せする顔に気がついた。王の声は尻すぼみに消えていった。銀行家のサイモン氏が口を挟もうとしていた。如才なく咳払いをひとつ放つと、彼は言った。

「王女さま、どうか口を挟むことをお許しください。我々は釣り合いということを考えなければなりません。召使いはただの一臣民です。おそらくまったくの文盲だと思います。その意味で王女さまが言われるように、確かに召使いは民衆のなかのひとりです。しかしきわめて多くの民衆のなかのただのひとりです。社会科学の実験として、そうした理論を召使いにあてはめてみることは、ひじょうに興味深いのですが、社会を構成する者としては、召使いはどこでも見られる単なる一個人でしかありません。我々が追っている著名で真に影響力があって危険な人物のことを考える時、時間を無駄にすることはまず避けなくてはならないのです。教授は世界的な名声を得ている人物です。将軍は軍隊の長であり、軍人たちの英雄です。たまたま居合わせることになった召使いについて議論をつづけることは――」

そう喋りながらも、彼は背後のドアと近づいてくる王女のあいだで動揺を感じた。喉の奥で言葉が乾《ひ》涸《から》びた。と言うのも、銀行家と警察長官は、その顔のなかに不寛容で純粋な、世にふたつとない表情を見たのである。いまだ生の複雑さを知らない若者のまったき確信。王女がひとりの召使いに自ら下問すると言った時、彼らは引き下がらざるを得なかった。それは彼女の物腰のなかにあった何かのせいかもしれなかった。ドンレミ（フランス北東部の村。ジャンヌ・ダルクの生地）からやってきた偉大な農家の娘がある王に拝謁を願った時、彼女に備わっていたものに似た何かのせいかも。

4　女の非合理性

ピーコック・クレセントでの警察の大規模な手入れは、空っぽの部屋を騎虎の勢いで襲撃したのはいいが、困惑した召使いを少々痛めつけただけという嗤《わら》うべき結果になった。召使いは証拠の可能性があるわずかの調度品とともに、運送屋が幌付きの自動車に椅子やテーブルを積みこむような調子で運ばれていった。家具から得られる以上の証拠を、召使いから得られるような兆候はなかった。件の召使いは、立派な召使いというものはかくあるべきという体格の人物だった。顔は堅実さを漂わせているが、同時に表情や生気が欠けているといった印象も与えるもので、召使いという伝統に彼が忠実なことを物語っていた。しかし、彼の表情のない碧い眼は、職業が要求する愚かしさ以上のものを感じさせた。また抑制が常となっている均整のとれた顔の造作は、明白な頑固さを示す、長くがっしりした顎によってわずかに調子を乱されていた。だが、ほかには特別に注目するところはないようだった。質問や尋問をした警察官たちは、召使いを確かに愚かしく頑固な人物だと見なして対処すべきだという結論に至った。

言うまでもなく彼は脅され、虐《さい》なまれた。完全に不法な遣り方で恫喝された。その方法は現代的で文明化されたすべての国の警察官が用いるものだった。また、召使いや運転手や呼び売り商人や、そのほか貧乏ゆえに犯罪者たちの住む周縁的地区に暮らしていると思われる、すべての人々にたいして、まるで主義のように適用される方法でもあった。その方法は時々ヨーロッパ全土をぎょっとさせ、すべての文明社会で、恐ろしげな見出しとともに取りあげられたが、それは裕福なユダヤ人あるいは有力な新聞記者にたいして、愚かな誰かがそうした手法を用いた場合のことである。いずれにせよ警察は、主人たちの会合や計画の内容について、わずかでも明らかにするような事実を、召使いから引きだすことはできなかった。疲れ切った尋問者は召使いの沈黙はほんとうに何も知らないか、それとも愚鈍すぎるせいだと考えはじめていた。しかし共感能力と鋭敏さに決して欠けるわけではない警察長官は、まだその沈黙が忠義心のゆえではないかと疑っていた。

ともかく何とも心淋《うらさび》しいことに、囚人という立場に立った召使いは、さまざまな制服を着た係官がノートを携え、あるいは脅すように人差し指を突きつけながら、自分という不毛な土壌からさらに事実を集めようと独房のドアから入ってくるのに、その頃にはすっかり慣れきっていた。何度も何度も同じことが繰りかえされるので、召使いはそれにたいしてはすっかり準備ができていた。しかし彼は、その同じドアが開いて、制服姿の警察官ではなく、宝石に飾られ、流行の出で立ちも眩《まばゆ》いばかりの、美しい婦人を見る準備はできていなかった。彼女は世界で一番当たり前のことだというような態度で独房に入ってきた。背後にひとりの警察官の不機嫌な厳めしい顔があるのを、召使いはぼんやりと見てとった。美しい婦人はその警察官は背後に残るべきだと思ったらしかった。決然たる意志をもって彼女は後ろ手にドアを閉め、決然たる意志をもって仰天している召使いに笑みを向けた。

もちろん召使いは彼女が誰だか知っていた。新聞の写真で知っていたし、それどころか自動車に乗って街を走る姿さえ、見たことがあった。彼女の最初の質問に答える前に、召使いはしどろもどろになりながらも、敬意の言葉を言おうとした。しかし彼女はごく摧《くだ》けたふうに手を振って、それが必要でないことを示した。しかし、そのせいで召使いはなおさら硬直状態に陥った。

「こんなふうにみんなが苦しむのはやめましょう」と王女は言った。「わたしたちはどちらも王の臣民で、パヴォニアの愛国者です。少なくともわたしはあなたが愛国者であることを確信しています。そしてあなたがどうしてそのように振るまわないのか知りたいと思っています」

長い沈黙があった。それから床を見つめ、少しばかりばつが悪そうな顔で彼は言った。

「王女さま、どうか誤解なさらないでいただきたく思います。わたしは愛国者を気取るつもりはありません。それにあの方々はいつもわたしに善くしてくださいました」

「まあ、彼らがあなたに何をしてくれたのかしら」と王女は言った。「たぶん時々チップをくれたでしょう。それに給料をくれたわね、たぶん少なすぎる額の。でもそれは国がわたしたちみんなにしてくれたものに匹敵するの？　あなたはパヴォニアの麦がなければパンが食べられないわ。あなたの国を流れる河がなければ水を飲めないわ。この国の公民を護る法律がなければ、あなたは通りを安全に自由に歩くこともできないのよ」

召使いは不意に顔をあげた。空っぽの碧い眼で、光るものを見るように、眼が眩《くら》むのではと恐れるように、王女を見た。

「御承知のように」召使いは笑みを浮かべることなく言った。「いまわたしは通りを自由に歩くことができません」

「判ってるわ」と王女はたじろぐふうもなく言った。「でも、それはあなたが間違いを犯したからよ。そうじゃない？　あの人たちの企み、雷雲のようにわたしたちみんなの上に広がっている企みについて、あなたが何か知っているとわたしは確信してるわ。そしてあなたはわたしたちを救うために一言も言わないつもりなのね。稲妻がどこに落ちるかについて」

召使いは相変わらず王女をぼんやりと見るばかりだった。そして自動人形のように付けくわえた。

「あの方々はわたしに善くしてくださいました」

苛立った王女は堅く握った手を大きく振った。そして少しばかり理不尽なことを言った。「彼らが何かしたなんて信じないわ。きっとあなたを酷く扱ったはずよ」

召使いは深く自分の思いのうちに沈んでいるようだった。そしてそれから、躊躇いがちに言った。より教育を感じさせる喋り方で――それは、上流階級の召使いという職業に特有の鹿爪らしい物腰を押しのけて、姿を現してきた。

「御承知のように、こうしたことは比較を繰りかえして、少しずつ決められていくものです。わたしが行った唯一の学校は、食べ物を少しもくれませんでした。そしてわたしの家族は少しもお金を持っていませんでした。寒い戸外でわたしは一晩中お腹を空かしていました。国と愛国主義といったものについて話すのはとても好いものです。しかし、想像してみてください。道端の排水溝でわたしは凍えています。わたしは噴水広場にある勝利者パヴォニアの大きな銅像に向かって跪きました。そして、パヴォニア、食べ物をくれ、と言いました。わたしは想像しました。大きな銅像はすぐに台座から下りてきて、ホットケーキの皿か一山のハムサンドウィッチを持ってきてくれるだろう、と。それからこんなことも想像してみてください。雪が降りはじめます。わたしは外套を持っていません。わたしは宮殿の頂で翻るパヴォニアの旗が、ポールを離れて飛んできて、わたしを毛布のように包《くる》んでくれると想像しました。少なくとも、ある種の人たちはそんなふうに考えるだろうとわたしは推測します。そうして、そうはならないということを知るまでには、手強い経験をたくさんしなければなりません」

召使いの体は固まってしまったようで、少しも動かなかった。しかし、その声は転移あるいは変異を遂げたように思えた。

「しかし、わたしはピーコック・クレセントで食べ物を手にいれました。あの恐ろしい革命家たち、そのせいで街全体が破滅すると王女さまがおっしゃるあの人たちは、少なくともわたしが破滅するのを防いでくれました。もしそうおっしゃりたいのなら、確かにあの人たちはわたしを犬のように扱ったかもしれません。しかし、わたしは迷子の犬、餓死しそうな犬でした。あの人たちはわたしに食べ物をくれ、寝る場所を与えてくれました。わたしが飼い犬であるかのように。その犬が恩人たちを裏切って破滅させることについてどう感じるか、言うまでもないと思います。そのようなことができるとすれば、あなたの僕《しもべ》はもう犬とは呼べないでしょう（『列王記』八章第十三節「あなたの僕は犬に過ぎないのにどうしてそのような大それたことができるでしょうか」を下敷きにした言葉）」

聖書を引用した時の声の昂揚が王女を驚かせ、召使いを新たな好奇心とともに見つめさせた。

「あなたの名前は何て言うの？」

「ジョン・コンラッドです」間を置くことなく召使いは答えた。「わたしの家は今はとりたてて言うほどのものではありません。でもわたしの一族は、かつてはもう少し恵まれた状態にありました。しかし王女さま、誓って申しますが、零落することは最近では特別不思議なことではありません。成りあがることより珍しくない。そして、成りあがることのほうが害は大きい」

王女は声を低くして言った。「もし、あなたがほんとうに教育のある人であり、紳士であるなら、国を壊す者たちの一団と行動を共にするのをもっと恥じるべきだわ。犬の話はとても結構だけど、でも、それは公正じゃない。一匹の犬に主人はひとりだけ。そしてもちろん、守るのは主人の命令だけだわ。犬は国を持たないし、主義も、宗教も、権利についてのごく当たり前の感覚も持たない。あなたは教育のある人間として、ほんとうに国や正義と、犬としての曖昧な権利を主張することや、それを理由に街を狂犬でいっぱいにすることとを論理的に調和させることができるのかしら」

苦痛に満ちた顔で召使いは王女を見た。ふたりのあいだの明白かつ絶大なる社会的階級差は、知性のぶつかりあう熱気によって、奇妙にも払拭されることになった。王女は独房への驚くべき入室の際に、それを手を振って退けようと試みたが、王女の望んだ状態はいま実現していた。そして王女を見つめる召使いの顔にゆっくりと不可思議な変化が現れた。自分の置かれた状況の意味を理解しはじめたようだった。それは直視するにはあまりに途方もないものだったので、それまで感知できなかったのである。

「王女さまがその身を煩わしてこうやってわたしと話してくださることは、身にあまることです。少なくとも王女さまはわたしに食べ物を与えてくれただけの人たちより寛大です。あの方々もできるだけのことをしてくださいました。しかし、それ以上のことを、王女さまはわたしのような人間にしてくださいました。そのことは認めます。でも、わたしは貧しいこのパヴォニアも、その孔雀や宮殿や警察裁判所も、容認することはできません。そしてそれらにたいする疑念を、ほんの少しでも捨て去るつもりはありません」

「どうしても駄目なのですか」と王女はきわめて落ちついた口振りで言った。「わたしのためにという理由でも」

「そういうことをほかの人間のためにするつもりはまったくありません」と彼は言った。「しかしお判りのように、そこが難しいところなのです。王女さまに従うことは歓びです。しかしそれが務めだとおっしゃる王女さまの言葉は、少しも信じられません。務めとしては行動せず、歓びのためなら行動する犬とは、いったいどんな種類の犬でしょうか」

「ああ、わたしはあなたの頑固さを憎みます」王女は思わず癇癪《かんしゃく》を起こしたが、それは幾分奇妙なものだった。「犬はいやじゃない。でもブルドッグは嫌い。醜すぎるわ」

それから王女は不意に口調を変えて、付けくわえた。「なぜあなたが、そんなばかげた偏見のために、ここに長く閉じこめられるのを我慢しているのか、わけが判らないわ。もし、ほかにすることを考えつかなかったら、みんなは反逆罪であなたに長い刑期を勤めさせるつもりよ。明日わたしたちみんなを吹き飛ばそうとしている連中をこのままあなたが庇うなら」

「結構です」と召使いは固い声で言った。「それならわたしは反逆罪で罪に服す覚悟を決めなければならない。なぜならわたしは裏切り者になる気はないのですから」

召使いのぶっきらぼうで警句めいた言い方のなかの堅固な何かは、侮辱に似た響きを備えていた。

そして、それを感じとった彼女の自制心は一気に真に大きな怒りの前に道を譲った。「ほんとうに結構なことだわ」と身を翻してドアのほうに向かいながら、王女は叫んだ。「道理に耳を傾けるつもりがないのなら、反逆者としてここに横たわって腐っていけばいいわ。わたしたちはうまくやるわ。あなたのばかげた旋毛《つむじ》曲がりの頑固さが、二十四時間以内にわたしたちを木っ端微塵に打ち砕くかもしれないってだけですもの。あの罰あたりな人でなしたちが、何をするつもりなのか、神さまは御存知です。それにたぶんあなたも知ってるわね。神さまはきっと気にかけてくださる。あなたは気にかけない。あなたは何も、誰のことも気にかけない。自分の顎と、いやらしい自尊心以外は。もう話しても無駄ね」

そして王女はドアを勢いよく開け、外で待っていた丸くのっぺりした顔の警察官を、筋違いの怒りの表情で睨んだ。それから王女は外に出た。ドアはふたたび音をたてて閉まった。囚人は独房にひとり残された。

板の寝台に腰を下ろし、召使いは両手に顔を埋めた。そしてその黙考の姿勢のまま長いあいだ動かなかった。それから溜息をひとつつくと、立ちあがり、ドアの前まで歩いた。外に明らかに人の気配がした。それが何を意味するか、彼はもう知っていたし、慣れきってもいた。また訪問者があるのだった。そしてそれは美しい婦人ではなかった。自分を煩わせるためにくるのだった。だが、今度の警察官による尋問はいつもより幾分長く、そして幾分ようすの違ったものだった。

数時間後、王女は悄然としていた。王のほうはと言うと、件の召使いよりだいぶ付きあいやすい召使いが、盆から取って差しだしたイタリア産のベルモットのグラスを受け取っているところだった。宮殿の奥の部屋で、向かい側にすわった首相は何気なく言った。

「では、結局彼らは失敗することになりますな。一時間前まではじつに気を揉みました。彼らは何か大掛かりなことを企んでいて、それがまさに進行中だったわけですからな。連中の最後の宣言は引き金を引く音のようでした。すぐに銃声がつづくかと思えました。しかし、反乱者たちがどこに隠れているか、あの間抜けな召使いが彼らの居場所を白状する気になったので、結局、先んじることができるでしょう。グリムの言うところでは——」

オーレリア・オーガスタ王女、あるいはメアリーは、個人的に侮辱の言葉を投げつけられたかのような勢いで立ちあがった。

「それはいったいどういう意味ですの?」と彼女は叫んだ。「あの召使いは喋っていません。彼は喋ることを完全に拒絶しました」

「恐れながら、王女さま」首相は強ばった声で言った。「わたしは長官から直接聞きました。確かに召使いは白状したそうです」

「そんなこと信じられないわ」王女は頑固に言い張った。「絶対信じないわ、そんなこと」

彼女は極度に憤激していた。そして女性の心理の謎にたいして、まだ驚嘆の余地を残している方々はあるいは驚くかもしれない。独房で囚人とつぎに会見をもった時、自分がやれと勧めた行動を実行したという理由で、王女は召使いにたいしてきわめて苛烈で、嘲笑的な態度をとったのである。

「ではこれがあなたの英雄的行為と、堅忍さと、顎を突きだすことの終わりなのね」と彼女は言った。「結局、あなたは自分が助かるつもりなのね。そうして、いま隠れている哀れにも裏切られた者たちを見捨てるのでしょう」

召使いは人を驚かせるような独特の流儀で顔をあげた。そして暗い輝きを備えた眼で王女を見た。召使いの眼には混沌と空虚さがあって、それは見る者に目眩《めまい》を起こさせた。

「ああ、わたしは王女さまがあの方々にそれほど同情を覚えるとは、まったく予想していませんでした」

「あなたと関係を持ったことにすごく同情するのよ」王女の言葉には少しばかり悪意が籠っていた。「もちろん、あの人たちに同意はしないわ。でも、気の毒だわ。追われていて、庇《かば》ってくれる者を信頼しているのに。もしかしたら、あの人たちを悪事に導いたのはあなただったんじゃないかしら」

最後の言葉はたぶんその場の思いつきだった。王女はそれをお馴染みの永続的かつ普遍的な女性的論理にもとづいて口にしたのだが、あるいはその論理は、苛立ちを感じている男性にとっては、少々理不尽に思えるものかもしれない。しかし彼女は人生において、召使いがつぎの言葉を微笑んで言った時ほど驚いたことはなかった。

「そうです。たぶん王女さまのおっしゃる通りです。あの方々を悪事に導いたのはわたしです」

いったいどういうことかと王女は召使いを凝視した。召使いは言った。「しかし、どうか御自身がおっしゃったことを思いだしてください。わたしがあの方々を窮地に追いこんだとしたら、わたしはそれをあなたのためにしたのです」

一瞬の後、彼は新しい、迸るような声で話しはじめた。召使いにせよ、ほかの誰にせよ、そんな声が人間の口から出るとは今まで想像すらしなかったような声だった。

「これが不公平そのものであることをわたしが知らないとでも思うのですか？　なぜ、王女さまはそんな力を持っているのでしょう。それでなくとも力を備えているのに。なぜあなたがその絶対的な力を、審きの日の神のように絶対的な顔を持っているのでしょう。科学にたいしては無知で、力にたいしては無力をもって立ち向かうことができます。しかし、誰が美にたいして醜を称揚するでしょうか？　いったい誰が――」

彼は大きく一歩踏みだした。しかし、いっそう奇妙なことに、王女のほうもそれに応えるように、前に進みでた。王女は召使いの顔をじっと覗きこんだ。稲妻に浮かんだ顔を見るように。

「ああ、何てこと」彼女は叫んだ。「こんなこと有り得ないわ」

その瞬間、王女は驚くべき可能性に気がついた。そしてふたりの会見の残りの部分は、とうてい信じ難いほど驚異的なものとなった。

5　反逆者の言葉

パヴォニアの上に、宮殿や首都の上に、ひとつの思念が雷雲のように垂れこめていた。それは、予言者や狂信者が世界の終末を吹聴するような時代に取り残された村でしかみられないような思念だった。革命の扇動者たちの最後の宣言のことは知れ渡っていた。もっとも世情に疎《うと》い者でさえ、自分たちの知らない何らかの合図の後、阻止しようのないその合図の後に、大規模な侵略軍がいっせいに国境を破って傾《なだ》れこむか、あるいは首都の真ん中で大爆発が起こるのではないかと思っていた。ふたつのうちでは、おそらく侵略のほうがより腹立たしいものだった。しかしみんながより当惑させられたのは、そうした謎めいた運動のすべてが影のなか、あるいは未知の領域のなかにあるということだった。フォーカス教授を知る度合いはむしろ他国のほうが深いと思われていた。人々は幾らかの苛立ちをこめて問いはじめた。金持ちの質屋はいったいどこの出身なのか、そしてそれよりわずかに躊躇いがちに、彼はどのようにして財をなしたのかと。しかし、そのふたりの人物がある種の機関《エンジン》を組み立てたことは誰も疑わなかった。そしてそれが今にも圧倒的な力を発し、動きはじめようとしていることを疑わなかった。逮捕された召使いが口を割る気になったという、刺激的で不確実な噂が伝わったのはそんな時である。召使いはすでにある重要な文書に署名をすませていた。それは以下のようなものであるらしかった。「わたしは真の言葉を言うことができる。そして四人の破壊者の計画を阻止し、彼らを永久に国家権力の下に置くこともできる。しかしわたしはある条件を要求しなければならない」

ジョン・コンラッドの零落した一族に関する歴史的事実がいかなるものであれ、王の列席する国事を扱う評議会に、召使いの勿体ぶった仕草とはまったく異なる種類の威厳をもって、彼が登場したことは間違いない事実だった。彼は宮殿内のある部屋の小さなテーブルに向かって歩みを進めた。テーブルの回りにはパヴォニアの四人の主要な権力者がすわっていた。彼は周囲に然るべき敬意を払ってはいたが、まごついたようすや卑屈なところは少しも見えなかった。ジョン・コンラッドは王に向かって一礼をし、王がすすめた椅子に腰を下ろした。まごついているのは臣民のほうではなく王のほうだった。パヴォニア王クロヴィスは咳払いをした。少しのあいだ、考えこむように自分の鼻を見おろし、それから口を開いた。

「合意に達した取り決めがどんなものであれ、そこに個人的に言葉を付けくわえる必要がないことをわたしは望んでいる。しかし誤解を防ぐために言葉を付けくわえる用意はできている。きみが知っていることを明らかにするためには、ある条件が必要なようだ。その条件は確かに満たされることになるだろう。きみが払う犠牲のことを考えると、それに見あったものを受けとるのはまったく道理にかなっている」

「質問してもよろしいですか」コンラッドは口を開いた。「それに見あったもの、というのはいったい誰が決めるのですか」

「陛下」とグリム大佐が口を挟んだ。「わたしは遠まわしなやり方というものを信用しておりません。陰謀者たちがほんとうに爆弾を爆発させようとしているのであれば、我々には無駄に費やす時間はありません。報酬は彼に決めさせる以外には考えられないのです。わたしは他の方法でこの男から事実を引きだそうとしてきました。その方法を彼が不当と思ったかどうかは判りません。ありていに言えば、脅しを用いたのです。そしてそれは失敗したと言わねばなりません。そして脅しが失敗した時、残された方法はただひとつ。賄賂しかありません。そしてこうした場合の常で、彼は賄賂の額を決めることができるのです」

首相は咳をし、少しばかり嗄れた声で言った。「グリム君の意見はかなり大雑把ですが、もしコンラッド氏が妥当と考える金額を提示してくれるならば……」

「わたしが必要とするのは」とジョン・コンラッドが言った。「年に少なくとも一万です」

「なんと」首相は狼狽の面持ちで言った。「これはどうも途方もない話だな。きみは確かに欲しいだけ要求できる。きみの階級の生活が要求するだけ。しかし、どうだろう、それはもっと少ない額ではないかね」

「あなたは間違っています」とコンラッドは穏やかな声で言った。「わたしの階級はあなたが考えておられるよりかなり物入りです。それよりも少ない額で、どうやってパヴォニア大公の地位を維持していくことができるのか、わたしには見当もつきません」

「大公の……」とヴァレンス氏は言いかけたが、その声は小さくなっていった。

「明らかに」とコンラッドはしごく穏当な声で言った。「それは陛下にたいする甚だしい侮辱であり、同時にヨーロッパでもっとも歴史ある王家のひとつである家系にたいする侮辱となるでしょう。もし王の姪が、パヴォニアの大公より下位の者と結婚することになったら」

その場にいた者一同が愛想の好い召使いを凝視するようすは、あたかもペルセウスを見る王や廷臣たちのようだった。ペルセウスが彼らを石に変えた時の。しかしグリムがまず声を取り戻し、軍隊式の悪態をついた。そして、コンラッドにたいして、少しばかり昂ぶった調子で説明を求めた。

「わたしはこの国の政府のなかに、政治的な地位を求めているのではありません」と召使いは考えながら言葉をつづけた。「しかし、パヴォニア大公が王家の女性と結婚すれば、国の政策にしかるべき影響を及ぼすことになるのは当然でしょう。確かにわたしは幾つかの必須と思われる改革を進めることを主張します。とくにこの街の貧しい人々を適正に扱うことを目指した改革を。陛下、そして皆さん、もしあなた方がこの瞬間、どこともしれない場所から落ちてくる落雷に脅威を覚えているのなら、そして、おそらくそれと同時に外国の侵略、あるいは国内で発生する暴動のために政府が転覆することに脅威を覚えているのなら、あなた方は自分の幸運に大いに感謝することになると思います。わたしは革命の指導者たちを差しだします。あなた方がしきりに言及しておられる人物たちをです。わたしはあなた方がフォーカス博士や詩人セバスティアンや質屋のローブを、そしてもし可能ならカスク将軍を捕まえるのを手助けできる。わたしは仲間を引き渡します。しかし信念は引き渡さない。あなた方は、この国の重要な地位を、速やかにわたしに与えてくれると思いますが、約束します、革命はありません、ただ思い切った改革が行われるだけです」

首相は動揺のあまり立ちあがった。職業的な改革者というものは思い切った改革などは好まないものなのである。

「そんな提案はとうてい受け入れられるものではない」と彼は叫んだ。「ばかげている。一瞬でも耳を傾けるに値しない」

「これがわたしの要求です」とコンラッドは真面目な顔で言った。「もしあなた方がそれを認めないのなら、わたしは監獄に戻ります。当面言えるかぎりのことを言うと、この件にすでに深く関わっておられる女性はわたしの要求を受けいれています。しかし、あなた方が拒絶するという事態にたいしても準備はできています。それならばわたしは監獄に帰って、そこで待ちます。そしてあなた方はこの宮殿にすわって待つといいでしょう。何が起こるか知らないまま」

長い沈黙があった。それからグリム大佐がごく低い声で言った。「まったく、悪魔的だ」

ゆっくりと夕暮れが訪れて、部屋のなかが暗くなった。綴れ織りの古の金は薄い闇のなかで、単なる虚飾の光を棄て、炎《ほむら》の燿《かがや》きを、豪奢であると同時に反射光のような燿きを纏《まと》っていた。果てない人の記憶のなかで、幾多《あまた》の鏡から鏡へと渡ってきた光。広げられた大きな綴れ織りは巨人たちでいっぱいだった。その足下で現代の人間の一団はとても小さく見えた。綴れ織りのなかにクロヴィス一世の勇壮な姿を見つけることができた。王は孔雀の扇を手に、最後の偉大な勝利に向けて進んでいくところで、パヴォニア大公は空に突きたつ剣の林を背後に従えていた。その部屋には、何ものにも代え難い文化を、完成されたひとつの文化を示唆しないものは何もなかった。パヴォニアの詩人たちの、パヴォニア語で書かれることによってのみ成立するめざましい作品が、部屋の隅々を満たしていた。書棚で暗い輝きを放つ書物は、国民文学が簡単に失われることはないし、その地位をとって代わられる可能性もないことを語っていた。そしてあちらこちらにある絵はまるで小さな窓のように、この国の遙か昔の、しかし、いまだに愛されている景色を一瞥させていた。暖炉の前の犬さえも、パヴォニアの山岳地方の種であった。部屋のなかには卑しい者はひとりもいなかった――まったくいなかった。政治家でさえも――これらのものすべてによって自分が生き、そしてこれらのものとともに死んでいくことを認めないような卑しい者は。そしてそれらすべての下で、着実に時を刻む爆弾の音が一同の耳に聞こえる気がした。耳を聾する轟然たる死の前の一瞬、時を刻む音が止まるその一瞬を自分たちが待っているような気がした。

何年にも思えた沈黙を破って、ようやくクロヴィス三世がパヴォニアのために、そして臣民のために口を開いた。ちょうど古の王たちがそうしたように。自分が為すことが降服と呼ばれるべきものなのか、勝利のための勇断なのか王には判らなかった。しかしそれが必要なことは理解していた。長いあいだ見られなかった信念と確信をもって王は口を開いた。

「時間がない。そしてほかに道はない。きみの提案を受けいれるしかないだろう。しかし、その代わりに、きみが国家の敵であるセバスティアンやフォーカス教授やローブの計画を挫くことを真剣に考え、実行してくれるとわたしは理解している。そして密謀者たちを我々の手に引き渡し、我々が望むように扱うことができるようにしてくれることを」

「約束します」とジョン・コンラッドは言った。そして王は不意に立ちあがった。散会を告げるように。

枢密院を構成していたメンバーのほとんどは、狐につままれたような、不安の混じったような顔で、その場を後にした。問題の一番重要な部分については何の進展もないままで、それは法外で、出鱈目であるとすら言えた。しかし協議のなかの信じがたい部分は、彼ら全員に著しい衝撃を与え、そのため麻痺したような、奇妙に平静な心境にさせたようだった。だから彼らはもう信じがたいと感じることができなかった。信じがたい部分、それはピーコック・クレセントの家から現れて、パヴォニア大公になろうとしている、あるいはパヴォニアの王女と結婚しようとしている召使いが存在するという事実ではなかった。召使いという身分と彼の欲している運命との途方もない落差ではなかった。まったく逆だった。不思議なコンラッド氏と同じテーブルにすわった後では、そのような野心とコンラッド氏のあいだに、不調和なものをもう誰も感じなかった。彼はむしろ親しみやすい人間という印象を与えた。野心をいだいていると同時に清廉な志もいだいているように見えた。彼は言い表しがたい落ちつきをもって行動し、それは自分の社会的地位に関する確信を決して失わない者のそれだった。そして彼の態度は宮廷に調和しているように見えた。ちょうど無骨な警察官や著しく散文的な政治家がそうであるように。彼が言葉を発する時というのは王が発する時とそっくりだった。一語一語に価値があるようだった。しかし謎の沈殿物が一同の多くの者の心のなかに残った。そして王女の心をより深く掻きみだしていたのも同じ種類の謎だった。それは彼が大公には見えないということではなかった。それは彼が密告者に見えないということだった。臣民の義務について、一同が揃って紋切り型の観念をいだいていることは否めないとしても、このような人物がなぜ、犯罪の共謀者としての暗い徳を備えていないのか、誰にも理解できなかった。盗人《ぬすっと》にも仁義ありと俗に言われるが、なぜ彼がそうした仁義を備えていないのか、理解できなかった。グリム大佐は警察官だった。しかし彼はまた軍人だった。そして彼のなかには紳士的人物に泥《なず》まない部分があった。ことにそれが共犯者に不利な証言をした紳士である場合には。グリムは囚人だった男の真面目な顔と優美とも形容しうる体つきを見た。自分は人を見る眼があるとかねがね考えていたのであるが、あらためてコンラッドを眺めると、共犯者を裏切る男と想像するより、街をダイナマイトで吹き飛ばす男だと想像するほうが容易だとグリムは思った。

にもかかわらず、約束の言葉が発せられた。そしてグリムは彼が約束を守るということを確信していた。その約束によって、この国の上に押《の》しかかったカスクとフォーカスとセバスティアンの脅威が、すでに過去のものになったことを思いだし、グリムは大きな安心の溜息をついた。そして尊敬措く能わざるグリム大佐は、今回の事件のすべてにわたって誤った判断を下したわけであるが、ただその点にかぎって見れば、完璧に正しかった。

宮殿の外でグリム大佐はジョン・コンラッドと一緒になった。グリムは軍隊式の簡潔さで言った。「さて、我々はきみの指示にしたがってつぎの段階に進むべきだろう」

つぎの段階は、ポプラの長い並木道をふたり並んで歩かせることになった。宮殿の門を抜け、勝利者パヴォニアの像——いまそれはいかにも象徴的に見えた——が立っている噴水広場を横切り、広場から外に向かう小綺麗な裏通りを幾つも通って、ピーコック・クレセントの堂々たる曲線の前に辿りついた。偶《たま》さか、その夜も月の明るい夜で、連続住宅《テラス》の青白い正面を見た時、大佐はふたたび冷やりとした謎のなかにいるような気持ちになった。ピーコック・クレセントは大理石の顔のように見えた。しかし導き手が足を向けたのは、見慣れた連続住宅《テラス》のほうでもなければ見慣れた家のドアの前でもなかった。ふたりは連続住宅《テラス》の前の道を横切り、低木を植えた小さな庭まで歩いた。庭を囲んで柵がまわしてあった。柵の門からなかに入り、ふたりはさらに奥へと進み、葉叢《はむら》の影が濃いあたりに踏みいった。そして、草がほかの場所より短く疎らで、一本の木が影を落とす場所で、コンラッドはしゃがみ、地面に絵を描くように指先を動かした。

「たぶん、あなたはまだ気がついていないでしょう」コンラッドは手を動かしながら言った。「革命に関するあの声明書やモットーのほとんどは冗談だったのです。たぶんあなたなら悪ふざけと呼ぶでしょう。確かにあれは個人的な冗談でした。ここには、跳ねあげ戸もしくは蓋があります。誰もそれを見つけることはできませんでした。なぜならこうした開口部というのはたいがいは、大体において丸かったり、四角形だったり、長方形だったり、三角だったり、ともかくそうした予測できる形になっています。もしあまりに複雑な輪郭だったら、全体の形を指で辿り終えないと、持ちあげることはできないでしょう。しかしそれは慣れ親んだ形でなければならない。しかし同時にそうであってもいけない」

ジョン・コンラッドは喋りながら、芝の一部をぐいと引っ張りあげた。それは表面に芝草が茂った板といったふうに見えた。緑色の羽根飾りのついた大きな平たい帽子のように見えた。しかし、コンラッドがその緑の蓋を立てて、それが月の光を黒く遮った時、グリムはそれがきわめて精緻な輪郭を備えていることに気がついた。輪郭は入り組み、多様な線を描いていた。岬や湾のような。

「もうお判りでしょう」彼は言った。「あなたは何度も地図の上で、とりわけ軍事用の地図でその形を見ているに違いない。これはパヴォニアの地図です。そして、わたしたちのささやかな冗談を大目にみて欲しいのですが、我々が国境に眼を向けよと言った時、じつはこのことを意味していたのです」

警察長官が答えを返す前に、密告者は、水のなかに飛びこびでもしたかのように不意に姿を消した。大地が彼を呑みこんでしまったように見えた。しかし、グリムは新しく口を開いた奈落から届いてくる密告者の力づけるような声を聞いた。それは楽しげに言っていた。「下りてきてください。

ちゃんと梯子がある。わたしの後をついてきてください。そうしたら、あなたが恐れている人たちに会えるでしょう」

グリム大佐はしばらく月光のなかに銅像のように立ち尽くしていた。それから彼は自分の前にぽっかりと口を開けた黒い井戸のなかに飛びこんだ。そして、その行為において彼は確かに銅像になるに値した。月光の下にとどまらず、勝利者パヴォニアの銅像のように太陽の下の、多くの人の眼に触れる場所に建つ銅像に。と言うのも、彼はこれまでの生涯、そして少なからぬ勇気を要する自らの職業においてさえ、これほど勇敢な行為をしたことはほとんどなかったからである。グリムは空手だった。グリムはひとりだった。あらためて考えてみれば、手元にはじつに曖昧な事実しかなかった。それは謎めいた山師にして策士を信用するには、薄弱に過ぎた。あるいは、そうした人間が約束を守ると判断するためのものとしては、いかにも頼りなさすぎた。しかし、コンラッドが約束を守ったとしても、結局、彼はどのような約束をしていると言うのだろうか。この暗い穴を通る自分はライオンの塒《ねぐら》に導かれているのではないだろうか。強力無比なカスク将軍の面前へ向かっているのではないだろうか。彼の同僚である反乱の指導者三人組の面前へ。軍隊式の拷問。地下に広がる隠然たる大帝国。地獄へ下りてゆくようだとグリムが考えたことは、あらためて言う必要はないだろう。そしてもちろん感情に左右されることはなかったものの、頭上で距離が開くにつれて小さくなってゆく、暗闇を切り抜いた形、祖国の形が、ちらちらと瞬くのを眼にし、グリムは孤独感と事態の象徴性を意識せずにはいられなかった。外界の光はパヴォニアの形となって彼の上に注いでいたが、下りていくに従って闇は濃くなっていった。絶対的な無のなかを下りてゆくような感覚があった。パヴォニアは遠い星だった。そして実際、その夜の奇妙な彷徨をあらためて考えてみると、彼はいつも時間の矛盾を感じたし、それにも増して空間の矛盾を感じたものだった。グリムは何千マイルも、幾つもの大陸を、幾つもの星を旅したような感覚を覚えた。しかし同時に彼は論理的な確信も抱いていた。それはある種の数学的パズルにおいて、数学的事実の確実性が揺らぐように見える瞬間があることを思いださせた。遠大な距離と時間を旅していると感じつつも、グリムは自分が実際は比較的小さな区域を移動していて、知っている場所あるいは（苦々しい気持ちで考えたものであるが）知っているべき場所に移動しているという確信を抱いてもいたのである。グリムのそうした状態は、疑いなく疲労と決定的な謎の渦中で感じた決定的な当惑の結果だった。実際、彼がその夜、事件の大団円に近づいていた時、へとへとに疲れ切って目眩《めまい》まで起こしそうな状態にあったことは、斟酌されるべきであろう。グリムは背後の小さな庭の空気のなかに何かを置いてきていた。彼は後になって、それが笑う力ではないかと思ったものである。

遠い星のようだった光もすでに見えなくなっていた。自分がこれから下で、どんな種類の敵、あるいはどんな恐怖に出会うかについて、ごく曖昧な想像を抱きながら、グリムは一歩一歩梯子を下りていった。しかし、彼がいかなるものを想像していたにせよ、実際に眼にしたものに比べれば、何ほどのものでもなかったと言って差し支えなかった。

6　真の言葉の発語

パヴォニア警察のグリム大佐は実際的と形容されるに相応しい人物で、現実から引き離されることなど滅多になかった。この夜のことを思いだす度に、自分の経験したことが悪夢だったと位置づける気持ちが強くなったのも無理からぬことであろう。確かにそれは言葉では言い表しがたいという、夢の特質を備えていた。反復と矛盾。見慣れないものと形のないものが混沌と入り混じったなかに、忽然と現れる過去の経験の断片。精神が二重に、一方が正気、一方が狂気になっているという感覚がごく当たり前という感覚。庭に現れた縦穴からはじまった地下世界の彷徨が終わって、ごく当たり前の風景のなかに戻ってきた時、その感覚はさらに強くなった。彼は確かにふたたび月を眼にした。しかし、月はグリムをまるでハムレットの父親の亡霊になったような気持ちにさせた。彼は自分が月の裏側を見ているのではないか、また世界の反対側に出てきてしまったのではないかという気持ちを抑えきれなかった。自分は、どこかの見慣れない空の下、元の世界のそれを詐称するような固有の星、そして固有の月を持つ空の下に、出てきてしまったのではないだろうか。最初の啓示、いや、いまだ未知の脅威の先鋒は、やがてグリムを訪れた。水平につづくトンネルを、つねに持ち歩いている懐中電灯の光を頼りに手探りで進み、彼は下りてきた縦穴と同じような穴に掛かる、下りてきた梯子と同じような梯子を上りはじめた。垂直のトンネルをだいぶ上った頃、前方から低く嗄《しわが》れた声が聞こえてきた。「そこで少し待っていてください。わたしは先に行って、ようすを見てきます。みんなはわたしを見ても驚かないでしょう」

グリムは梯子の途中で止まり、月のような薄青い円を見上げた。どうやら出口らしかった。少しするとその円が暗くなった。入ってきた側の入り口に被さっていたような蓋が、閉められたらしかった。しかし、暗闇をじっと透かし見るグリムは、その蓋には少し妙なところがあることに気がついた。そして懐中電灯を点けた彼は危うく梯子から落ちそうになった。穴の入り口を塞いでいたのは人間の顔で、それは小鬼のように、にやにや笑いながら自分を見おろしていたのである。緑色の眼鏡をかけた蕪《かぶら》のような顔、すぐにそれはフォーカス教授の顔だと知れた。フォーカス教授は言った。時折、夢のなかで恐ろしく明瞭に言葉を聞くことがあるが、教授の言葉はちょうどそんな調子だった。

「きみにはわたしらを捕まえることはできんよ。わたしらはただ真の言葉を言えばいいのだ。そうすれば世界は滅ぶのだ」

それからグロテスクな栓は、奇妙な壜の口から抜き取られた。鈍い光の円盤がふたたび現れた。そしてじりじりするような時間が流れ、やがて頭上の出口から導き手の囁くような声が流れてきた。

「教授は行ってしまいました。もう上がってきても構いません」

地上に出たグリムは自分がふたたび月明かりのなか、ピーコック・クレセントの裏手のどこかに立っていることに気がついた。いましがたの経験によって身裡に生じたものであるのは明らかだったが、その時、グリムが覚えた感覚は、彼が日常からどのくらい離脱していたかを如実に表していた。落ちついた顔でそこに立って、コンラッドの小声の呼び声に応じながらも、グリムは警官たちの姿を見つけてひじょうな驚きを味わったのである。警官たちを監視のためにその場所に配置したのはグリム自身であったのだが。

「少ししたら、家に入ってもいいです」やはり小声でコンラッドは言った。「ちょっと入ってみて、まずいところがないか確かめてきます。しかしわたしは彼らがあそこに押しこめられていることを確信しています。言うまでもありませんが、踏みこむ時は部下と一緒にきてください」

コンラッドは連続住宅《テラス》のなかの一軒の裏口のほうに走った。そこは手入れをした家の隣にあたるはずだった。しばらくのあいだ、警官たちと長官は、辛抱強く外で待っていた。そして彼らが犯罪者の住処に単身乗り込んだ先導者を追って、家に乗りこむべきだと考えはじめた時、家を見守っていた一同は息を飲み、立ち尽くすことになった。

件の家の窓のブラインドが不意に引きあげられ、そこに見違えようのない顔と服装の男が現れた。王女がカフェのテーブルの上に見た男だった。いかにも詩人らしい物腰でセバスティアンは月を見上げていた。燃え立つような赤い口髭と顎鬚と、それ以上に輝かしくロマンティックな色のクラヴァットは、平生《つね》にも増して、鮮やかに見えた。それから彼は月に向かって手を差しのべ、芝居がかった調子で歌いはじめた。あるいは歌うように話した。実際、それ以上オペラ的なものを想像することは不可能だった。オペラ的という言葉を、そのまま白痴的という言葉に置き換えても構わないのだが。しかし彼が歌っていた歌詞は耳に覚えがあった。

アーロンの蛇が多くの蛇と多くの杖を呑みこんだように
唯一の神が群なす神よりも偉大なように
なべての星も太陽の輝きの前に色褪せるように
言葉は幾多。しかし真の言葉は一《ひとつ》

それから詩人は不意にブラインドを下ろし、その姿が見えなくなった。背負っていた部屋の明かりも消えた。警官たちはみないましがたのことが本当に起こったことなのか確信が持てなくなった。あまりにも無意味な出来事に見えた。

つぎの瞬間、彼らは気味の悪い共謀者がまったく音もたてずに、近くまできていて、囁いていることに気がついた。

「いま踏みこめば、みんな捕まえることができます」

茫然とした状態の警官たちを引きつれ、グリムは階段を駆けのぼり、廊下を少しばかり走り、がらんとした大きな部屋に入った。そこはずいぶん奇妙な部屋だった。中央にテーブルがあり、会議のために準備されたように四つの椅子と、四つの吸い取り紙のパッドがあった。しかしさらに奇妙なことがあった。四方の壁のどれにも、古い真鍮製の把手のついたドアがひとつずつあった。それは四つの別々の家のドアのように見えた。そしてどのドアにも大きな字の書かれた紙が貼ってあった。一枚目には「フォーカス教授」、つぎの紙には「カスク将軍」、三枚目は「ローブ氏」、四枚目の貼り紙には、外国の詩人たちが名前を書く時に使うような飾字体でただ「セバスティアン」と書かれていた。

「ここが彼らの住んでいる場所です」ジョン・コンラッドは言った。「彼らは逃げません。約束します」

それから少し間をおいてから彼はふたたび言った。「しかし、この家の各々の部屋を探す前に、重要なことについて、真の言葉について、少し話しておきたいのです」

「それに関しては」グリムは真面目な顔で言った。「いずれ我々も真の言葉なるものを耳にすることができるだろうと考えていた。真の言葉が世界を破壊するといまも聞いたばかりだが」

「わたしは真の言葉が世界を破壊するとは思いません。むしろわたしはそれが世界を再創造することを願っています」

「では我々が真の言葉を知った時、じつはそれもまた冗談だったことを発見するという事態にはならないと考えていいのかね」

「ある意味ではそれは冗談です。あるいはあなたはそれを知った時、冗談だと思うかもしれない。しかしその冗談をあなたはもう知っています」

「きみが何を言いたいのか、理解できないのだが」

「あなたは真の言葉を二十回は耳にしています」とコンラッドは言った。「あなたはそれをほんの十分ほど前にも聞きました。わたしたちはつねにあなたに向かって、真の言葉を叫んだり、怒鳴ったりしてきました。そして壁のビラのようにはっきりと示してきました。この計画の秘密のすべては実際ひとつの言葉に集約されます。しかし、わたしたちはそれを秘密にはしなかった」

グリムは太い眉毛の下の光る眼で彼を見た。何かの考えが頭を掠めたようだった。コンラッドは真面目な顔でゆっくり一語ずつ、宣言を繰りかえした。

「なべての星も太陽の前に色褪せるように……」

グリムは罵りの言葉を吐いて飛びあがった。そしてセバスティアンと書かれた貼り紙のあるドアに向かって突進した。

「そうです。お判りになったようですね」とコンラッドは微笑みを浮かべて言った。「問題はただ、どの言葉を強調するか、ということなのです。あるいはお望みなら、その言葉を大文字で始めてもかまいませんが」

「言葉は幾多」グリムは把手をもどかしげに回しながら、低く呟いた。

「そうです」コンラッドは答えた。「しかし、真の言葉は一《ひとつ》」

グリム大佐は詩人の部屋のドアを勢いよく開けた。そこには衣装戸棚があった。奥行きの浅いごく普通の戸棚で、なかには帽子を掛けるための木釘が幾つか並んでいて、その木釘に掛かっていたのは赤い鬘《かつら》と、巧みに仕上げられた赤い頬髯と、孔雀を連想させるスカーフといったもので、それに加えて人気のある詩人の外見を形作るものがすべて揃っていた。

「この大きな革命の経緯のすべてと」とジョン・コンラッドは講義でもするような落ちついた口振りでつづけた。「それに革命の話をパヴォニアに広め、脅威を与えることを可能にした手段はすべて、これまでずっと、そして今も、一個の言葉に要約できます。その言葉をわたしは何度も繰り返してきました。しかし、あなたは決して気がつかなかった。一《ひとつ》。それがその言葉です」

コンラッドはテーブルから離れ、開いたドアから直角の位置にあるドアのほうに向かった。そこには教授の名前が書かれていた。コンラッドはそれを開けた。なかにはやはり衣装戸棚があり、木釘があり、著しく細長いシルクハットに、くしゃくしゃのレインコートと丸い鼻のついた緑色の眼鏡があった。

「ここが著名なフォーカス教授の豪華なる住まいです」と彼は言った。「フォーカス教授がどこにもいないことを説明する必要がありますか?――自分が教授であることをわたしは明言しますが。ローブとカスクの場合はずいぶん危険を冒さなければなりませんでした。何と言っても、ふたりは実在の、あるいはかつては実在だった人物だからです」

コンラッドは一瞬口をつぐんで、顎をさすった。そして言った。

「しかし、あなたがた敏腕の警察官が、自分が聞いた話を簡単に信じないことによって失敗してしまうというのは、じつに奇妙なことです。あなたはパヴォニアの人々がみな途方もない陰謀に通じていると言いました。みんなが陰謀の存在を否定したという、ただそれだけの理由で。彼らはみな同じことを言った。そして、みんなが同じことを言うというその事実こそが陰謀の存在を示しているとあなたは考えた。実際のところはみんなは何も知らなかった。もともと何もなかったからです。国外のことについても事情は同じです。老いたカスク将軍はあなたに繰りかえし語った。自分は老いた。病気で引退している。そして実際彼はそういう状態なのです。パヴォニアの首都の通りを自分が正式な軍服姿で歩いていたという噂も耳に入らないほど、完全な引退状態なのです。しかしあなたは将軍の言葉を信じなかった。なぜならあなたは誰も信じていないから。王女御自身が言われました。紫色の顎鬚の詩人は絵のなかの人物のような、人工的な感じがする。王女の話に耳を傾けていれば、あなたはそれで一切を悟っていたことでしょう。それから陛下自身をはじめとしてみんなが言いました。質屋の老ローブは死んだ。そして実際その通りでした。わたしがこのばかばかしい装飾品でローブの役を演じはじめる何年も前に彼は死んでいました」

そしてコンラッドは隣の部屋の戸棚を開け、粗末な内部を見せた。さながら蜘蛛の糸のように、白髪混じりの顎鬚が揺れていた。また守銭奴ローブのものであるみすぼらしい灰色の服が下がっていた。

「これがすべてのはじまりでした。老ローブは確かにこの家をひそかに買いました。しかし、買った理由はきわめて個人的なもので、社会的な意図はまったくありません。まったく違います。わたしはローブの召使いでした。落ちぶれてそのような仕事に就いていたのです。わたしが年老いた悪党の時代から受け継いだもの、唯一自分で作ったものでないのは地下道です。それをローブは自分のために作りました。言ったように地下道には政治的な目的はまったくありません。ある種の御婦人方がそれを使ったのです。彼は好感のもてる老紳士とは言えませんでした。そう、あなたがわたしの心のなかの薄暗い小径に踏みこむ気があるかどうか判りませんが、わたしは飢えて屑拾いになろうとしていました。そして好色な高利貸しに仕えた三年間は、さらにわたしの心を革命のほうに押しやりました。ひとりの召使いから見た世界、ひとりの屑拾いから見た世界は、じつに醜い場所に見えました。だからわたしは革命を起こすことを決心したのです。あるいはむしろ自分が革命そのものになることを。じつに容易《たやす》いことでした。少しばかり機転が利き、想像力のある者がゆっくりとそれを押し進めたら。わたしは公的な人物を四人作りました。うちのふたりはまったく想像上の人物です。あなたはそのうちのふたりを同時に見たことはないはずです。けれどもそのことには決して気づかなかった。時折の夕食会のために集まる時、わたしはつぎからつぎへと変装しました。そしていわば舞台裏を通った。地下道を。だから、ひとりひとりの現れるのがあれほどゆっくりだったのです。ほかの部分に関して言うと、文明化がきわめて進み、教育の行きとどいた現代的な街、みんなが新聞を読む街を騙すのがいかに簡単かということをあなたは知らない。国の内外を問わず高い名声を、しかし曖昧な名声をもった人物をとにかくひとり創りあげればいい。若干風変わりな人物を。フォーカス教授が名前の後に、アルファベットの半分ほどを使った称号を記して新聞に投書した時、著名な教授のことを今まで聞いたことがないということを認める者は誰もいなかった。セバスティアンが自分は現代ヨーロッパで最高の詩人だと言った時、みんなそれは知っておかなければならないと思った。最近ではそうした種類の名前を三つか四つほど知っていれば、すべてを知ったことになっている。今までの歴史を見ても、少数のものが多量に見られ、多数のものが少量に見られる、こういう時代はなかった。国家はビンクス氏の政策を支持している、と新聞がしきりに報じる時には、三人ほどの新聞社の社主が、ビンクス氏を支持していることを意味している。ヨーロッパ全体はいまガリワグ理論を認めていると教授たちが言うならば、それはドイツの四人ほどの教授がそれを認めているという意味です。大金持ちや科学者に扮している時、自分が安全なことをわたしはよく知っていました。詩人は喜ばしい装飾物でした。そして外国の将軍の脅威は、あなた方すべてを混乱に陥れることが判っていました。ああ、そう言えば」と彼は詫びるような口調で付けくわえた。「わたしはまだカスク将軍の豪華な住まいをあなたに見せていない。だが、あるのは軍服だけだ。あとは黒く塗るだけで済みました」

「なるほど」とグリム大佐は穏やかな口調で言った「ここで顔を黒く塗ってもらうには及ばない。しかし、これからどういうことになるのかね」

陰謀の首謀者はさらに深い夢想に沈んだように見えた。そしてようやく口を開いた。

「革命というものは、仲間同士の背信や分裂によって失敗することが多いようにわたしには思われました。わたしはほかの者が自分を裏切らないことに決めました。しかし自分がほかの者を裏切るかもしれないということは予想していなかった。結局この革命もまた裏切りによって終焉を迎えます。グリム大佐、わたしは共謀者たちを引き渡します。偉大な詩人セバスティアンは捕らえられ、縛り首になります。偉大な軍人カスクも捕らえられ、縛り首になります。フォーカスとローブもまた捕らえられ、縛り首になります。見えますか。みな縛り首になっている――帽子掛けで」それから彼はきわめて丁重なお辞儀をしながら付けくわえた。

「しかし、彼らの卑しい手先ジョン・コンラッドは、陛下より恩赦を頂戴いたしました」

グリムは大きな声で悪態をつき、立ちあがった。悪態の言葉は高くなり、やがて笑いに変じた。そして彼は言った。

「ジョン・コンラッド、きみは悪魔だ。しかしきみが結局すべてを思い通り遣りとげても、わたしはあまり驚かないだろう。クロヴィス三世は自分がいま王であることを忘れているかもしれない。しかし彼は退屈なことで満たされた記憶のどこかで、まだ自分が紳士であることを憶えている。自分の道を行けばいい。パヴォニアの大公殿。あなたが進むべき道を知っているということは充分有りうるように思える。結局、あなたは自分がするだろうと言ったことを成し遂げた。そして自分の遣り方で約束を守った」

「そうです」とコンラッドはいっそう静かな口調で言った。「約束をもたらすものだけが真の言葉と呼ぶに値するものです」

パヴォニアが現代的で知性的な政府を所有しているということはすでに述べた。そしていまその事実があるのは、国がひとりの風変わりな召使いとの約束を守ったからだと述べても、あるいは読者は容易には信じないかもしれない。政治家や金融業者は幾らか異議を唱えた。約束を守ることが習慣になってはならないと思ったからである。しかし、その時ばかりは、王は断固たる態度をとった。みなは古代の拍車や剣の音が王の背後で微かに響動《とよ》もすように思った。これは純粋に自身の名誉にかかわる問題であると王は述べた。しかし噂が流れた。そうした遣りとりが為されるにあたっては、どうも王の姪が関係しているらしいという噂が。

新聞記者のエピローグ

泥棒と藪医者と殺人者、そして反逆者はコメット紙のピニオン氏に、ここに記したより幾分簡潔に、そして主観的に罪を告白した。しかし、比較的簡潔だったとは言え、彼らが話しおえるまでに要した時間は、それ以上はとても許容できまいと思われるほど長々しいものだった。だがその時間を通じてピニオン氏は、興味をもって聴いているという態度をいささかも崩さず、また余計な質問を挟んで話の腰を折るということもしなかった。

一同が話し終えた時、ピニオン氏は軽く咳をして言った。

「えー、みなさん、みなさんの驚くべき話をわたしはひじょうな興味をもって拝聴しました。しかし人間のやることというのはしばしば誤解を生むものです。これはあなた方も認めてくださると思いますが、わたしはしつこく尋ねはしなかったし、促すこともしなかった。嘴《くちばし》を挟んで邪魔することもなかったと思います。また、わたしはあなた方の厚遇をありがたく享受しましたし、それに甘えることもしていないと思います」

「僕は確信していますよ」と医師が心からの気持ちで言った。「あなたより忍耐強く、察しのいい聞き手はいないでしょう」

「しかしわたしは尋ねなければなりません」とピニオン氏は穏やかな声でつづけた。「なぜならわたしの国の新聞の世界では、わたしは血塗れの破城槌と呼ばれているからです。あるいは家庭破壊者、心臓砲撃者、そして時には切り裂きジャックと。なぜならわたしは私的な生活のもっとも神聖な秘密を無遠慮に引きちぎるからです。『ブルドッグ・ピニオン大統領を制す』、あるいは、『家庭破壊者絶叫する長官の頭の皮を剝ぐ』といった見出しは、わたしの国の快活なニュースの紙面では、当たり前のものになっています。飛行機に乗ろうとするグロガン判事の片足にどうやってしがみついたかという話はいまでもまだ語り草になっています」

「おやおや」と医師は言った。「そうしたことをあなたのようすからはまったく推測できなかったことを白状しなければなりません。あなたが今までそんなことをしてきたとは誰も思わないでしょうね」

「わたしはやっていません」とピニオン氏は静かな口調で言った。「グロガン判事とわたしは、判事自らの申し出によって、彼の田舎屋敷で完全に友好的な会話を交わしました。しかし、我々の誰しもが自分の専門家としての評判を維持しなければなりません。殺人者だろうと強盗だろうと新聞記者だろうと」

「それは」と大柄な男が口を挟んだ。「きみはほんとうは何かを、あるいは誰かを破城槌で殴ったり、破壊したり、切り裂いたりしたことはないという意味かね?」

「そう、あなたと同様に、いやそれ以上に」とアメリカ人は持ち前の慎重な口振りで言った。「しかし、わたしは誰にたいしてもおそろしく粗野な態度をとった振りをしなくてはならないのです。そうでないと、わたしは専門家としての誇りを、そしてたぶん職を失うでしょう。しかし実際問題として、わたしは総じて礼儀正しく振るまうことで、自分の望むものを手に入れることができることに気づきました。経験によれば」彼は真面目な顔で控えめに付けくわえた。「大多数の人々は自分を語る準備ができているように思われます」

四人の人物はお互いに顔を見合わせて笑った。

「確かに僕たちはそうらしい」医者は言った。「実際、きみは僕たちから話を引きだした。完璧に礼儀正しい態度をとることによって。しかしきみが言いたいのは、もしそれを記事にする時には、自分は粗野であるという振りをしなければならないということかね」

「そう言っていいと思います」とピニオン氏は真面目な顔で答えた。「もしわたしがあなたの話を記事にするなら、わたしはジャドスン医師が、患者に巻いている包帯をメスで切ろうとしている時に手術室のドアを蹴破って押しいり、医師が自分の人生についてすべてを語るまで解放しなかった、と書かなくてはなりません。わたしはまた、ナドウェイ氏が危篤の母親に会うために出発しようという瞬間に、彼の車に乗りこみ、資本家と労働者との争いについての彼の見解を引きださなければなりません。同様にわたしは三番目の紳士の家に盗みに入らなければならない。あるいは四番目の紳士の仲間たちに、破滅の憂き目を味わわせなければならない。あるいはほかの何か、自分が新聞記者として精力的なところを、編集主任に示すことができることをしなければならない。もちろん、そうしたことを実際にする必要はありません。たいがいのことをごく普通に行い、適当な時に人と話せばいい。いや正確に言えば」彼はやはり笑みを浮かべることなく言った。「話すよう仕向ければいい」

「どうなんだろう」と大柄な男が思案顔で尋ねた。「そうした種類の扇情主義は、ほんとうに大衆に感銘を与えるものなのだろうか」

「判りません」と新聞記者は答えた。「たぶん、そんなことはないでしょう。しかし、それは編集長に感銘を与える。そしてそれがわたしの考えなければならないことなのです」

「しかし、不躾《ぶしつけ》な質問かもしれないが、きみはそれでもいいのかね」と大柄な人物はさらに尋ねた。「メイン州からメキシコまでの誰も彼もが、きみを血塗れの破城槌と呼ぶ。きみはしごく真っ当で、良い教育を受けた人間なのに」

「そう」と新聞記者は言った。「先ほども言ったように、たぶん我々のほとんどの者は何らかの誤解を受けています」

テーブルの上にしばらく沈黙が落ちた。そしてジャドスン医師が不意に背中を伸ばし、高く明らかな声で言った。「諸君、わたしはここにおられるリー・ピニオン氏を当クラブの会員に迎えることを、謹んで提案いたします」

チェスタトンと魔法の庭

巽 昌章

1　不安な風景

こわいような夕焼けを見たことがある。黒々と輪郭だけを際立たせた瓦屋根の群れ、あちこちに立ちあがっては枝を張る松や欅《けやき》たち、そのすべてが、まばゆい金から濃朱へと移り変わってゆく大天蓋に覆い尽くされていた。浴衣をまとった親戚の老人の背におぶさって、城跡の丘に登ったときのことだ。光の魔術が見なれた町を異形の風景に変えてしまった。かすかに汗ばんだ浴衣の感触と、目の前の坂を下れば家に帰れるという幼児なりの知恵によってかろうじて現実につなぎとめられながら、私は圧倒的な恍惚と不安に酔っていた。たぶん、なぜ自分はここにいるのだろう、そもそも「ここにいる」とはどういうことなのだろうという不安に。

チェスタトンの小説には、しばしばこうした強烈な色彩に彩られた風景が現れては、登場人物たちを呪縛し読者をも魅了する。おそらく、魔力を帯びた風景はこの作家の本質に根ざした特徴なのだ。『四人の申し分なき重罪人』は、順次発表された四つの中編をのちに一冊の本にまとめ上げたもので、その単行本の上梓は一九三〇年、チェスタトンはときに五十七歳である。ちなみに、前年にはやはり不思議な色彩にあふれた『詩人と狂人たち』が刊行され、ブラウン神父物の第四短編集『ブラウン神父の秘密』は一九二七年に刊行されている。小説作品としては最晩年に属するといってよいものだが、本書もまた魔術的な風景の力を語るには格好のサンプルとなっている。

たとえば、第一話「穏和な殺人者」では、ヒロインの前にこんな景観が現れる。

彼女がそちらに向かった時、男は緑色の傘を持ちあげ、思いがけなく素早い動きで、砂漠の暗い地平線のほう、ピラミッドのほうを差した。午後も遅く、空は赤味を増していた。地平線にかかった太陽の真紅の光の輻《や》が、荒涼とした紫色の陸の海を貫いていた。

「輝かしい帝国か。帝国の日は決して沈まない……だが、見なさい、血の色の日が沈んでゆく」

彼女は大英帝国の正義を信じる愛国的な娘だった。それが、伯父の赴任先であるエジプトの小国で、謎の男から不吉な予言を聞かされて心を乱す。しかし、彼女を脅かしたのはたぶん言葉以上にこの見慣れぬ景色だったのだろう。こうして「穏和な殺人者」では、植民地の邸宅を囲む一見ありふれた散歩道の眺めが異様な不安を呼び起こし、事件の呼び水となる。この作品は終始、人をまどわす風景の魔力をテーマにしており、見慣れた場所になぜか心乱されるという謎が事件の決定的瞬間を経てついに悪魔祓いされる顛末を物語っているのである。

ここで気がつくのは、チェスタトンの描写が、まるでクレヨン画かステンドグラスのようにくっきりとした、素朴といいたいほど明確な輪郭と色彩をもっていることだ。それは彼の小説に一種子供めいた雰囲気を与えている。実際、彼は「探偵小説弁護」（『棒大なる針小』）の中で、探偵小説とは現代の大都会を舞台にしたロマンスであり、粗野にして素朴、親密にして新鮮なる文学であると述べているし、彼の推理小説を「大人の童話」として楽しむ読者も少なくないだろう。

しかし、子供という存在は、この文学者を読み解く重要なキーワードでもある。常識にとらわれない目を大きく見張り、次々と新鮮な景観を発見してゆく子供らしさこそは、チェスタトンにとって世界の本質を見ぬくために不可欠の資質だったのだ。私たちが幼い頃の風景を一生忘れ難い記憶として目に焼き付けるのも、それが何か理解し難い不思議な世界の出現だったからに他ならない。逆に、こうもいえるだろう。突如として異様な風景に取り囲まれた大人は、身にまとっていた常識を剝ぎ取られ、不安の中で子供にかえると。

チェスタトンはこうした風景の魔力を駆使して登場人物の心を日常性から切り離し、常識の通用しない見知らぬ場所へと追いやってしまう。そこはより高い世界の秘密が開示される聖所への入り口であるかもしれないし、錯乱への入り口かもしれない。『ブラウン神父の童心』の一編「サラディン公の罪」は、風景の帯びる危険な力を最も効果的に演出した例だろう。ボート旅行を楽しむ神父と親友フランボウは、ふと真夜中に目を覚ます。

大きなレモン色の月が頭上の欝蒼とした草むらの向うにようやく没しかけていて、空は濃い紫と青の混合色で夜もすがら照り輝いていたからだった。二人は時を同じくして子供の頃を想い出した。小妖精のことや、たけの高い草が森のように頭上に覆いかぶさってくるあの冒険の時刻。低空《ひくぞら》にかかった大きな月を背景に伸び立った雛菊はまさに巨人の雛菊に見え、たんぽぽは巨人のたんぽぽかと思われた。（中村保男訳）

「お伽の国にいるみたいだ」と言うフランボウに、ブラウン神父は警告する。「お伽の国で起るのはいいことばかりだとはかぎらないのですよ」。

2 風景をめぐる闘争

第二話「頼もしい藪医者」は、奇怪な樹木に魅せられた男の物語である。高名な画家で詩人のウインドラッシュは、学生時代のある夕暮れ、ふと通りかかった荒野で一本の樹を見出し、その姿に一目ぼれしてしまう。すぐさま彼は土地を買い取り、囲い込んで、自分だけが樹を愛でられるようにしたのだった。その魁偉な姿は、いかにもチェスタトン好みの筆遣いで描き出される。

しかし樹全体は巨大と言うべきで、足を一杯に広げた蛸あるいは烏賊《いか》にそっくりであった。時折、それは空から伸びてきた巨大な手、ジャックと豆の樹の話に登場する巨人の手のように見えた。それが頭髪を摑んで地から樹を引き抜こうとでもしているように。

ウインドラッシュはなぜこんな樹を愛するのか。作者によればそれは謎でも何でもない。彼は文字通り樹の姿に感銘を受けただけであり、野生のままの樹と機械文明に毒されない孤独な場所が好きなだけなのだ。この事件の謎はむしろ、そのような考え方を理解しないひとびとによって勝手に作り上げられてしまう。ある者は資本主義の原理にのっとって、なぜこんな無駄なことをするのかといぶかり、ある者は進化論と精神分析のごちゃまぜ理論によって、こいつは類人猿時代の樹上生活に退行しつつあるのだと診断する。

むろん、チェスタトンは一本の樹にまつわる騒動をだしにして当時の流行思想をひやかしているのだ。風景をいかに眺めるべきかをめぐって果敢に闘争しているのだといってもよい。チェスタトンがカトリックに改宗したのは一九二二年、本書刊行の八年前だったが、その前から彼はキリスト教の有力な論客として活躍し続けていた。相手は進歩思想、進化論に代表される近代科学、資本主義や社会主義、さまざまな新興宗教や心霊学、その他私たちがトンデモ理論と呼ぶような社会の表面に浮かんでは消える有象無象であった。本書でも、第一話では植民地批判、第二話では進化論、第三話では社会主義と宗教の相克というふうに、イギリスを騒がせた思想たちが陰の敵役として呼び出されている。本書に限らず、チェスタトンの作品群を通じて私たちは、当時のイギリスが実に多様な「癒し」に、つまり、目の前に広がる世界を安直に説明してしまおうとする理論の数々に充ちていたと気づかされる。むろん、チェスタトンの筆が、流行思想の甘い囁きに秘められた毒を巧妙に検出して見せているということだけれども。

その検知機がチェスタトン名題の「逆説」である。チェスタトンは自分が批判しようとする思想を巧妙にデフォルメする。それは、いわば過剰に論理的にするということだ。「見えない人」が本当に目の前を通ったら、たぶん十九世紀のイギリス人だって見逃しはしないだろう。チェスタトンの登場人物たちがそれに気づかなかったのは、作者の筆先が、彼らの「常識」を実在のイギリス人のそれよりも少しだけ論理的に描き過ぎたからなのだ。ブラウン神父たち探偵役は、こうして極端に、あるいは杓子定規になり過ぎた思考の間隙を突く。現代の読者にとってチェスタトンの推理小説がかけがえのない遺産となっているのは、こうして造形化された極端な思考の美しさゆえである。最良の作品である「見えない人」や「ガブリエル・ゲイルの犯罪」では、作品世界自体が絶妙に抽象化されているとともに、事件は奇妙な純粋思弁がそのまま凍てついたかのように造型され、観念的思考と事件の謎解きとの境目が全く存在しない境地に達している。

こうした発想が視覚化されるとき、風景が人を欺くような推理小説が生まれる。「見えない人」をひもとく読者は、誰もいないはずの町角で囁く声を聞いたり、見張りのいる邸宅に人知れず殺人者が出入りするのに立ち会う。読者が最後に知らされるのは、それらの場面の中に当然のように混じっていながら見落としていた(正確に言えば、チェスタトンが「あなたは見落としていたでしょう」と指摘する)人物の存在である。風景を捉える知覚の仕組みそのものが、その人物を見えない人に仕立てていたのだ。ありのままを見よ、と誰もが言うが、何をもって「ありのまま」とするかは百人百説。ウインドラッシュの奇妙な樹をめぐる騒動と同じく、そこでは、目の前のものをどう見るべきかという戦いがひそかに遂行されていたのである。

3　聖なる風景、邪悪な風景

第三話「不注意な泥棒」に至って作品は大胆さを増し、幾分凄みを帯びてくる。これはある男が体験した異様な回心の物語だ。その回心の瞬間は、船が難破し自然の猛威が彼を呑み込もうとしたときに訪れた。それまで見たことのない恐ろしい空の下、自分を支えてきたもの一切を剝ぎ取られた真空地帯で、男は宗教の本質を悟ったというのである。宗教とは何か、信仰とは何かという重く危険なテーマに立ち入るとき、チェスタトンが風景の力を呼び寄せたことは極めて興味深い。

しかし、ブラウン神父がお伽の国にはいいことも悪いこともあると指摘していたように、風景の圧倒的な力によって宗教を認識するというなりゆきにはどこか危険なものが感じられる。お伽の国にはよい妖精と悪い妖精がいるが、一体どうして見分けるのか？

それはもしかしたら、チェスタトンの推理小説がひそかに抱える爆弾ではなかったかと思う。「秘密の庭」で奇怪な密室殺人に出くわした若者は、遠い先祖のこんなささやきを聞く。「二色の実が成る樹の生えている庭に近寄るでないぞ。二つの頭をもった男が死んだ悪魔の庭には門前にも立つな」。太古からの「信仰」が色鮮やかな絵となって眼前に甦る。だが、解決に至ってこれらの風景がもたらした不安は本当に解消されるのだろうか。

チェスタトンの推理小説がもたらす解決とは、奇怪な迷信がカトリックの精神によって白日の下に晒され、映画の吸血鬼のように雲散霧消してしまうありさまを示すものでもあるだろう。しかし、にもかかわらず彼の作品は、どこかなお不安な後味を残す。ボルヘスはこう言っている（「チェスタトンについて」『異端審問』）。

彼の個性のなかには、夢魔的なもの、何か隠微で盲目で求心的なものを志向する要素があった。（中略）この矛盾、悪魔的意志のこの不安定な抑圧がチェスタトンの本性を規定している。わたしにとっては、ブラウン神父の一連の活躍こそこの内的苦闘を象徴するものであるが、神父はどの場合にも、説明不可能な事件をもっぱら理性によって説明しようとする。（中略）チェスタトンが幻想よりも優先させた「理性」は、厳密に言えば理性ではなく、カトリック信仰である。（後略）　（中村健二訳）

ボルヘスはチェスタトンの小説の中に、心の底から湧き起こる不吉な幻想をカトリック信仰で抑え付けようとする苦闘を見出しているのだが、それをもう少し推理小説の側に引き付けて言うことができる。チェスタトンにとって、推理小説は一定の批評的な距離を置くことのできるものだった。ブラウン神父物の第一作「青い十字架」が端的に示しているように、探偵が事件の謎を解くという推理小説の基本的な仕組みは、才気あふれるチェスタトンの目には、いくらでもひねりを加えることのできる手ごろなおもちゃと映っただろう。しかし、推理小説の仕組みを弄ぶことは、同時に、理性によって隠された真実に迫るというドラマ一般を嘲弄することになりかねない。結末で明かされる「真相」が本当のものなのか、それともページを繰ればまた別の答えが待ち受けているのか。推理小説に批評的なひねりを加えることは、こうした堂々巡りの恐怖への道でもある。しかも、作中人物を支配していた「常識」はいったんあの魔術的な風景の力によって切り離され、世俗的な社会はもはやひとを安心させることができない。チェスタトン自身が、その力を振るって、読者を常識の通用しないお伽の国に連れ出してしまったのだから。見知らぬ国をさすらう者にとって、偽りの救いと真の救い、偽りの神秘と真の神秘の違いは紙一重かもしれない。おそらく世間の人々以上に当の本人がその境界線を見極めようと苦しみ続けていたのではないだろうか。

4 観念の風景

きらびやかだが単純なチェスタトンの色彩は、それ自体、宗教的でもある。たとえば、ヨハネ黙示録のこんな一節は、彼の風景描写を思わせないだろうか。

城壁は碧玉で築かれ、都はすきとおったガラスのような純金で造られていた。都の城壁の土台は、さまざまな宝石で飾られていた。第一の土台は碧玉、第二はサファイヤ、第三はめのう、第四は緑玉、第五は縞めのう、第六は赤めのう、第七はかんらん石、第八は緑柱石、第九は黄玉石、第十はひすい、第十一は青玉、第十二は紫水晶であった。

色とりどりの宝石で築かれた城は、その単純明快な構成のゆえに、現実離れした観念の建物であることを否応なく感得させる。同様に、チェスタトンが読者につきつける風景は、目の前の事物を描いているようでいながら、明らかに抽象化を施され、見えない観念の世界が降りてきていると感じさせるものだ。

社会諷刺が冴えるのも抽象化された世界イメージを駆使すればこそである。彼の推理小説には国家権力がからむものがいくつかあるけれども、ずばり「ブラウン神父のお伽噺」と題する短編をはじめ、そのいずれもが童話めいた小さな国の出来事だ。ユングの原型、デュメジルの神話分析、あるいはひょっこりひょうたん島やもろもろのRPG。学者の説から子供向けの人形芝居まで、私たちは役割分担のくっきりした世界というイメージに惹きつけられるらしいが、チェスタトンのつけめもそこにある。そこでこそ、国家を論じて「世界」の本質に至ることができるからだ。

第四話「忠実な反逆者」は、本書で最も大胆な作品であるとともに、こんな抽象化された国家の物語である。登場人物は、ある弱小国の支配者と反政府勢力のメンバー。一方は国王と総理大臣と銀行家と警察長官、もう一方は詩人と科学者と質屋と隣国の将軍。ご覧のとおり、二つの陣営はきれいな対応関係を示している。ここで童話的な陰謀の構図を演出すべく呼び出されるのは、またしてもチェスタトン的な風景だ。ピーコック・クレセントの一角を占める反政府主義者たちのアジトとなっているらしい一軒の家を、チェスタトンはこう描く。

　半円をなして並ぶ建物の一端に刻まれた円形浮彫《メダリオン》りのなかで孔雀は尾羽根を広げていた。その半円を描く連続住宅《テラス》をぐるりと取り囲むように、古典的な様式の柱が並んでいる。柱はバースやブライトンの通りにあるものによく似ている。古典的な曲線を描く建物の正面は、向かい合うように並んだ並木の上に登った月の光を受けて、滑らかに、また冷たく見える。監視をつづけるふたりには、自分たちの発する音のすべてが、銀色の虚ろな湾曲に谺するかのように思えた。

三日月のように半円形に並ぶ住宅街が、月光の下にひっそりと平凡な姿をあらわし、ふとした光の作用で突然「銀色の虚ろな湾曲」に姿を変える。そういえば、「ムーン・クレサントの奇蹟」という短編もあった。

ここでは最も日常的な風景が、そののっぺりした無個性な外見のゆえに、かえって一種抽象化され、この世離れした場所に化けてしまう奇蹟が語られているのだ。これは「忠実な反逆者」に凝らされた大胆不敵なトリックを支えるかなめの一節でもある。その家にひそむのは、四人からなる抽象化された「国家」ときれいな対称形を描くように設定された、それ自体抽象的な「反逆者」である。抽象的な家に抽象的な反逆者。これが後に訪れる大逆転の布石となる。

観念の国家をめぐって対立する勢力の頂点は、それぞれ王と詩人だ。その若い詩人は、唯一の真実の言葉を持つとしてひそかに畏敬されており、第四話の大団円は、失踪していた詩人の意外な帰還によってもたらされる。王が詩人と照応するような世界、つまり国家権力の頂点が超越的な夢想と通じ合う世界こそ、チェスタトン独特のヴィジョンである。この二組の中には宗教家が欠けているが、だからこそ詩人の出番なのだ。『詩人と狂人たち』が端的に物語っているように、詩人というキャラクターは、子供と同じく、チェスタトンにとってこの現実を神の領域へと変換するプリズムのような存在なのだから。

『正統とは何か』でチェスタトンは、キリスト教こそが日々に絶え間ない新発見の喜びをもたらしてくれるといい、それを、見知らぬ事物に満ちた庭を探検する幼な子になぞらえて語る。

こうして、単に偶然に見つけた道徳的規範としてキリスト教を受け入れるのではなくて、母としてキリスト教を受け入れたその時以来、私にとってヨーロッパと全世界が、もう一度子供のころのあの庭のごときものと目に映るようになってきたのだ。猫だとか熊手だとか、象徴に満ちた物の姿を見つめたあの小さな庭と見えてきたのである。今私は、かつてのあの腕白小僧の無知と期待をこめて身のまわりのあらゆる物を見つめる。

(安西徹雄訳)

このようなまなざしを持ち続ける大人が「詩人」に他ならない。チェスタトンの推理小説がカトリック信仰による迷妄の打破を託され、その謎解きの過程に、異形の風景が理性の光を浴びて真実の姿を現すという回心のドラマが重ね合されていたとすれば、先に触れたように、それはたいへん危険な綱渡りでもあった。だが、詩人はこの緊張の連続が楽しくて仕方がない。私たちが今愛してやまない「チェスタトンの逆説」とは、まさにこのような綱渡りの軌跡なのである。

ミステリーの本棚
四人《よにん》の申《もう》し分《ぶん》なき重罪人《じゅうざいにん》
二〇〇一年八月二〇日初版第一刷発行
著者――G・K・チェスタトン
訳者――西崎憲
発行者――佐藤今朝夫
発行所――株式会社国書刊行会
東京都板橋区志村一―一三―一五　電話〇三―五九七〇―七四二一
http://www.kokusho.co.jp
印刷所――明和印刷株式会社
製本所――大口製本印刷株式会社
装丁――妹尾浩也
編集――藤原編集室
ISBN――4-336-04241-1
●落丁・乱丁本はおとりかえします。

訳者紹介
西崎憲（にしざきけん）
一九五五年青森県生まれ。英米文学翻訳家・アンソロジスト。編訳書に「怪奇小説の世紀」全三巻（国書刊行会）、「英国短篇小説の愉しみ」全三巻（筑摩書房）、訳書にA・バークリー「第二の銃声」、A・E・コッパード「郵便局と蛇」（以上、国書刊行会）、「ヴァージニア・ウルフ短篇集」（ちくま文庫）などがある。

ミステリーの本棚

四人の申し分なき重罪人　G・K・チェスタトン　西崎憲訳

「穏和な殺人者」「頼もしい藪医者」「不注意な泥棒」「忠義な反逆者」の4篇を収録した連作中篇集。奇妙な論理とパラドックスが支配する、チェスタトンの不思議な世界。

トレント乗り出す　E・C・ベントリー　好野理恵訳

ミステリー通が選ぶ短篇ベスト〈黄金の12〉に選ばれた「ほんもののタバード」他、本格黄金時代の幕開けを飾った巨匠の輝かしい才能を示す古典的名短篇集、初の完訳。

箱ちがい　R・L・スティーヴンスン& L・オズボーン　千葉康樹訳

鉄道事故現場で死体が見つかった老人には、組合員中、最後に生き残った一人だけが受給できる莫大な年金がかかっていた。『宝島』の文豪が遺したブラック・コメディ。

銀の仮面　ヒュー・ウォルポール　倉阪鬼一郎訳

中年女性の日常に侵入する悪魔的な美青年を描いて、乱歩が〈奇妙な味〉の傑作と絶賛した「銀の仮面」ほか、不安と恐怖の名匠ヒュー・ウォルポールの本邦初の傑作集。

怪盗ゴダールの冒険　F・I・アンダースン　駒瀬裕子訳

〈百発百中のゴダール〉は素晴らしい泥棒だ。如何なる難関も打破する偉大な頭脳に不可能の文字はない。〈怪盗ニック〉の先駆ともいうべき怪盗紳士ゴダールの冒険談。

悪党どものお楽しみ　パーシヴァル・ワイルド　巴妙子訳

元プロの賭博師ビル・パームリーが、その豊富な知識と経験をいかしていかさま師たちの巧妙なトリックを暴いていく連作短篇集。〈クイーンの定員〉中、随一の異色作。